다시 쓰는
나는 조선의 국모다
1

북오션은 책에 관한 아이디어와 원고를 설레는 마음으로 기다리고 있습니다. 책으로 만들고 싶은 아이디어가 있는 분은 이메일(bookrose@naver.com)로 간단한 개요와 취지, 연락처 등을 보내주세요. 머뭇거리지 말고 문을 두드리세요. 길이 열릴 것입니다.

다시 쓰는
나는 조선의 국모다 ❶

초판 1쇄 인쇄 | 2015년 9월 1일
초판 1쇄 발행 | 2015년 9월 8일

지은이 | 이수광
펴낸이 | 박영욱
펴낸곳 | (주)북오션

경영총괄 | 정희숙
편 집 | 지태진
마케팅 | 최석진 · 임동건
표지 및 본문 디자인 | 서정희
일러스트 | 흘날린
법률자문 | 법무법인 광평 대표 변호사 안성용(02-525-3001)
세무자문 | 세무법인 한울 대표 세무사 정석길(02-6220-6100)

주 소 | 서울시 마포구 서교동 468-2
이메일 | bookrose@naver.com
페이스북 | bookocean
전 화 | 편집문의: 02-325-9172   영업문의: 02-322-6709
팩 스 | 02-3143-3964

출판신고번호 | 제313-2007-000197호

ISBN 978-89-6799-218-7 (04810)

이수광
장편소설

①

다시 쓰는
나는 조선의 국모다

북오션

차 례

1
조선의 마지막 왕비

왕비는 단정하게 앉아서 책을 읽고 있었다. 바람이 일고 있는 것일까. 왕비의 방 사방에 있는 황금 촛대에서 불빛이 꺼질 듯이 일렁거렸다. 여자는 허리를 숙인 채 왕비의 모습에서 눈을 떼지 않았다. 조선의 왕비는 한낱 가냘픈 여성에 지나지 않는다. 그러나 동양의 호걸이라고 불리는 국왕의 생부 대원군 이하응도 제대로 맞서지를 못했다. 지략과 지모가 출중하여 세상을 뒤흔든 여인이다.

'하지만 오늘 밤에 죽을 것이다.'

여자는 숨을 죽이고 조선의 왕비를 쏘아보았다. 키는 작았지만 거인 같은 느낌이 들었다. 그녀가 책에서 시선을 떼고 고개를 들자 희고 창백한 얼굴이 보였다. 약간 기름한 듯한 얼굴에 오똑한 콧날, 봉긋한 입술이 아름다워 보였다.

'저 여자가 조선을 뒤흔든 철의 여인이라는 말인가?'

여자는 왕비의 얼굴을 살피면서 눈살을 찌푸렸다. 왕비의 눈에서 푸른 서슬이 뿜어지고 있었다.

'조선의 왕비는 재치와 총명에 있어서 조선 여인들 중에 따를 자가 없을 것이다.'

여자를 밀정으로 교육한 도야마 미치루의 목소리가 귓전을 울렸다. 도야마는 음침하고 교활한 사내였다. 조선을 침략하기 위해 군사정보학교를 세워 수많은 밀정을 교육하여 조선에 보냈다. 사람들은 그 학교를 밀정학교라고 불렀다.

여자는 우연히 일본 우익 단체 겐요샤를 설립한 도야마의 눈에 띄어 밀정 교육을 받았다. 여자는 그에게서 조선의 말, 조선의 풍속, 조선의 예절까지 5년 동안이나 교육을 받은 뒤에 조선으로 파견되어 대궐의 무수리 신분으로 숨어 있었다.

'왕비께서는 나이가 40이 넘었는데 몸이 호리호리하고 뛰어난 미인이다.'

미우라 고로 일본 공사가 그녀에게 말했다. 왕비의 머리는 칠흑처럼 검고, 얼굴은 진주 가루로 만든 분을 발라 희고 창백했다. 그러나 여자를 놀라게 한 것은 그녀의 외모가 아니라 영국 여행가 비숍을 만났을 때 그녀의 입에서 쏟아져 나온 해박한 지식이었다.

'왕비는 동양의 어떤 왕비들보다 지적인 여인이다. 그녀의 나

라와 백성을 지극히 사랑하고 있다.'

비숍이 왕비를 알현하고 나와서 한 말이다.

'일본인들은 왜 저토록 총명한 왕비를 살해하려는 것일까?'

여자는 일본인들이 왕비를 죽이기 위해 대궐로 몰려오는 것을 느낄 수 있었다. 그때 조용한 발자국 소리가 들리면서 궁녀들 한 무리가 박 상궁을 따라왔다. 궁녀들이 번을 교대할 시간이 된 것이다.

"중전마마, 소인 박 상궁 문후드리옵니다."

박 상궁이 허리를 숙여 인사를 했다. 왕비가 고개를 힐끗 들고 박 상궁을 본 뒤에 최 상궁에게 시선을 돌렸다.

"수고들 했다. 물러들 가서 쉬어라."

왕비가 낮은 목소리로 명을 내렸다.

"예. 중전마마, 침수 편히 드십시오."

최 상궁을 따라 낮에 번을 선 궁녀들이 일제히 머리를 조아렸다. 여자도 조선의 왕비에게 공손하게 예를 올렸다.

궁녀들은 고개를 숙이고 뒷걸음으로 물러나 줄을 지어 처소로 향했다. 휘영청 밝은 달빛이 경복궁을 비추고 있었다. 조선인들의 명절인 중추절 한가위를 지난 지 나흘째 되는 밤이었다. 경복궁 궁정에는 달빛이 사금파리처럼 하얗게 깔려 있었다.

'오늘은 번이 조금 일찍 끝났구나.'

궁녀들의 번은 인정(人定) 소리에 맞춰 바뀐다. 인정은 조선애서 밤 10시에 28번 종을 쳐서 통행금지를 알리던 것이다. 그런데 무슨 일이 있는지 박 상궁이 조금 일찍 온 것이다.

'왕비의 처소가 바뀌는 것이 아닐까?'

왕비의 처소가 바뀌면 그녀를 시해하려는 계획이 실패로 돌아갈지 모른다. 경복궁 안에 있는 수많은 전각들, 그 전각들 안에 왕비가 숨어버리면 며칠이 지나도 찾을 수 없다.

'왕비의 처소를 감시해야 돼.'

여자는 전신이 팽팽하게 긴장되는 것을 느꼈다.

"나, 첩지가 빠졌나 봐."

여자는 재빨리 머리의 첩지를 뽑아 소매 속에 감추고 뒤에 있는 무수리에게 말했다. 앞에는 최 상궁, 뒤에는 윤 상궁, 이 상궁이 서열 순서대로 가고 생각시 윤 나인, 윤 나인 뒤에 박 무수리, 그리고 여자, 여자 뒤에 김 무수리가 고개를 숙이고 걸음을 떼어놓고 있었다. 김 무수리가 고개를 끄덕거렸다. 얼른 다녀오라고 눈짓까지 했다.

여자는 앞서가는 상궁들의 눈치를 살핀 뒤에 행렬에서 빠져나왔다. 그녀는 숨을 죽이고 건청궁을 향해 달려갔다. 밀정이라는 사실이 밝혀지면 내시부에 끌려가 혹독한 고문을 당한 뒤에 산에 암매장을 당한다. 이미 규수 출신의 밀정 이케다 나츠카도 내시부에 발각되어 팔다리가 잘려서 매장되었다.

이름이 여름 향기[夏香]인 나츠카는 발각될 위기에 처하자 아슬

아슬하게 도망을 쳤다. 벌써 두 명의 밀정이 발각된 것이다.

'오늘밤만 버티면 돼.'

여자는 주위를 살피면서 조심스럽게 걸음을 떼어놓았다.

건청궁은 물속에 가라앉아 있기라도 하듯이 조용했다. 아직까지 왕비는 처소를 바꿀 생각이 없는 것 같았다. 여자는 경회루 옆의 수양버들 뒤에서 건청궁을 감시하기 시작했다.

***

군화 소리가 어지럽게 들렸다. 다케시마 소위는 군사들과 함께 달빛이 하얗게 깔린 길을 달렸다. 숨이 턱까지 차고 땀이 쉬지 않고 흘러내렸다. 입에서 단내가 뿜어지는 것 같았다. 조선은 밤이 깊어 양천의 넓은 들판에 달빛이 가득했다. 벼 베기 철이 다가온 들판에는 벼들이 누렇게 고개를 숙이고 있고, 마을의 텃밭에는 배추가 파랬다. 마을마다 담장 안에 우뚝 서 있는 감나무에는 붉게 익은 감이 주렁주렁 달려 있었다. 낮에 군사를 이동시켰다면 훨씬 쉬웠을 것이다. 그러나 낮에는 제물포에서 김포까지만 이동이 허락되었고, 밤이 되어서야 한성으로 이동하라는 명령이 떨어져 김포에서 계속 달려 양화진에 이른 것이다.

"중대 멈춰!"

말을 타고 가던 중대장이 명령을 내렸다. 군사들은 일제히 행군을 멈추고 가쁜 숨을 몰아쉬었다. 군사들이 모두 더운 입김을 뿜어대고 있었다.

'오늘밤에 조선의 왕비를 죽이라고? 대체 조선의 왕비를 죽이는 이유가 무엇일까?'

다케시마 소위는 부대에 떨어진 명령을 이해할 수 없었다. 이미 용산에 있는 육전대도 이동을 했고 러시아 수병도 상륙하여 공관으로 이동했다고 했다. 제물포에 있는 미군과 영국군도 자국 공관을 보호하기 위해 한성으로 들어갔다. 어쩌면 그들과 전투를 벌여야 할지 모른다고 생각하자 전신이 팽팽하게 긴장되었다.

일본 육군성 내부에서는 러시아가 일본과 개전을 선언할지도 모른다는 긴장감이 팽배했다.

1895년 10월 7일, 음력으로는 8월 19일이었다. 청일전쟁이 끝난 지 일 년밖에 되지 않아 러시아와 전쟁을 벌일 여력이 없었다.

"제군들, 힘든가?"

중대장이 군사들에게 물었다.

"아닙니다."

군사들이 일제히 대답했다.

"우리는 대일본제국 황병(皇兵)이다."

"핫!"

"우리는 무적의 황병이다."

"핫!"

"부대 이동!"

중대장이 다시 명령을 내렸다. 부대는 선 채로 잠시 휴식을 취한 뒤에 다시 달리기 시작했다. 다케시마 소위는 군사들의 뒤에서 달리기 시작했다.

'나는 숨이 차지 않다.'

다케시마 소위는 스스로에게 최면을 걸듯이 중얼거렸다. 소리 내지 않고 군가를 부르기도 했다.

'……대지와 초목이 불에 탄다. 끝내 광야를 내달려서, 진군하는 일장기와 철모. 말의 갈기 어루만지면서, 내일의 목숨을 누가 아는가, 생각하면 오늘의 전투에서 생긋 웃으며 죽어간 전우가, 천황폐하 만세를 외치던 목소리…….'

다케시마 소위는 소리를 내지 않고 군가를 불렀다. 힘든 행군의 고통을 잊어야 했다. 그들이 한강을 건너 만리재 고개에 이른 것은 오랜 시간이 지난 후였다. 다케시마 소위는 만리재 고개에서 푸른 달빛에 둘러싸인 만호(萬戶) 한양 장안을 내려다보았다.

조선의 왕궁이 있는 한양은 푸른 달빛에 둘러싸여 고즈넉했다.

"몇 시인가?"

중대장이 다케시마 소위에게 물었다.

"21시 45분입니다."

다케시마 소위가 회중시계를 들여다보고 대답했다.

"행군! 성문이 닫히기 전에 들어가야 한다!"

중대장이 명령을 내렸다. 군사들이 다시 군화 소리를 내면서 서소문을 향해 달리기 시작했다. 군사들이 어깨에 멘 총에 꽂힌 대검이 어둠 속에서 하얗게 빛을 발했다.

땡…….

다케시마 소위가 서소문 안으로 들어섰을 때 고요한 밤공기를 찢으면서 인정이 울리기 시작했다.

'아아 가까스로 들어왔다.'

다케시마 소위는 서소문을 통과하자 안도의 한숨을 내쉬었다.

***

바람은 어디에서 불어오는 것일까. 문풍지를 흔드는 바람 소리에 눈을 뜬 자영은 무릎에 턱을 괸 채 미동도 하지 않고 앉아 있었다. 가을이다. 찬바람이 불 때마다 우수수 나뭇잎이 떨어져 쓸려 다녔다. 비가 오는 것일까. 바람 소리에 섞여 빗소리가 들리는 것 같았다. 내시들이 서온돌(西溫堗, 대궐 안 침전의 서쪽에 있는 방)에 불을 지폈을 텐데 한기가 느껴지는 것은 무슨 까닭인가. 어쩌면 왜인들이 그녀의 목숨을 노리고 있기 때문인지도 몰랐다. 자영은 난관에 봉착한 기국(碁局)처럼 실타래처럼 엉킨 정국이 풀리지 않아 불안했다.

왜인들이 무서운 음모를 꾸미고 있다는 소문을 보고한 이는 민영익의 집사로 활동하던 고영근이다. 그녀가 고영근을 인견한 것은 사흘 전 일이었다.

"전하를 시해하는 것이 아니고 나를 시해한다는 말이냐?"

자영은 얼음 가루가 날릴 것처럼 냉랭한 목소리로 고영근을 쏘아보았다.

"송구하옵니다. 소문이 그러하옵니다."

고영근이 머리를 깊숙이 조아렸다. 그는 감히 자영과 눈을 마주치지 못했다. 조선의 왕비 민자영은 우유부단한 국왕을 대신해 실질적으로 나라를 다스리고 있었다. 고영근은 마흔두 살, 그녀보다 세 살이 아래다. 나이 때문에 그녀의 눈을 마주치지 못하는 것이 아니라 그녀의 눈에서 푸른 서슬이 뿜어지고 있었기 때문이다.

"소문만 믿고 일을 대비할 수 있겠느냐? 어느 정도 신빙성이 있느냐?"

고영근을 만난 것은 경회루 앞이었다. 보는 눈이 많아서 일부러 경회루를 택했다. 고영근은 왕궁시위대 복장 차림으로 들어와 있었다. 일본의 총리대신 이토 히로부미의 양녀라는 배정자가 대궐을 함부로 드나들면서 자영을 감시하고 있었다. 배정자가 심어놓은 밀정이 궁녀들 중에 누구인지 알 수 없었다. 나라가 무너지려고 하자 간신과 밀정이 들끓고 있었다.

"중전마마, 주위를 물리쳐주십시오."

고영근이 낮은 목소리로 말했다.

"모두 물러나 있어라."

자영이 호종하는 궁녀와 내시들에게 명을 내렸다. 멀리 담장 앞에서 보초를 서고 있는 왕궁시위대 병사들이 보였다. 시위대는 이제 서양 군대의 복식을 따라 검은색 상의에 검은색 바지, 그리고 각반을 차고 있었다. 머리에는 미국 군사들처럼 모자를 쓰고 총을 어깨에 메고 있었다.

"예!"

내시와 궁녀들이 일제히 뒤로 물러섰다.

"마마, 제물포에 있는 일본인의 입에서 나온 말입니다. 훈련대가 반란을 일으킨다고 합니다."

자영은 등줄기가 서늘해져 왔다.

"날짜가 언제인가?"

"8월 22일입니다. 훈련대가 앞에 서고 일본군 수비대가 뒤에 선다고 합니다."

"훈련대는 우리 조선의 군대가 아니냐? 어찌하여 일본군의 앞잡이가 되는 것이냐?"

"그들은 일본군 장교에게 훈련을 받았습니다. 우범선, 남만리, 이범래, 이두황 등이 일본군의 명령을 따를 것이라고 합니다."

"하면 어찌하는 것이 좋겠느냐?"

"훈련대 대장을 교체하십시오. 훈련대를 중전마마께서 장악해야 합니다."

"훈련대 대장을 누구로 교체해야 하느냐?"

"홍계훈이 적임입니다. 홍계훈은 중전마마의 사람이 아닙니까?"

자영은 가만히 고개를 끄덕거렸다. 홍계훈은 임오군란이 일어났을 때 그녀를 구원했다. 8월 22일 일본군이 대궐을 침범할 것이라고 생각을 하자 가슴이 찢어지는 것 같았다.

자영은 나뭇잎을 쓸고 지나가는 바람 소리를 들으면서 생각에 잠겼다. 홍계훈을 8월 20일자로 훈련대 대장에 임명했으니 내일이면 우범선과 이두황 등을 축출하고 훈련대를 장악할 것이다. 홍계훈이 훈련대를 이끌고 왕궁시위대와 함께 일본군을 저지해야한다. 그런데 왜 이렇게 불안한 것인가.

'대체 이 나라를 어찌해야 하는가?'

일본군이 조선의 왕비인 자신을 살해하려 한다고 생각하자 분노가 치밀었다. 조선에 동학란이 일어나면서 일본과 청나라가 군대를 파견하고, 급기야 청일전쟁이 발발했다. 일본은 청나라와 전쟁을 벌이기 전에 조선의 왕궁인 경복궁을 침범하여 김홍집 친일내각을 세우고 강제로 조일협정안을 체결했다. 일본이 청나라와 전쟁을 할 때 조선이 돕는다는 내용이었다.

'짐승만도 못한 놈들.'

자영은 경복궁을 침범한 일본군을 생각하자 눈에서 불이 일어나는 것 같았다. 일본군은 국왕과 왕세자를 인질로 잡고 왕궁시위대의 무장을 해제한 뒤에 왕궁의 보물을 모조리 약탈해 갔다. 왕궁의 보물을 수레에 실어 가는 데 자그마치 사흘이 걸렸다.

'내 반드시 일본을 몰아낼 것이다.'

청일전쟁이 끝나자 자영은 인아거일(引俄拒日), 일본을 멀리하고 러시아를 가까이하는 정책을 실시했다. 철도 부설권, 금광 채굴권을 비롯해 일본이 눈독을 들이는 이권을 모두 러시아와 미국에 넘겨주려고 했다. 일본은 맹렬하게 반발했다. 게다가 삼국간섭으로 일본은 청나라에 할양받은 요동반도를 되돌려주어야 했다. 전쟁을 하여 승리했으나 청나라로부터 전쟁 배상금을 받은 것 외에는 큰 이익이 없었던 것이다.

"일본의 청년들이 청나라와 싸워 대승을 거두었는데 무엇을 얻었는가. 이토 내각은 할복하라."

"내각은 젊은이들의 피에 답하라."

일본인들은 대로하여 이토 내각을 격렬하게 비난했다. 곳곳에서 내각을 비난하는 집회가 열리고 유인물이 뿌려졌다. 철도 부설권이나 금광 채굴권 같은 중요한 이권이 일본에 넘어오지 않자 일본인들은 조선의 왕비가 정치에 개입하기 때문이라고 생각했다. 그들은 조선의 왕비를 죽여야 한다고 떠들어대기 시작했고 제물포의 일본 거류지에서는 왕비가 치마폭으로 우유부단한 국왕을 사로잡아 나라를 망치고 있다고 비난했다.

'조선의 왕비를 죽여야 한다.'

일본인 거류 지역의 낭인들이 흥분하여 날뛰었다.

'한 줌도 안 되는 왜인들이 우리 조선을 업신여기고 있다.'

자영은 그들을 죽이지 못하는 것이 비통했다. 일본은 조선에 군대를 주둔시키고 내정을 좌지우지하고 있었다. 일본인을 한 사람이라도 죽이면 발칵 뒤집힌다. 그들을 죽이고 싶어도 손을 쓸 수가 없었다.

"비가 오느냐?"

자영이 박 상궁에게 물었다.

"아닙니다. 달이 떴습니다. 추석을 지난 지 나흘째라 달이 아주 밝습니다."

박 상궁이 머리를 조아리고 아뢰었다. 자영이 자리에서 일어났다. 비가 내리는 듯한 소리가 들린다고 생각한 것은 희디흰 달빛이 쏟아지고 있기 때문인 모양이다. 박 상궁이 고개를 들고 자영을 응시했다.

"달구경을 하겠다. 인정이 넘었느냐?"

"아직 인정은 되지 않았습니다."

자영이 대청으로 나오자 두 줄로 도열해 있던 궁녀들이 머리를 조아렸다. 자영은 동온돌인 장안당을 힐끗 살폈다. 조선의 국왕인 재황도 잠이 오지 않는지 장안당에 불빛이 환했다. 경복궁 안에 건청궁을 새로 짓고 동온돌인 장안당에는 국왕이 거처하고 서온돌은 곤령합이라고 부르면서 왕비가 거처했다. 서온돌은 침실이고 침실 옆의 작은 누각에는 옥호루라는 현판이 붙어 있는 서재가 있었다.

건청궁을 나와 경회루를 걷는데 수양버들 뒤에서 검은 그림자가 후닥닥 달아나는 것이 보였다.

'일본의 첩자인가?'

자영은 첩자들이 대궐에도 숨어 있다고 생각하자 가슴이 덜컥 내려앉는 것 같았다. 첩자가 대궐에 있다면 일본인들도 그녀가 훈련대장을 교체하려 한다는 사실을 알 것이다. 그렇다면 그들도 무언가 조치를 취할지 모른다.

홍계훈을 20일자로 훈련대장에 임명한 것은 그가 동학란의 참상을 살피기 위해 전라도에 내려가 있기 때문이다. 그는 내일 아침에 도착할 예정이지만 상황이 다급하니 밤중이라도 돌아올 수 있다. 단풍이 떨어지고 있는 나뭇가지 사이로 푸른 하늘이 보였다. 보름달이 약간 기울기는 했으나 달빛이 휘영청 밝았다.

'인정이 되었느냐?'

자영이 박 상궁에게 물었다.

"예에. 이제 종이 울릴 것 같습니다."

자영은 보신각이 있는 종루 쪽을 향해 고개를 돌렸다.

땡⋯⋯.

종루에서 인정을 알리는 종이 울리기 시작했다. 왕비를 호종하는 궁녀와 내시들이 일제히 종루 쪽을 향해 몸을 돌렸다.

***

땡······.

인정을 알리는 보신각 종소리가 은은하게 울려 퍼지자 야경꾼
들이 기다렸다는 듯이 딱따기를 치며 순라를 돌기 시작했다.

1895년 8월 19일. 조선왕조 5백 년의 고도인 한성은 희디흰 달
빛 아래 지극히 평화롭게 잠들어 있었다. 깊은 가을밤이었다. 만
호 한양 장안은 불이 꺼진 채 조용했고, 인적이 끊어진 정동 골목
은 찬바람이 불면서 나뭇잎이 음산하게 쓸려 다니고 있었다.

풀벌레도 울음을 그치고 잠든 시간, 밤의 정령들이 망토 자락
을 펄럭거리고 돌아다닐 것 같은 정동 골목은 신비스럽고 조용한
기운에 둘러싸여 있었다. 그러나 자정이 가까워지면서 착검한 총
으로 무장한 일본군의 대오가 한성으로 소리 없이 밀려들어오기
시작했다. 그들의 눈에는 핏빛 살기가 번뜩이고 대오는 기세가 삼
엄했다.

이따금 여우 울음소리처럼 음산하고 날카로운 호각 소리가 한
겨울 삭풍처럼 밤공기를 흔들어대고, 그 사이사이로 말을 탄 사관
이 낮고 단호한 목소리로 병사들을 질타하는 소리가 들려왔다. 그
들은 긴박하게 움직이고 있었다.

성안은 휘영청 밝은 달빛이 교교했다. 대원군이 경복궁을 중건
하고 육조 관청을 종로에 번듯하게 세워 임진왜란 이후 모처럼 한

성이 국도의 위용을 갖춘 것도 잠깐, 민씨 세력이 정권을 잡고 병자년에 일본과 강화도 수호조약을 체결함으로써 일본인들의 조선 침략의 길이 트이게 되었다. 병자수호조약은 일본의 강압에 의한 불평등조약이었다.

하오리[羽織] 바람에 일본도를 허리에 찬 일본인들도 자주 눈에 띄었다. 그들은 살벌한 기세로 한성신보사와 파성관 쪽으로 바쁘게 몰려가고 있었다. 한성신보사는 일본인이 발행하는 신문사고 파성관은 일본인이 경영하는 여관이었다.

성민들은 여기저기서 불안한 기색으로 수군댔다. 성안이 온통 뒤숭숭했다.

"수비대의 이동 상황은 어떤가?"

미우라 일본 공사는 정동에 있는 공사관 관저에서 술을 마시고 있었다.

"각하! 인천에 있는 우리 군대가 한성까지 무사히 잠입했습니다."

스기무라 후카시 1등 서기관이 빳빳하게 서서 대답을 했다. 미우라 일본 공사는 육군 중장 출신의 무인이었다. 외교에는 전혀 문외한이었으나 이번 작전을 위해 전권공사로 임명된 인물이었다.

"스기무라 서기관, 차질 없이 해치워야 한다! 알겠나?"

"핫!"

"이 일이 열국 공사들에게 알려지면 우리는 조선 침략의 희생

양이 된다. 공을 세우고도 처벌을 받는다는 말이다. 내 말 알아듣겠나?"

"핫! 심려하지 마십시오, 공사 각하! 구스노세 중좌의 수비대는 특공대나 다름없는 부대입니다. 반드시 장애물을 제거하고 여우 사냥에 성공할 것입니다!"

스기무라 서기관이 부동자세로 대답했다.

"미야모토 소위도 대기하고 있겠지?"

"핫!"

"미야모토 소위의 책임이 무겁다. 그가 실패하지 않도록 철저하게 준비시켜야 한다!"

"미야모토 소위와 그의 부하 다섯을 낭인으로 변장시켰습니다. 겐요사 낭인 패와 함께 출발할 예정입니다."

"좋다. 나가서 작전이 제대로 이루어지고 있는지 확인하도록 하라!"

"핫!"

스기무라가 절도 있게 경례를 한 뒤에 관저에서 물러갔다.

미우라 공사는 술잔을 든 채 2층으로 올라갔다. 거실 창을 통해 깊이 잠들어 있는 조선의 수도 한성을 내려다보기 위해서였다.

조선은 아름다운 나라였다. 특히 한성은 5백 년 사직을 이어온 왕도답게 고색창연한 목조건물이 즐비했고 숲이 울창했다. 한성을 병풍처럼 둘러싼 하얀 바위산, 물들인 것처럼 푸른 하늘, 수량이 풍부한 강, 때로는 연둣빛으로 때로는 초록빛으로 옷을 바꿔입는 조선의 사계(四季)……. 어느 날은 불이라도 붙은 듯이 붉은 단풍이 화려하고, 또 어느 날은 하얗게 눈이 내리는 조선의 사계를 그는 가슴이 시리도록 좋아했다. 정치만 제대로 이루어지면 조선은 얼마든지 풍요롭게 잘살 수 있는 나라였다.

'이제 이 나라는 우리 대일본제국의 지배를 받아야 돼. 흐흐흐……'

2층 서재로 올라간 미우라는 커튼을 열어젖히고 밖을 내다보았다. 군인들이 부산하게 움직이고 있기 때문인지 민가에서 개 짖는 소리가 요란하게 들려왔다. 달은 중추절이 지난 지 나흘밖에 되지 않는데도 반달이었다. 거리는 달빛이 희미해 군대가 이동을 하는 것이 거의 눈에 띄지 않았다. 그는 희미한 달빛 속에서 일사불란하게 정동으로 몰려오고 있는 일본 군대가 믿음직스러웠다.

조선의 군대는 허울뿐이었다. 일본군은 이미 지난해에도 경복궁을 점령한 일이 있었다.

'오늘은 조선의 왕비가 비참한 죽음을 당하게 될 것이다.'

미우라는 머릿속에 한 여인의 기품 있고 우아한 얼굴이 떠오르자 전신이 바짝 긴장되는 것을 느꼈다. 일본의 조선 침략 정책은 그 여인 때문에 번번이 실패를 거듭하고 있었다.

***

앙상한 나뭇가지를 흔들고 지나가는 음산한 삭풍처럼 피리 소리가 길게 여운을 끌면서 들려왔다.

조선의 제26대 국왕 이재황은 잠결에 어렴풋이 그 소리를 듣고 눈을 번쩍 떴다. 그 소리는 임금이 되기 전 어릴 때 사가에서 듣던 소리였다. 한겨울 언 하늘이 쩡쩡거리며 갈라지고 문고리가 쩍쩍 달라붙는 밤이면 소경이 퇴창 밑을 지나가며 피리를 불었었다. 폐부를 찌르듯, 혹은 뇌리를 파고들듯이 날카로운 소리였다.

왕비인 자영은 일본인들이 자신을 미워하는 것을 알고 있었다. 일본은 청일전쟁에서 승리한 뒤로 조선을 식민지로 만들기 위해 혈안이 되어 있었다. 이미 조선의 경제는 파탄이 났고 군대조차 유명무실했다. 자영은 그로 인해 인아거일 정책을 펴왔는데 그것은 러시아를 이용해 일본을 견제하려는 등거리 외교정책이었다. 그런 까닭에 일본인들은 자영을 몹시 미워했다.

문득 대전 밖이 소란스러워지기 시작했다. 불면증에 시달리는 재황이 잠이 오지 않아 엎치락뒤치락하다가 자영의 옆에 일어나 앉아서 우두커니 허공을 응시하고 있을 때였다.

"게 누구 없느냐?"

재황은 나직한 음성으로 직숙상궁을 불렀다.

"전하, 김 상궁 대령해 있습니다."

밖에서 김 상궁이 조용히 대답했다. 또 바람이 이는지 뜰에서 나뭇잎이 우수수 몸을 떠는 소리가 들렸다.

"내전이 소란스러운데 무슨 일이냐?"

"전하, 방금 무예별감이 다녀갔습니다."

"무예별감이? 무슨 일로 다녀갔느냐?"

재황은 눈썹을 꿈틀했다. 공연히 가슴이 철렁했다.

"궐 밖에 병정들이 집결하고 일본인들의 왕래가 빈번하다고 하옵니다."

"무슨 연유라 하더냐?"

"무예별감도 영문을 모르겠다고 하옵니다."

"이런 변고가 있나? 무예별감을 들라 하라!"

"예!"

문밖에서 김 상궁이 조심스럽게 물러가는 기척이 들렸다. 재황은 자리에서 일어나 손수 불을 밝히고 주섬주섬 옷을 입기 시작했다.

"전하, 불러 계십니까?"

재황이 의관을 정제하고 곤령합의 대청으로 나섰을 때 무예별감이 황망히 달려와 부복했다.

"별감, 궐 밖이 소란하다는데 사실인가?"

"그러하옵니다, 전하."

"무슨 연유라 하더냐?"

26

"연유는 알 수 없으나 병정들이 무리를 지어 다니고 일본인들의 왕래가 잦은 줄로 아옵니다."

"연유를 모른다고?"

재황은 언성을 높여 소리를 버럭 질렀다. 갑신정변이 일어났을 때는 김옥균, 박영효 등이 미리 정변이 일어날 것을 알려주었으나 임오군란 때는 사정이 그렇지 못해 자영이 죽을 고비를 넘기면서 장호원까지 피신을 했다가 간신히 살아 돌아온 일이 있었다. 재황은 불길했다. 아무래도 꿈이 예사롭지 않다고 생각했다.

"황공하옵니다."

"오늘의 당직은 누구냐?"

"농상공부협판 정병하입니다."

"정병하를 들라 하라."

"분부 받자옵니다."

무예별감이 깊숙이 허리를 숙이고 뒷걸음으로 물러갔다. 재황은 혀를 찼다. 가슴이 답답했다.

"김 상궁은 들으라."

"예."

"김 상궁은 동궁전에 가서 세자를 깨우도록 하라. 궐 밖이 소란스러운 것은 필시 곡절이 있을 터, 속히 변란을 대비하라고 이르라."

"분부 받자옵니다."

김 상궁이 허리를 깊숙이 숙인 채 동궁전으로 가기 위해 조심스럽게 곤령합의 대청을 나섰다. 재황은 다시 침전으로 들어갔다. 자영은 그때서야 밖이 소란한 기색을 눈치챘는지 일어나서 주섬주섬 옷을 입고 있었다.

"전하, 밤이 야심한데 무슨 일로 밖이 소란합니까?"

"아직 모르겠소."

"무예별감은 무엇이라고 합니까?"

"자신은 무슨 까닭인지 모른다고 하오. 이제 궁궐을 지키는 직책은 시위대의 현흥택이 맡고 있다고 하오."

"저런 고약한 위인이 있나?"

자영의 눈썹이 파르르 떨렸다. 불빛에 드러난 얼굴이 약간 창백했다. 그녀가 상황을 파악하려고 하는지 잠시 생각에 잠겼다.

"전하, 동궁전으로 행차하시지요."

"세자에게는 기침을 하라고 김 상궁에게 일렀소."

"우리도 세자와 함께 있어야 합니다."

"그러면 그렇게 합시다."

재황이 먼저 보료에서 일어나고 자영이 뒤를 따랐다. 궁녀들이 재빨리 재황과 자영의 앞과 뒤에서 호위를 했다.

그들이 서둘러 동궁전에 도착하자 세자 척(拓)이 김 상궁의 전갈을 받고 기침해 있었다. 문약한 얼굴이었다. 기백이 보이지 않았다. 재황은 세자의 얼굴을 보자 자신도 모르게 눈살이 찌푸려졌다. 장차 국왕이 되어 조선의 운명을 짊어질 세자였다. 그 세자가 문약하기 짝이 없어 재황은 가슴이 아픈 것이다. 뒤에는 세자빈도 일어나서 다소곳이 고개를 숙이고 있었다. 희고 창백한 얼굴이었다. 재황은 공연히 젊은 부부의 잠을 깨운 것이 아닌가 하는 생각이 들었다. 궐 밖이 다시 조용해져 있었다.

"아바마마, 야심한 시각인데 어인 행차십니까?"

세자 척이 여린 목소리로 재황에게 물었다.

"궐 밖이 소란하다. 무슨 연유인지 모르겠구나."

"아바마마, 밤바람이 찬데 어서 안으로 드십시오."

"괜찮다. 우리는 모처럼 북원을 산책이나 할 테니 세자 내외는 쉬고 있도록 하라."

재황이 낮게 한숨을 내쉬고 북연(北椽, 북쪽 서까래) 쪽을 향해 걸음을 떼어놓았다. 자영이 세자를 향해 애정이 담긴 미소를 보낸 뒤에 재황을 따라나섰다. 궐 밖은 여전히 조용했고 달빛만이 교교했다. 궐 밖이 조용한 탓인지 숲과 뜰에서 풀벌레가 요란하게 울어댔다.

"폐하."

농상공부협판 정병하가 시위대 본부 쪽에서 나오다가 머리를 조아렸다. 갑오경장 이후 공식적으로는 재황을 대군주 폐하로 불러야 했다. 그러나 대궐의 궁녀와 내시들이 습관적으로 전하라고 부르고 있었다.

"밖이 소란스럽다고 하는데 무슨 일인가?"

재황이 정병하를 살피면서 물었다.

"낮에 일본인과 조선인이 싸움을 했는데 그 일로 순검청으로 몰려가느라고 소란이 일어났다고 합니다."

정병하가 머리를 조아리면서 재황을 안심시켰다. 정병하는 일본인들이 천거한 인물로, 고영근은 그를 경계해야 할 인물이라고 말한 바 있었다.

"왜인들이 흉측한 일을 꾸미고 있다면 대책을 세워야 할 것이오. 그대는 일본 공사와 친하니 무슨 일이 있을지 알 것이 아니오? 내가 경복궁에서 몸을 피해야 하오?"

자영이 얼굴을 찌푸리고 있다가 날카로운 눈빛으로 정병하를 쏘아보았다.

"왕후 폐하, 신이 낮에 일본 공사관을 방문하여 미우라 공사와 이야기를 했습니다. 미우라 공사는 절대로 그와 같은 일이 없을 것이라고 했습니다. 안심하고 침수 편히 드십시오."

정병하가 당황한 표정으로 머리를 조아렸다.

"난세가 되면 충신보다 역적이 더 많아진다고 하더군."

정병하는 숨이 멎는 듯한 기분이 들었다.

"역적은 백성들이 돌로 쳐 죽이고 영원히 기록에 남지."

자영은 그를 지그시 쏘아보다가 걸음을 돌렸다.

'왕비는 너무 총명하다. 마치 본 것처럼 이야기를 하는군.'

정병하는 서둘러 걸음을 옮기기 시작했다. 일본군과 시위대가 총격전을 벌이면 위험할 수도 있다. 미리 안전한 장소를 찾아서 숨어 있어야 했다.

자영은 재황을 따라 느리게 걸음을 떼어놓았다.

"중전, 정말 오랜만에 함께 걸어보는 것 같구려. 나라에 변란이 끊이지를 않으니 우리 부부가 이런 시간을 가질 틈이 없었구려."

재황의 말은 전에 없이 감상에 젖어 있었다. 자영은 재황의 말에 가슴이 찌르르 울리는 것 같은 기분을 느꼈다.

"그러하옵니다. 전하……."

자영은 고개를 푹 숙이고 대답했다. 시간이 얼마나 되었는지 알 수 없었다. 그러나 새벽이 가까워오는 것을 피부로 느낄 수 있었다. 달빛이 교교한 하늘에서 밤이슬이 내리고 어느 여염집에서 인지 닭이 홰를 치는 소리가 들려왔다.

"나라가 너무 어지러워."

재황이 하늘을 우러러보며 탄식했다. 자영은 무엇이라고 말을 할 수가 없었다. 그녀는 심중에 일어나는 불길한 기분을 떨쳐버릴 수 없었다. 시정에서는 일본인들이 자신을 죽이려는 음모를 꾸미고 있다는 소문이 파다하게 나돌고 있었다.

그들은 대궐을 말없이 걸었다. 재황과 자영이 대궐의 후원을 새벽에 나란히 산책하는 것은 드문 일이었다.

재황과 자영은 달빛을 밟으며 사정전과 근정전을 한 바퀴 돌아

경회루 쪽으로 걸음을 떼어놓았다. 어디선가 바람이 불고 나뭇잎이 우수수 떨어졌다. 벌써 새벽이 가까워지고 있었다. 재황은 경회루에 이르러 누각으로 바로 오르지 않고 몸을 돌려 하늘을 쳐다보았다. 그는 까닭 모르게 불안했다. 마치 무엇인가 무시무시한 일이 일어날 것 같은 불안감이 엄습하여 가슴이 두근거리고 등줄기가 서늘했다.

자영도 재황을 따라 하늘을 쳐다보았다. 별빛이 점점 사위어가는 북쪽 하늘에 기러기가 떼를 지어 날아가는 것이 보였다. 하늘은 푸른빛이다. 대궐의 울창한 숲과 전각 위로는 희뿌연 달빛이 흐르고 있다. 새벽이라 달빛도 기울어가고 있었다.

**

왕궁시위대 대장 현흥택은 자정이 조금 지났을 때 경복궁의 경비 상태를 평소처럼 순찰했다. 왕궁시위대는 약 5백 명으로 편성되어 있었는데 미국인 퇴역장군 맥이 다이가 훈련을 맡고 있었다. 그들의 주요 임무는 궁성 수비와 왕실 경호였다. 그날 밤은 달빛이 교교하게 비치는 맑은 날로 모든 것이 신비스러울 정도로 조용했다.

달빛은 5백 년 고도의 심장인 대궐의 숲과 누각에 신비롭게 흐르고 나뭇잎들은 달빛에 씻기어 하얗게 반짝거리고 있었다.

바람은 이따금 잔잔하게 불었다. 옷깃을 여미게 하는 서늘한 바람이 불 때마다 나뭇잎들이 살랑살랑 몸을 흔들면서 떨어졌고, 떨어진 나뭇잎들이 대궐의 마당으로 쓸려 다녔다.

가을이었다. 중추절을 지난 지 어느새 닷새째 되는 새벽, 중천에 걸린 달이 점점 서쪽으로 기울면서 달빛도 희끄무레하게 시들어가고 있었다.

대궐은 수상한 조짐이 전혀 없었다. 자정이 가까운 시각에 대궐 근처에서 일본 병사들이 움직이는 듯했으나 곧 조용해져 만호 한양 장안이 고요했다.

현흥택은 대궐을 순찰한 뒤에 다이 장군과 함께 사용하는 당직실로 들어가 잠자리에 들었다. 대궐은 안팎이 조용하여 지극히 평화로운 가을밤이 깊어가고 있었다. 성안에 유포된 훈련대 반란설, 일본인들의 왕비 시해설은 단순한 유언비어인 모양이었다.

그는 눈을 감고 잠을 청했다.

"대장님! 대장님!"

현흥택이 눈을 뜬 것은 다이 장군의 통역관으로 있는 이학균 참위가 허겁지겁 달려와 어깨를 흔들어댔기 때문이다.

"무슨 일인가?"

현흥택은 눈을 부릅뜨고 이학균을 쏘아보았다. 자정이 지나서 잠이 들었기에 몹시 피곤했다.

"일본군 수비대 병사들이 추성문과 춘생문 밖에 몰려와 있습니다."

이학균이 떨리는 목소리로 말했다.

"일본군이 확실한가?"

"확실합니다. 일본군의 동태가 수상합니다."

"다이 장군을 깨우게. 나는 대군주 폐하에게 달려가 보고하겠네."

"예."

현흥택은 가슴이 급박하게 뛰는 것을 느꼈다. 우려하던 일이 현실로 닥쳐온 것 같아 다리가 후들거리고 떨렸다.

현흥택은 부랴부랴 건청궁에 있는 곤령합으로 달려갔다. 그 시간 국왕과 왕비는 궁녀들을 거느리고 대궐 뜰을 산책하고 있었다. 달빛이 푸르고 가을이 깊은 탓인가. 국왕과 왕비도 잠이 오지 않는 모양이었다. 군대를 앞세운 일본의 행패가 심해지자 국왕은 불면증에 시달리고 있었다.

"전하!"

현흥택은 국왕 앞에 달려가 허리를 깊숙이 숙였다.

"무슨 일이냐?"

국왕이 떨리는 목소리로 하문했다. 왕비는 서릿발처럼 차가운 눈으로 현흥택을 응시하고 있었다. 그 깊은 눈망울을 대할 때마다 현흥택은 기이하게 가슴이 떨렸다.

"폐하, 일본군이 삼군부에 들어와 있습니다. 변란을 대비하셔야 합니다."

현흥택이 다급한 목소리로 외쳤다. 국왕은 가슴이 철렁했다. 일본군이 무엇 때문에 삼군부까지 쳐들어왔는지 알 수 없었으나 불길한 일이 닥쳐오고 있다고 생각했다.

"일본군이 삼군부에 들어왔다고?"

국왕은 얼굴이 창백하게 질려 있었다.

"그러하옵니다."

현흥택은 국왕의 얼굴을 조용히 응시했다. 그는 어떤 왕명도 내리지 않고 우물쭈물하고 있었다.

"현 부령, 그들이 무슨 연유로 삼군부를 침입한 것이냐?"

잠시 생각에 잠겨 있던 왕비가 현흥택을 싸늘한 눈빛으로 쏘아 보았다.

"아직 연유를 알 수 없습니다."

"답답한 일이 아니냐? 일본군이 침입을 했으면 마땅히 문정(問情)을 하여 연유를 묻거나 군사로써 내쳐야 하지 않느냐?"

"소신은 중전마마의 안위가 적정되어……."

"현 부령은 당장 돌아가서 일본군을 삼군부에서 내치시오. 내일 미우라 일본 공사를 불러 엄중히 따지겠소."

왕비가 재빨리 대책을 지시했다.

"황송하옵니다. 중전마마. 소신 물러가옵니다."

현흥택이 허리를 깊숙이 숙이고 건선문 쪽으로 총총히 달려갔다.

왕비는 국왕의 얼굴을 힐끗 쳐다보았다. 국왕은 망연한 표정으로 현흥택이 달려가는 것을 지켜보고 있었다. 왕비는 고개를 떨어뜨렸다. 예상했던 일이 벌어지고 있다. 일본군이 드디어 대궐을 공격할 준비를 하고 있는 것이다.

'정병하가 일본인들에게 넘어갔어.'

이제는 대궐을 탈출하여 피할 방법이 없다. 왕비는 가슴속으로 찬바람이 불어오는 듯 몸이 으슬으슬 떨렸다.

***

훈련대 연대장 홍계훈은 훈련원 막사 앞에서 새벽하늘을 우두커니 쳐다보고 있었다. 하늘은 전에 없이 별빛이 초롱초롱했다. 1895년 8월 20일, 미명의 새벽이었다. 그런데도 아직 야간훈련에 동원된 제1, 제2훈련대 병사들이 돌아오지 않고 있었다. 제1훈련대 대대장은 이두황이고 제2훈련대 대대장은 우범선이었다.

홍계훈은 연대장이면서도 휘하 병력이 야간훈련에 동원된 사실을 전혀 모르고 있었다. 그는 연대 부관으로부터 병영을 지키는 1소대만 남기고 연대 병력이 야간훈련에 동원되었다는 보고를 받았을 때 어리둥절했다.

홍계훈은 국왕인 재황으로부터 8월 20일자로 훈련대 연대장에 임명된 상태였다. 연대장인 그를 제외하고 훈련대 대대장들은 모두 친일파인 데다가 교관들은 일본군 중대장이었다. 그런 까닭에 훈련대는 조선의 군사들이면서도 일본군의 지휘를 받고 있었다. 국왕파라고는 연대장에 임명된 홍계훈뿐이었다.

'왕궁에 무슨 일이 있다.'

홍계훈은 밤중에 달려와 훈련대를 인수받으려고 했다. 그런데 훈련대 장교들이 병력을 인계하지 않고 훈련을 한다는 핑계로 병사들을 이끌고 사라진 것이다.

'이놈들이 내가 연대장에 임명되어 훈련대를 해산하려는 것을 눈치챈 게 틀림없어.'

왕비는 신식 군대로 양성하기 시작한 훈련대가 일본군의 꼭두각시가 될 기색이 보이면 해산하라고 밀명을 내렸다. 홍계훈은 일본군 장교에 의해 훈련을 받은 훈련대를 인계받을 수 없었고, 차선책으로 훈련대를 해산하여 새로운 군대를 창설해야겠다고 생각하고 있었다.

왕비는 총명한 여인이었다. 일본인들은 명성황후를 조선의 '여우'라고 비하했으나 서구 열강의 공사들은 왕비를 조선의 여걸이라고 했고 '철의 여인'이라고도 불렀다. 삼국간섭이 날로 심해지자 왕비는 교묘하게 줄타기 외교 솜씨를 발휘하여 일본의 조선 침략 정책을 와해시키고 있었다.

"훈련대가 실탄까지 가지고 야간훈련에 나갔나?"

홍계훈은 부동자세로 서 있는 부관에게 물었다.

"예."

"지휘자들은 누구인가?"

"대대장 이두황, 우범선…… 중대장은 이범래, 남만리와 일본군 교관들입니다."

"군부대신도 알고 계시나?"

"모릅니다."

"이런 변고가 있나? 군부대신 댁으로 가자."

홍계훈은 가슴이 철렁했다. 군부대신도 모르게 병력이 출동한 것은 수상한 일이 아닐 수 없었다. 홍계훈은 병영에 남아 있는 1개 소대를 지휘하여 안경수 군부대신의 집으로 황급히 달려갔다.

"훈련대가 야간훈련을 하다니 이 무슨 변괴인가?"

자다가 일어난 안경수 군부대신은 경악을 금치 못했다.

"군부대신 각하, 훈련대는 오늘자로 저의 지휘를 받아야 합니다. 그런데 대대장 우범선과 이두황이 군사를 이끌고 나갔습니다."

홍계훈은 불길한 예감을 떨쳐버릴 수 없었다. 일본군이 왕비를 시해하기 위해 음모를 꾸미고 있을지 모른다고 생각하자 가슴이 타는 것 같았다.

"이자들이 혹시 왕궁을 침범하려는 것이 아닌가?"

"소인도 그렇게 의심하고 있습니다."

"낭패로구먼. 이 일을 어쩌지? 시위대만으로 훈련대를 막을 수 없을 텐데……."

"군부대신 각하, 일단 대궐로 달려가야 합니다. 이들이 반란을 일으킨다면 중전마마가 목표가 될 것입니다."

"허어!"

안경수 군부대신이 탄식했다.

"알았네. 어떻게 하든지 훈련대가 대궐에 난입하는 사태는 막아야 하네. 자네는 먼저 광화문으로 가게. 나도 의관을 갖추고 뒤따라가겠네."

"예!"

홍계훈은 안경수 군부대신의 지시를 받고 즉각 건춘문 밖에 가서 영문도 모르고 도열해 있던 제1훈련대의 1중대를 설득했다. 1중대는 다행히 홍계훈의 설득을 받아들여 무장을 한 채 홍계훈의 뒤를 따라 돈화문 쪽으로 내달렸다. 그러나 성벽의 망루 부근에 일본군 수비대가 삼엄한 기세로 주둔하고 있는 것을 발견하고는 탁지부청(度支部廳)을 우회한 뒤 광화문으로 달려갔다.

홍계훈은 초조했다. 훈련대 병사들이 일본군 사관들의 지시를 받아 왕궁으로 들어가면 왕비의 생명이 위태로울 것이 분명했다. 그들이 탁지부청을 우회하여 광화문 가까이 이르렀을 때야 안경수 군부대신이 말을 타고 허겁지겁 달려왔다.

"어떻게 되었나?"

안경수 군부대신이 창백하게 질린 얼굴로 홍계훈에게 물었다. 광화문 앞쪽으로 일본군 수비대 병력과 조선군 훈련대 병사들이 계속 몰려가고 있었다.

"돈화문 성벽엔 이미 일본군 수비대가 진을 치고 있습니다."

"그렇다면 훈련대의 반란이 아니지 않는가?"

"그렇습니다. 아무래도 일본이 음모를 꾸민 것 같습니다."

"어서 광화문으로 가세."

안경수 군부대신이 다급하게 재촉했다. 그러나 그들이 광화문에 이르렀을 때는 이미 훈련대 제2대대가 대로 양쪽에 도열해 있고 일단의 병사들이 함성을 지르며 쇄도하고 있었다. 이미 경복궁의 왕궁시위대와 치열하게 전투가 벌어지고 있는 상황이었다. 총소리와 함성이 요란했다.

"큰일이다! 큰일이야!"

군부대신 안경수가 당황하여 몸을 부르르 떨었다.

"군부대신 각하, 훈련대 병사들이 궐에 진입하는 것을 막아야 합니다."

홍계훈이 다급하게 안경수 군부대신을 재촉했다.

"조선군 병사들은 들으라! 병사들은 대궐에 들어가지 마라!"

안경수 군부대신이 그때서야 말 위에서 소리를 질렀다.

"나는 훈련대 연대장 홍계훈이다! 병사들은 대궐에 진입하지 마라!"

홍계훈도 악을 쓰듯이 소리를 질렀다. 광화문 일대에 총연이 자욱하게 퍼지고 있는 가운데 두 사람의 고함 소리가 조선군 훈련대 병사들을 향해 날아갔다.

"군부대신이 여기 계신다! 병사들은 절대로 대궐에 진입하지 마라!"

"병사들은 대궐에 들어가지 마라!"

훈련대 1중대 병사들도 일제히 소리를 지르기 시작했다. 그러자 광화문을 통해 대궐로 들어가던 병사들이 주춤했다. 대궐로 들어가던 병사들은 홍계훈이 설득하여 광화문으로 데리고 온 병사들보다 훨씬 많았다. 게다가 일본군 수비대까지 앞뒤에서 포진하고 있어서 무력을 사용할 수도 없었다. 홍계훈은 그들을 저지할 수가 없어서 목이 터질 듯이 소리만 질러댔다.

"훈련대는 대궐로 들어가지 마라!"

홍계훈은 병사들에게 더 크게 소리를 지르라고 한 뒤 광화문을 향해 달려 나갔다. 훈련대 병사들이 연대장인 자신을 향해 총을 쏘지는 않을 것이라 생각했다. 그러나 그것은 홍계훈의 착각이었다. 홍계훈이 광화문 앞에 도착하기도 전에 몇 발의 총성이 요란하게 들려왔다.

'아……'

홍계훈은 참담했다. 그에게 총을 쏘고 있는 이는 말을 탄 일본군 장교 구스노세 중좌였다. 광화문 양쪽 가로에 도열해 있던 훈련대가 홍계훈을 알아보고 주춤했다. 그들은 당황하고 있었다. 그때 천지를 진동하는 듯한 포성이 들려왔다. 병사들이 갑자기 우왕

좌왕하면서 사방으로 달아났다.

"병사들은 대궐로 진입하지 마라!"

홍계훈은 말을 탄 일본군 구스노세 중좌를 쏘아보며 다시 소리를 질렀다. 그러자 구스노세 중좌가 그를 향해 총을 겨누었다. 홍계훈은 구스노세 중좌를 노려보았다. 홍계훈은 순간적으로 내가 여기서 죽는구나, 하는 공포감이 엄습해왔다.

탕!

홍계훈은 요란한 총소리와 함께 뜨거운 것이 가슴을 꿰뚫고 지나가는 듯한 기분이 들었다. 가슴이 화끈하면서 눈앞이 아득해져왔다. 복부에서 뜨거운 것이 주르르 흘러내렸다.

'아아 내가 여기서 허무하게 죽다니…… 중전마마를 도와야 할 텐데…….'

홍계훈은 복부를 움켜쥐고 땅바닥으로 뒹굴었다. 그때 와하는 함성이 들리면서 일본군 수비대가 광화문 안으로 달려 들어가는 것이 보였다. 귓전으로 연달아 포성이 들리고 병사들을 질타하는 일본군 사관의 외침, 말발굽 소리, 영문도 모르고 이리 뛰고 저리 뛰는 조선군 훈련대 병사들의 소리가 귓전으로 웅웅거렸다. 그는 눈을 감았다. 평생을 걸쳐 모신 한 여인의 얼굴이 망막에 희미하게 어른거렸다.

'중전마마…….'

홍계훈은 입술을 달싹거려 겨우 외쳤다. 가슴속에서는 무엇인가 계속 콸콸대며 흘러내리고 있었다.

'중전마마……'

망막에서 여인의 얼굴이 꽃잎처럼 부서져 흩어졌다.

"연대장님이 일본군의 총에 맞았다!"

뒤이어 훈련대 병사들의 다급한 외침이 들렸다.

홍계훈은 천천히 눈을 감았다. 어느새 광화문 위의 하늘이 부옇게 밝아오고 있었다.

***

현흥택은 국왕과 왕비에게 일본군의 침입을 보고한 뒤에 달음질을 쳐서 추성문으로 달려갔다. 이학균의 보고대로 추성문 밖에 일본군 수비대 병사 40~50명이 총검으로 무장하고 도열해 있었다.

"듣거라! 너희들은 무엇을 하는 무리냐?"

현흥택이 호통을 치자 그들은 일제히 담벼락 아래로 몸을 숨겼다. 대꾸는 전혀 없었다.

"이놈들, 대궐에는 무엇하러 왔느냐?"

현흥택이 다시 소리를 질렀다. 그들의 군복을 살피자 일본군이 분명했다. 현흥택은 일본군을 보자 비장한 기분이 들었다. 왕궁시위대가 전투력이 막강한 일본군을 격파하는 것은 역부족일 것이다. 이럴 때 신식군사 훈련을 받은 훈련대가 합류해준다면 승산이 있을 것이다.

'저놈들이 기어이 일을 저지르려고 하는구나.'

현흥택은 전신이 팽팽하게 긴장되는 것을 느꼈다. 놈들이 드디어 왕궁으로 쳐들어오려고 하고 있는 것이다.

"현 부령, 시위대 전 병사에게 교전 준비를 하라고 하시오!"

미국인 다이 장군이 다른 곳에 척후병을 보낸 뒤에 현흥택에게 달려와서 말했다. 다이 장군의 얼굴에도 긴장감이 흐르고 있었다.

"예."

현흥택이 대답을 했다. 시위대 병사들은 모두 숙소에서 달려나와 무장을 하고 있었다. 그들의 얼굴에도 팽팽한 긴장감이 흐르고 있었다.

"시위대 병사들은 20명씩 나뉘어 각 궁궐문으로 집결하라! 왜인들이 쳐들어오려고 한다!"

현흥택은 시위대 병사들에게 지시했다.

"예!"

병사들이 일제히 대답했다. 그때 척후병들이 돌아와 일본군 수비대 옆에 조선군 2백 명 정도도 함께 있다고 보고했다. 조선군은 훈련대를 말하는 것이다. 훈련대가 시위대를 돕지는 못할망정 일본군에 가세했다고 하니 눈앞이 캄캄했다.

'조선의 훈련대가 일본군 편이 되었다는 말인가?'

현흥택은 절망감이 엄습해왔다.

"전투 준비!"

현흥택은 병사들에게 명령을 내렸다. 왕궁시위대 병사들이 전부 죽는다고 해도 일본군과 싸워야 할 것이다.

"전투 준비!"

부관이 현흥택의 명령을 복창했다. 병사들이 일제히 총을 움켜쥐고 대궐 밖을 노려보았다.

새벽 5시경이 되자 광화문 쪽에서 먼저 총소리가 들려왔다. 그러자 춘생문과 추성문 쪽에서도 총소리가 일제히 울려 퍼졌다. 춘생문은 경복궁의 동쪽에 있고 추성문은 경복궁의 서쪽에 있었다. 그와 함께 일본군과 훈련대 병사들이 대궐을 향해 새카맣게 몰려오기 시작했다.

"사격 개시!"

현흥택이 명령을 내렸다.

"사격 개시!"

병사들이 일제히 사격을 개시했다. 총소리가 새벽공기를 찢으며 요란하게 울려 퍼졌다. 일본군들이 황급히 담 옆으로 붙어 서며 반격을 해왔다. 교전은 치열하게 계속되었다. 그러나 시간이 흐르자 시위대가 서서히 밀리기 시작했다. 현흥택은 다이 장군과 함께 시위대를 이끌고 건청궁 수비에 나섰다.

그때 광화문이 일본군 수비대에 점령되었다는 보고가 들어왔다. 그러나 현흥택은 시위대를 광화문으로 파견할 수 없었다. 야간 당직 시위대 군사가 소수라서 광화문, 영추문, 춘생문, 추성문 등 광범위한 대궐을 수비하는 것이 불가능했고 국왕이 거처하는 건청궁 수비가 다급했기 때문이다.

시위대는 2개조로 나뉘어 일본군 수비대와 격렬한 총격전을 벌였다. 현흥택은 시위대 군사들을 독려하여 신무문에서 일본군 수비대와 맞섰다. 전투는 치열했다. 시위대는 얼마 되지 않는 병사들로 배수의 진을 치고 일본군 1천여 명과 맞서 총격전을 벌였다. 현흥택도 직접 일본군들을 향해 총을 쏘았다.

"어명이오!"

현흥택이 시위대를 독려하여 일본군 수비대와 교전을 벌이기 시작한 지 30분도 되지 않았을 때 건청궁에서 오일호 내관이 황급히 달려왔다.

"현 부령은 사격을 중지하시오. 어명이오!"

현흥택은 어리둥절하여 오 내관을 쳐다보았다.

"무슨 일이오?"

"전하께서 일본군 수비대에 감금당했소."

"뭐요?"

현흥택은 가슴이 철렁했다. 건청궁에 있는 국왕이 일본군 수비대에 감금당했다면 전투는 하나 마나인 것이다. 현흥택은 천 길 벼랑으로 추락하는 듯한 아득한 절망감을 느꼈다.

"전하께서 볼모로 잡히셨소."

오 내관이 울음을 터트렸다.

"아니 어떻게 그럴 수 있다는 말이오? 어찌하다가 전하께서 볼모가 되셨소?"

현홍택은 통곡이라도 하고 싶은 심정이었다.

"일본군이 불경하게도 전하를 위협하고 있소. 사격을 중지하시오!"

현홍택은 맥이 풀렸다. 왕궁시위대가 국왕을 보호하지 못한 탓이었다. 아아 그런데 어느 틈에 일본군이 건청궁까지 침입했다는 말인가? 일본군이 침입해 올 만한 길목에 병사들을 배치하여 치열하게 교전을 벌이던 현홍택은 참담했다.

"사격 중지!"

현홍택은 시위대 병사들에게 사격 중지 명령을 내렸다.

"사격 중지!"

병사들이 그의 명령을 복창했다.

"사격 중지!"

왕궁시위대가 사격을 중지하자 일본군도 사격을 중지했다.

'아아 참으로 통탄할 일이로다!'

현홍택은 피가 나도록 입술을 깨물었다.

"빠가야로!"

일본군이 총을 버리는 왕궁시위대 병사들에게 달려와 발로 걷어차고 개머리판으로 후려치며 무장을 해제하기 시작했다.

조선의 국왕은 그때 비참한 처지에 몰려 있었다. 작전이 개시되자마자 춘생문을 통해 벌떼처럼 몰려들어온 일본군 수비대는 단숨에 건청궁을 에워싸고 시위대의 무장을 해제해버렸다. 그들은 무엄하게도 국왕의 어깨를 흔들며 왕비의 소재를 말하지 않으면 죽여버리겠다고 위협했다. 불경스러운 짓이었다. 그들의 사나운 눈에는 핏발이 서 있었다.

'아아, 왜인들이 또다시 대궐을 침범하다니 하늘이 무심하구나.'

국왕은 일본군이 총을 겨누자 전신을 부들부들 떨었다.

'세자, 세자는 어떻게 되었을까?'

국왕은 경복궁이 일본군에 점령되자 왕세자의 얼굴이 먼저 떠올랐다. 그런데 일본군과 함께 조선군 훈련대 병사들 40여 명이 건청궁에 들어와 도열해 있는 것이 보였다.

'저놈은 훈련대 대대장 우범선이 아닌가?'

국왕은 훈련대 대대장 우범선이 병사들을 거느리고 서 있는 것을 보고 경악했다.

왕세자 척도 곤경을 당하기는 마찬가지였다. 일본군 수비대는 왕세자 척을 잡아 관을 찢고, 상투를 쥐고 흔들며 왕비의 소재를 자백하라고 강요했다.

"왕비는 어디에 있나?"

"모른다."

그들은 왕세자가 자백을 하지 않자 칼등으로 마구 후려쳤다. 왕세자는 비명을 지르며 혼절했다. 다음은 궁녀들 차례였다. 일본 낭인들이 칼을 휘두르며 건청궁으로 난입하자 궁녀들은 비명을 지르며 이리 뛰고 저리 뛰었다.

"왕비가 어디 있는지 말하라. 말하지 않으면 죽인다."

낭인들은 궁녀들까지 마구 폭행하면서 왕비의 소재를 추궁했다. 그러나 궁녀들은 일본군의 말을 알아듣지 못할 뿐만 아니라 발길에 차이고 칼등에 얻어맞으며 울부짖기만 할 뿐이었다. 술에 취한 일본 낭인들은 그 와중에도 궁녀들을 희롱하느라고 정신이 없었다. 궁녀들은 이리 쫓기고 저리 쫓기며 울부짖었다.

국왕은 자신의 눈앞에서 벌어지는 목불인견의 참상에 몸을 떨면서 눈물을 흘렸다.

***

대원군 이하응은 가마에서 내려 건청궁을 조용히 응시하고 있었다. 일본군이 대궐에 난입하여 쑥대밭으로 만들고 있었다. 여기저기서 곤욕을 당하고 있는 것은 내관들과 궁녀들이었다. 오랜 정적인 왕비를 제거하는 일이었지만 일본군이 대궐에 난입하여 아수라장으로 만들고 있는 모습을 본 이하응은 비감했다.

'왕비가 기어이 비명에 죽는 것인가?'

이하응은 대궐이 일본군에 짓밟히는 것을 보고 몸을 떨었다. 20년 동안 며느리인 왕비 민씨와 원수처럼 지냈다. 그러나 그녀가 이제 죽을 것이라고 생각하자 무엇인지 알 수 없는 회한이 밀려왔다.

'총명한 아이였는데…….'

민씨는 너무나 똑똑하고 다부졌다. 여자로 태어나지 않고 남자로 태어났다면 세상을 뒤흔들고 남았을 것이다. 아니 여자의 몸인데도 조선은 물론 청나라와 일본까지 흔들었다.

'우리가 평범한 며느리와 시아버지로 만났다면 어떻게 되었을까?'

이하응은 민씨가 사랑받는 며느리가 되었을 것이라고 생각했다.

낭인 오카모토 유노스케는 이하응의 늙은 얼굴을 힐끗 쳐다보고 회심의 미소를 지었다. 이미 조선의 왕궁은 일본군 수비대가 완전히 장악하고 있었다. 이제 남은 일은 조선 국왕의 거처인 건청궁에서 왕비를 찾아내어 살해하는 것뿐이었다. 시간이 약간 지체되기는 했으나 만족스러웠다.

날은 점점 훤하게 밝아오고 있었다.

오카모토는 공식적으로 조선의 궁내부 문관이었다. 그는 처음에 조선의 궁내부 문관에 임명되었을 때 조선이 예상보다 훨씬 허약하다는 사실에 놀라지 않을 수 없었다. 왕실의 재정은 바닥이나 있었고 나라엔 제대로 된 군대가 없었다. 대대로 귀족 노릇을 해온 양반들은 백성들을 착취하는 데만 혈안이 되어 있었다.

근대화의 척도가 되는 상공업은 원시 수준이었다. 백성들은 마을 단위로 자급자족을 하고 있었다. 게다가 많은 백성들이 소작농을 하고 있었고, 양반과 토호들이 소출의 대부분을 빼앗아 갔기 때문에 기층 민중들은 초근목피로 연명하다 못해 굶어 죽는 자가 허다했다.

'이런 나라를 어떻게 이끌어 가겠는가?'

오카모토는 조선이 멸망하는 것이 당연한 일이라고 생각했다. 조선은 일본군 1개 사단만 있어도 충분히 멸망시킬 수 있을 것이다. 그러나 일본이 군대를 동원해 강제로 멸망시키지 않는 것은 러시아 때문이었다.

'불쌍한 여인……'

무너져가는 조선을 부둥켜안고 자신을 불태우는 왕비를 생각하자 측은한 생각이 들기도 했다.

오카모토는 국왕의 거처인 건청궁 쪽으로 서서히 걸음을 떼어놓았다.

'왕비를 죽이는 일에 아버지를 내세우다니……'

이재면은 오카모토가 건청궁 쪽으로 걸음을 떼어놓자 씁쓸했다. 아버지와 왕비 사이가 나쁘다고 하더라도 며느리를 죽이는 일에 시아버지가 나서는 것은 옳지 않았다. 그러나 왕비는 이하응의 손자이자 그의 아들을 죽이려고 했다. 이재면은 재황을 왕좌에서 몰아내고 이준용을 왕으로 옹립하려던 이하응의 음모가 실패로 돌아가자 연금 상태에 놓여 있었다.

이준용은 교동부로 유배를 가고 박준양을 비롯한 다섯 명의 대신들은 교수형을 당했다.

"아들을 내쫓고 손자를 왕으로 세우려고 하는 것은 늙은이의 욕심이다."

왕비 민씨는 일본과 협조하여 박영효 내각을 세우고 이준용을 일본으로 추방했다. 역모의 중심인물인데도 죽이지 않고 일본으로 보낸 것은 이하응을 배려했기 때문이다.

대궐 침범이 지체된 것은 이하응 때문이었다. 미우라 공사와 스기무라 서기관이 작성한 방략서에 따라 하기라하 히데지로오가 일본 영사 경찰을 동원하여 공덕리의 운현궁을 습격했다. 그들은 조선 순경 10여 명을 창고에 감금한 뒤에 이하응에게 입궐을 요구했으나 한사코 거부하여 시간이 지체된 것이다.

이하응을 입궐하게 하려는 것은 왕비 제거를 이하응의 조종에 따른 훈련대의 반란으로 뒤집어씌우기 위해서였다.

'아버님도 왕비를 죽이는 일은 하고 싶지 않은 거야.'

정적이라고 해도 며느리였다. 그 질긴 실타래 같은 운명이 그를 대궐로 이끌었으나 가슴이 타고 있을 것이라고 생각했다.

새벽 3시였다. 이하응은 풍운을 꿈꾸며 잠들어 있었다. 오카모토는 운현궁을 경비하는 조선인 순경들을 포위하여 무장 해제시키고 조선인 순경들의 옷을 벗겨 일본 순사들에게 입힌 뒤에 이하응을 깨웠다. 그리고 통역을 통해 이하응과 견원지간인 왕비를 제거하겠다, 국왕의 안전은 절대로 보장한다, 이하응의 장자 이재면을 궁내부대신에 임명하겠다…… 하고 설득했으나 이하응은 완강하게 거절했다.

뜻밖의 사태였다. 오카모토는 두 시간 반 동안이나 설득을 하다가 안 되자 이하응을 강제로 끌어내어 가마에 태운 뒤 협조하지 않으면 국왕까지 죽여버리겠다고 위협했다. 이하응은 그때서야 국왕의 목숨을 보장받는 조건으로 협조를 약속했다.

오카모토는 이하응의 가마를 일본 순사들에게 호위하게 하여 서대문을 향해 달려갔다. 방략서에는 남대문에 가까운 고개에서 일본군 수비대와 합류하게 되어 있었으나 이하응 추대에 시간이 오래 걸렸고 수비대와 연락이 되지 않아 서대문으로 진출한 것이다.

그들이 서대문 밖의 대로가 의주로와 만나는 네거리에 있는 한성부청 앞에 도착했을 때 우범선이 지휘하는 훈련대 제2대대 병사들이 가로 양쪽에 도열해 있었다. 일본군 수비대의 병사들도 다수 보였다. 그러나 수비대의 본진은 보이지 않았다.

오카모토는 이하응의 가마 행렬을 그곳에서 대기하게 했다. 날이 점점 부옇게 밝아오고 있었다. 부지런한 조선인들은 두셋씩 오가면서 조선군 훈련대와 일본군 수비대, 그리고 이하응의 행렬을 괴이한 눈빛으로 살피고 있었다.

그때 수비대 본진이 도착했다. 이하응의 가마를 중앙에 두고 일본군 수비대가 전면에 서고, 훈련대는 가마 앞뒤를, 그 뒤를 다시 수비대가 따랐다. 이 진(陣)은 왕궁을 수비하는 시위대의 저항을 무력화시키고 이하응과 훈련대의 이탈을 방지하기 위한 교묘한 술책이었다.

그들은 구보로 정동을 지나 광화문을 향해 달렸다.

"서둘러라!"

사관들이 병사들을 재촉했다. 서둘러야 했기에 그들이 광화문에 도착했을 때는 숨이 가빠 모두 헐떡거리고 있었다.

오카모토가 광화문 앞에 도착하자 파성관 낭인부대와 구스노세 중좌가 기마로 도착해 수비대를 지휘하고 있었다. 그들은 광화문의 석벽을 사다리를 타고 넘어가 성문을 열고 돌진했다. 그때서야 뒤에서 함성이 일어나며 요란한 총성이 들렸다. 조선의 안경수 군부대신과 훈련대 연대장 홍계훈이 훈련대의 대궐 난입을 필사적으로 저지하고 있었다. 시위대 군사 외에 병사들이 대궐에 들어가는 것은 불법이었다.

훈련대 병사들이 당황하기 시작했다. 그들은 광화문 서쪽으로 달아나려고 했다. 조선의 훈련대 병사들은 그때서야 자신들이 야간훈련에 동원된 것이 아니라 일본군의 대궐 침입에 이용되고 있다는 사실을 깨달은 것이다.

"대오를 이탈하지 마라!"

그러나 구스노세 중좌가 기마로 돌아다니며 대오를 정리하느라고 소리를 지르고 후위에 있는 일본군 수비대가 사납게 함성을 지르며 돌진을 하자 엉겁결에 광화문 안으로 내몰렸다.

궁성 시위대의 저항은 미약했다. 미국인 퇴역장군 맥이 다이와 시위대의 부령 현흥택이 시위대를 지휘하고 있었으나 지난해 일본군이 경복궁을 점령했을 때 실탄을 연못 속에 버리고 실탄의 반입을 차단시켰기 때문에 변변한 무기가 없었다. 그리고 그때쯤에는 이미 건청궁의 북쪽 담벼락을 넘은 일본군 수비대가 조선 국왕을 제압하고 있었다.

오카모토는 건청궁의 남쪽 문으로 느릿느릿 걸어갔다. 건청궁은 이미 일본군 수비대가 삼엄하게 에워싸고 있었다. 문마다 일본군 수비대가 2명씩 보초를 서고 있었고 옥호루 앞에는 우범선이 지휘하는 조선군 훈련대 병사 40여 명이 총을 어깨에 메고 도열해 있었다.

오카모토는 건청궁의 남쪽 문으로 들어섰다. 역사적인 사건, 명성황후의 시해 현장을 직접 목격하기 위해서였다.

***

미야모토 다케타로오 소위는 궁녀의 가슴에 군도를 겨누고 잠시 가쁜 호흡을 진정시켰다. 가슴이 뛰고 눈에 핏발이 섰다. 자신도 모르게 긴장하고 있는 것이 분명했다. 궁녀는 의외로 조용했다. 그녀는 칼을 겨누고 있는데도 두려워하는 빛을 전혀 보이지 않았다.

'서둘러야 해…….'

미야모토 소위는 눈을 부릅떴다. 시간을 더 이상 지체하면 '여우 사냥'이라는 작전명이 붙은 조선 왕비 살해 임무가 중대한 차질을 빚게 될 것이다. 이미 건청궁은 일본군 수비대가 겹겹이 에워싸고 있었고 내전 안에서는 왕비를 찾으려는 낭인 무리와 군인들, 조선인으로 변장한 일본 순사들이 사방에 늘어선 방을 휘젓고 다니며 아우성을 치고 있었다. 왕비를 찾는 일이 절체절명의 과제였다.

"왕비는 어디에 있는가?"

미야모토 소위는 궁녀의 가슴을 겨누던 군도를 궁녀의 목덜미에 옮겨 핏자국을 내며 다그쳤다. 조선말이었다. 궁녀의 얼굴이 고통스럽게 일그러지며 미약한 신음이 흘러나왔다.

"너희들 중에 누가 왕비인가?"

미야모토 소위는 눈을 부릅뜨고 재차 궁녀를 다그쳤다.

"하기하라!"

여우 사냥 작전의 왕성 침입 및 왕비 살해 책임자로 임명된 호리구치 영사보(領事補)가 하기하라를 크게 부르는 소리가 들렸다.

하기하라는 일본 공사관의 경부로 여우 사냥 작전에서 순사 동원 책임을 맡고 있었다.

"핫!"

하기하라 경부가 재빨리 달려와 호리구치 영사보 앞에서 부동 자세를 취했다.

"궁녀들에게 누가 왕비인지 찾아내라고 하라!"

"핫!"

"궁녀들이 반항을 하거나 왕비의 소재를 말하지 않으면 베어버려도 좋다!"

"핫!"

조선의 왕비가 거처하는 곤령합에는 궁녀가 수십 명이 있었다. 그들 중에 누가 왕비인지 알 수 없어 낭인들은 당황하고 있었다.

하기하라는 낭인들과 함께 방마다 돌아다니며 궁녀들의 머리채를 끌고 나오기 시작했다. 여기저기서 비명 소리와 울음소리가 들려왔다. 낭인들은 궁녀들의 머리채를 끌고 나와 마당에 내던지고 발로 짓밟으면서 왕비가 있는 곳을 말하라고 살기등등하게 소리를 질렀으나 궁녀들은 일본 말을 알아듣지 못해 울부짖기만 할 뿐이었다.

"왕비는 어디에 있는가?"

미야모토 소위가 궁녀를 윽박질렀다. 궁녀는 겁에 질린 표정이 역력했다. 그러나 미야모토 소위의 물음엔 대꾸하지 않고 벽에 등을 기댄 채 그를 쳐다보고 있었다. 궁녀의 나이는 기껏해야 스물 두세 살로 보였다. 젊디젊은 여인이었다.

"말하지 않으면 죽인다!"

"……."

"요시!"

미야모토 소위는 군도로 궁녀의 목덜미를 힘껏 찔렀다. 궁녀의 입에서 헉, 하고 짧은 신음이 흘러나왔다.

'나는 미야모토 무사시의 후예다!'

다음 순간 미야모토 소위는 짧은 기합 소리를 내뱉고 궁녀의 목 덜미에서 군도를 뽑아 궁녀의 오른쪽 어깨에서 왼쪽 허리로 내리 쳤다.

'베었다!'

미야모토 소위는 속으로 환성을 질렀다. 군도가 궁녀의 몸을 베는 감촉이 칼자루를 쥔 손을 통해 짜릿하게 느껴졌다.

"악!"

궁녀의 입에서 처절한 신음이 터져 나왔다. 미야모토 소위는 얼굴을 찡그렸다. 군도가 사선으로 비껴간 궁녀의 가슴에서 그때 서야 붉은 피가 주르르 쏟아지기 시작했다.

궁녀가 재빨리 자신의 가슴을 두 손으로 감싸 쥐었다. 군도에 베인 옷자락 사이로 궁녀의 하얀 젖무덤이 얼핏 보였다. 그곳에서 선혈이 쏟아지며 옷자락을 흥건히 적시고 있었다.

'설베었어.'

미야모토 소위는 가슴이 뜨끔했다. 궁녀는 가슴을 베였는데도 쓰러지지 않고 있었다. 궁녀가 벽에 등을 기대고 서 있는 탓인지도 알 수 없었다.

"핫!"

미야모토 소위는 또다시 큰 소리로 기합을 지르며 군도로 궁녀의 허리를 왼쪽에서 오른쪽으로 힘껏 그었다. 그러자 궁녀가 그의 얼굴을 향해 뜨거운 것을 왈칵 뱉어냈다. 미야모토 소위는 얼굴을 찡그렸다. 궁녀가 쿵하고 마룻바닥으로 쓰러졌다. 군도가 정확하게 궁녀의 복부를 가른 것이다. 궁녀의 아랫배에서 하얀 내장이 뭉클거리고 쏟아져 나왔다.

미야모토 소위는 또다시 얼굴을 찡그렸다. 얼굴이 끈적끈적했다. 손으로 얼굴을 문지르자 피가 묻어났다.

"더러운 조센진……."

미야모토 소위는 쓰러진 궁녀의 얼굴을 군홧발로 내질렀다. 궁녀의 얼굴에서 퍽 소리가 났다. 어디선가 피비린내가 역하게 풍겨오고 있었다.

잠시 주위가 조용했다. 궁녀들은 모두 고개를 돌리고 흐느껴 울고 있었다. 낭인들도, 순사들도 궁녀들을 구타하다가 말고 미야모토 소위를 쳐다보았다.

'나는 대일본제국 육군 사관이야. 너희 같은 낭인 무리들과는

질이 달라.'

미야모토 소위는 잠시 얼이 빠진 듯한 낭인들을 향해 차가운 웃음을 날려 보냈다.

'저자는 궁내부대신!'

그때 양복을 입은 조선 사내 하나가 옥호루의 동쪽 방으로 황급히 달려가는 것이 보였다. 미야모토 소위는 숨이 멎는 듯한 기분이었다. 양복을 입은 사내는 궁내부대신 이경직이었다. 미야모토 소위는 훈련대 교관으로 있으면서 이경직을 몇 번 본 일이 있었다.

"서라!"

미야모토 소위는 이경직을 향해 후닥닥 달려갔다. 이경직이 있는 곳에 조선의 왕비가 있으리라는 생각이 들었다. 그가 아귀처럼 달려가자 궁녀들이 일제히 비명을 지르며 달아났다.

"궁내부대신! 왕비는 어디에 있소?"

미야모토 소위는 이경직에게 피에 젖어 번들거리는 군도를 겨누었다. 이경직이 들어가려는 방에는 궁녀들이 넷이나 있었다.

"모른다. 중전마마께서는 여기에 계시지 않는다."

이경직의 얼굴에 당황하는 빛이 떠올랐다.

"비켜라!"

"안 된다! 여기는 지엄한 궁궐이다! 일본국 군대는 난입할 수 없다!"

"왕비가 누구인지 말하라!"

"모른다!"

"그대는 궁내부대신이 아닌가? 궁내부대신이 왕비의 얼굴을 모른다는 것이 말이나 되는가?"

"모른다!"

"이 방에 있는 궁녀들 중에 왕비가 있지 않은가?"

"너는 일본군의 일개 사관이다. 여기가 어디라고 침입하여 소란을 피우는가? 미우라 공사에게 엄중하게 항의하겠다!"

그때 미야모토 소위의 등 뒤에서 나카무라, 데라자키, 하리야마 같은 낭인들이 사진을 들고 달려오면서 소리쳤다.

"여우다!"

경복궁에 침입하기 전에 미우라 공사는 왕비의 사진을 낭인들에게 일일이 나누어 주었다.

"조선 왕비가 저기 있다!"

미야모토 소위는 다급해졌다. 잘못하면 일본 본국에서 하릴없이 정쟁이나 벌이고 있는 국권당과 자유당의 낭인들에게 조선 왕비를 살해할 절호의 기회를 뺏길 판이었다.

"물러서라!"

미야모토 소위는 군도를 겨누고 낭인들을 매섭게 노려보았다.

"조선의 여우는 천황폐하의 군대가 잡는다!"

미야모토 소위의 살기 띤 고함에 낭인들이 주춤했다. 게다가 낭인으로 변장한 미야모토 소위의 부하들이 순식간에 마루 위로 달려 올라가자 그 기세에 눌려 뒤로 물러났다.

"궁내부대신, 비켜라!"

미야모토 소위는 이경직을 향해 군도를 겨누고 소리를 질렀다.

"안 된다!"

이경직이 완강하게 버티었다.

"요시!"

미야모토 소위는 짧은 기합 소리를 내뱉으며 이경직의 오른쪽 팔목을 향해 군도를 힘껏 내리쳤다.

쉬익!

허공을 가르는 날카로운 파공성이 들리면서 이경직의 오른쪽 팔목이 군도에 의해 싹둑 잘렸다. 궁녀들이 일제히 비명을 지르며 뒤로 물러섰다. 이경직이 끙 하는 신음을 내뱉었다. 이경직의 잘린 팔에서 피가 분수처럼 뿜어져 나와 마룻바닥이 금세 선혈로 가득해졌다.

"비켜라! 비키지 않으면 죽는다!"

미야모토 소위는 다시 흉악한 눈빛을 번뜩이며 군도를 치켜들었다.

"이놈!"

이경직이 눈을 부릅뜨고 소리를 지르며 왼팔로 미야모토 소위를 막아섰다. 무모한 짓이었다. 미야모토 소위는 이경직을 쏘아보며 입가에 잔인한 미소를 띠었다. 자신도 모르게 얼굴근육이 푸르르 떨렸다.

"핫!"

미야모토는 또다시 짧게 기합을 내뱉고 이경직의 왼팔을 잘랐다. 이경직이 외마디 신음을 터트렸다. 궁녀들이 일제히 비명을 지르며 눈을 감거나 외면을 했다. 어떤 궁녀는 벽에 얼굴을 기대고 흐느껴 울었다. 그러나 이경직은 양팔이 모두 잘렸는데도 눈을 부릅뜨고 미야모토를 쏘아보고 있었다.

'무서운 놈!'

미야모토 소위는 소름이 오싹 끼쳤다. 등줄기로 식은땀이 흐르고 가슴이 격렬하게 뛰었다. 마룻바닥은 이미 이경직이 흘린 피로 흥건해져 있었다.

'좋다!'

미야모토 소위는 권총을 뽑아 이경직을 향해 겨누었다. 이경직이 비틀거리는 것이 보였다. 입에서는 고통스러운 신음 소리가 흘러나오고 있었다. 눈은 이미 몽롱하게 풀어져 있었다. 그런데도 그는 안간힘으로 버티고 있었다.

미야모토 소위는 이경직을 향해 방아쇠를 당겼다. 요란한 총성과 함께 이경직의 몸이 풀쩍 뛰어올랐다가 쓰러졌다.

"어리석은 놈!"

미야모토 소위는 낮게 뇌까렸다.

'왕비가 누구지?'

이경직이 쓰러지자 미야모토 소위는 가쁜 호흡을 천천히 가다듬었다. 궁녀들이 방구석으로 몰려가 몸을 떨고 있었다. 미야모토 소위는 이경직의 시체를 넘어 방으로 들어가려고 했다. 피비린내가 코를 찔렀다.

'왕비인가?'

미야모토 소위는 걸음을 멈추었다. 궁녀들 중에 섞여 있던 한 여인이 그를 물처럼 고요한 눈빛으로 응시하고 있었다. 미야모토 소위는 바짝 긴장했다. 여인은 궁녀들과 똑같은 평복을 입었으나 은연중 귀인의 풍모를 풍기고 있었다. 검고 윤이 나는 머리카락과 진주분으로 성적(成赤, 화장)을 한 얼굴빛이 창백했으나 기품이 있었다. 눈은 차고 날카로웠다.

'조선의 왕비가 틀림없어.'

여인은 자신의 눈앞에서 궁내부대신이 피를 흘리며 죽었는데도 전혀 두려운 빛을 보이지 않았다. 조선의 왕비가 여걸이라는 말이 한성에 거류하는 일본인들 사이에 파다하게 나돌던 것을 미야모토 소위는 비로소 이해할 수 있었다.

신비스러울 정도로 아름다운 여인이었다. 그린 듯이 고운 눈썹과 추수(秋水)처럼 깊고 맑은 눈, 희디흰 살결, 도화처럼 붉은 입술…… 전체적으로 균형이 잡힌 몸이 고고하기까지 했다.

미야모토가 멈칫하고 있는 틈을 타서 조선의 여인이 재빨리 마루로 뛰어나갔다. 궁녀들도 황급히 여인의 뒤를 따랐다.

"여우가 도망간다!"

낭인들이 일제히 소리를 질러댔다. 미야모토 소위는 비호처럼 몸을 날려 여인의 어깨를 낚아챘다. 다급했다. 여인은 걸음이 빠르지 못했다. 미야모토 소위가 어깨를 낚아채자 옷자락에 걸려 마룻바닥 위에 쓰러지고 말았다. 그러자 궁녀들이 일제히 여인의 앞을 가로막았다.

"베어라!"

호리구치가 소리를 질렀다. 낭인들이 궁녀들에게 달려들어 일본도를 휘둘렀다. 궁녀들이 처절한 비명을 지르고 피를 뿌리며 죽어갔다.

"얏!"

미야모토 소위는 몸을 날려 마룻바닥에 쓰러진 여인의 가슴을 구둣발로 밟고 군도를 복부에 힘껏 내리찍었다. 순식간의 일이었다. 여인의 복부에 군도가 깊숙이 박혔다.

"헉!"

여인이 입을 벌리고 고통스러운 신음을 흘리며 두 손으로 미야모토 소위의 군도를 움켜잡았다. 여인의 손바닥이 갈라지면서 피가 주르르 흘러내렸다.

"여우를 잡았다! 내가 조선의 왕비를 죽였다!"

미야모토 소위는 군도를 뽑아들고 맹수처럼 포효했다. 여인의 복부에서 피가 분수처럼 뿜어졌다. 그러자 낭인들이 와하고 함성을 지르며 여인에게 달려들었다.

"세…… 세자야……."

여인이 안타깝게 부르짖었다. 여인의 눈에서 분노와 슬픔이 가
득한 눈물이 흐르고 있었다. 어쩌면 고통 때문인지도 알 수 없었
다. 여인이 군도를 움켜쥐고 있던 손으로 허공을 휘저었다. 여인
의 하얀 옷이 피로 흥건하게 젖어들고 있었다.

'흥! 아직도 죽지 않았다는 말이지?'

미야모토 소위는 팔다리를 경련하는 여인을 내려다보며 잔인
한 웃음을 띠었다. 그러고는 다시 한 번 여인의 복부를 군도로 힘
껏 내리찍은 다음 뒤로 물러섰다. 그러자 낭인들이 앞을 다투어
여인에게 달려들어 난도질을 했다. 난도질을 하는 낭인들 중에는
데라자키도 보이고 니카무라도 보였다.

여인이 언제 숨이 끊어졌는지는 알 수 없었다. 낭인들이 여인
의 몸에서 향낭을 빼앗고 노리개를 훔치느라고 한바탕 법석을 떨
고 물러나자 미야모토 소위는 다시 한 번 여인을 들여다보았다.
여인은 잠이 든 듯 숨이 끊어져 있었다.

'아아 내가 조선의 왕비를 죽였어.'

미야모토 소위는 전신을 부르르 떨었다. 우아하고 아름다운 조
선의 왕비를 죽였다는 사실에 자신도 모르게 전율하고 있었다.

2
왕이 되고 싶은 사나이

　대조전은 팽팽한 긴장감이 흐르고 있었다. 철종이 후사 없이
승하하여 왕대비 순원왕후가 신왕을 지명하는 자리였다. 왕좌를
비워두고 그 앞에 순원왕후와 신정왕후, 그리고 지아비인 헌종이
죽어 망극한 표정을 감추지 못하고 있는 효정왕후가 나란히 서 있
었다. 그들의 얼굴은 깊은 슬픔에 잠겨 있었다. 손자를 잃고, 아들
을 잃고, 지아비를 잃은 여인들이었다. 여인들의 얼굴이 눈물로
퉁퉁 부어 있었다.

　그들 앞에는 3품 이상의 조정 대신들과 사왕(嗣王, 후계자)의 자
격이 있는 홍인군 이최응, 홍선군 이하응, 완창군 이시인을 비롯
하여 왕실의 멀고 가까운 친척들이 시립해 있었다. 대신들과 종친
들도 눈물을 그치지 않다. 왕이 죽었으니 슬프지 않아도 슬퍼해

야 하고, 눈물이 흐르지 않아도 통곡해야 한다.

한여름이었다. 날씨는 아침부터 후텁지근하고 더위로 부풀어
오른 공기는 숨이 턱턱 막힐 정도로 뜨거웠다. 이하응은 이마에서
땀이 흘러내리는 것을 느꼈다. 그는 대비들의 눈치를 살피느라고
이마에서 흐르는 땀을 닦을 여유도 없었다.

'왜 이렇게 빨리 사왕을 지명하려는 거지?'

이하응은 순원왕후가 왕이 죽자마자 후계자를 결정하려고 하
는 까닭을 이해할 수 없었다. 그러나 대궐은 어젯밤부터 비상이
걸려 있었다.

헌종이 위독해지자 순원왕후가 재빨리 옥새를 취하고 왕궁에
계엄령을 내렸다. 내금위 갑사들이 대궐을 삼엄하게 에워싸고 도
성에는 군사들이 4대문에 배치되었다. 도성 안에서 군사들이 바
쁘게 뛰어다니는 것을 보고 이하응은 바짝 긴장했다. 왕이 위독해
지면 종친들이 모두 대궐로 들어가는 것이 관례였다. 그러나 대궐
문이 굳게 닫혀 있어 구중궁궐에서 무슨 일이 일어나고 있는지 알
수 없었다.

"대궐에 무슨 일이 있는지 알아보도록 하라."

이하응은 천하장안(千河張安)에게 지시했다. 천하장안은 이하응
이 거느리고 있는 시정의 무뢰배들로 천희연, 하정일, 장순규, 안
필주를 일컫는 것이었다.

"금상전하께서 위중하다고 합니다."

천하장안이 사방으로 흩어졌다가 숨이 차게 달려와서 고했다.

"어디서 그 말을 들었느냐?"

이하응은 가슴이 철렁하여 장순규에게 물었다.

"김좌근 대감의 하인들에게 들었습니다."

"또 들은 말은 없느냐?"

"금상이 왕대비에게 옥새를 바쳤다는 말을 들었습니다."

"김좌근은 어디에 있느냐?"

"왕대비전에 들어갔다고 합니다."

"수고했다. 네가 아주 중요한 정보를 듣고 왔구나."

이하응은 잠시 생각에 잠겼다. 수원 유수인 김좌근이 대궐에 들어가는 것은 온당치 않다. 수원에 있어야 하는 그가 임지를 떠나 입궐해 있다면 무언가 음모를 꾸미고 있는 게 분명했다. 이하응은 임금이 순원왕후에게 옥새를 바친 것이 아니라 순원왕후가 탈취한 것일지도 모른다고 생각했다.

"안필주, 너는 완창군 이시인의 집을 살피거라. 수상한 일이 있으면 즉시 나에게 알리도록 하거라."

"완창군 이시인이요?"

"그에게 여덟 살짜리 아들이 있다."

"예."

안필주가 머리를 바짝 조아렸다.

"천희연!"

"예."

천희연이 눈알을 데룩거리면서 앞으로 나섰다.

"김좌근이 멀리 강화도에 갔다가 왔다는데 누구를 만나고 왔는지 알아보거라."

"예."

천희연이 고개를 숙이고 물러갔다.

'임금이 위태로운데 종친에게 알리지도 않다니…….'

이하응은 눈에서 불이 일어나는 것 같았다. 안동 김문의 김좌근이 저지른 짓이라고 생각하자 잠을 이룰 수 없었다.

"나리."

천희연은 밤이 늦어서야 돌아왔다.

"김좌근 대감이 강화에서 어떤 초가집에 들렀다고 합니다."

"초가집? 누구의 집이라고 하더냐?"

"누구의 집인지는 모르겠고 김좌근이 다녀간 뒤에 강화부에서 그 집을 호위한다고 합니다."

"그래?"

이하응은 무엇인가 석연치 않았으나 알아볼 방법이 없었다.

"날이 밝으면 네가 강화에 가서 누구의 집인지 알아보거라."

이하응은 천희연에게 지시하고 잠자리에 들었으나 좀처럼 잠이 오지 않았다. 김좌근 같은 인물이 강화도를 다녀왔다면 무엇인가 음모를 꾸미고 있는 것이 분명했다. 강화부가 초가집을 호위하

70

는 것도 기이한 일이었다. 초가집에 누군가 중요한 인물이 있다고 생각했다.

'초가집에 대체 누가 있는 거지?'

이하응은 엎치락뒤치락하다가 새벽녘에야 간신히 잠이 들었다.

"도정궁은 조용합니다. 오가는 사람이 전혀 없습니다."

이튿날 아침 안필주가 달려와서 고했다. 천희연이 강화로 떠나고 대신들이 대궐로 입궐하고 있다는 소식을 하정일과 안필주가 가지고 왔다.

'금상의 명이 경각에 달렸구나.'

이하응은 비로소 헌종의 죽음이 임박했다는 사실을 깨달았다.

'그렇다면 강화에 왕의 후계자가 있는 것인가?'

이하응은 종친들을 대부분 알고 있었으나 강화도에 누가 사는지는 알지 못했다.

헌종은 6월 9일 오시에 유언을 남기지 못하고 창덕궁 중희당에서 승하했다. 이하응에게는 그때서야 대궐에서 연락이 왔다.

'나는 복이 없구나.'

아하응은 이미 사왕이 결정되었을 것이라고 생각했다. 그래도 왕이 죽었으니 종친의 신분으로 대궐로 들어가지 않을 수 없었다. 서둘러 대궐로 들어가 중희당 앞에서 곡을 하고 있는데 대신들과 종친들은 인정전으로 모이라는 순원왕후의 하교가 내렸다.

"망극한 일을 당했으니 원로대신이 국정을 맡아야 할 것이오."

순원왕후는 헌종의 장례 기간 동안 국정을 책임질 원상에 권돈인을 임명했다.

'안동 김씨가 원상이 되지 않아 다행이다.'

이하응은 원상에 권돈인이 임명되자 자신도 희망이 있을 것이라고 생각했다. 그의 아들은 일곱 살이다. 순원왕후가 지명을 하면 임금이 되고, 그는 살아 있는 대원군이 될 것이다.

"신들이 복이 없어 하늘이 무너지는 변을 당하니 애통하기 짝이 없습니다. 이것은 신들의 죄입니다."

원상 권돈인이 소리 내어 울었다. 권돈인을 따라 대비들도 일제히 소리를 내어 울었다.

"신들이 의지하는 것은 오로지 왕대비마마입니다."

판부사 정원용이 아뢰었다. 이하응은 대신들을 따라 통곡하는 시늉을 하면서 대신들 뒤에서 눈을 지그시 감고 있는 김좌근을 살폈다. 순원왕후의 뒤에 모사꾼 김좌근이 있다고 생각하자 숨이 막히는 것 같았다.

"종사의 대계는 한시가 급하니 하교를 내려주십시오."

좌의정 김도희가 아뢰었다. 사왕을 지명해달라는 뜻이다.

"여기에 문자로 쓴 것이 있소. 사왕은 이 사람으로 할 것이오."

순원왕후가 소매에서 언문교지를 꺼내 권돈인에게 내렸다. 권돈인이 언문교지를 보고 이어 정원용과 대신들도 보았다.

"춘추가 어찌 되십니까?"

권돈인이 교지를 보고 순원왕후에게 물었다.

"열아홉 살이오."

순원왕후가 김조순 쪽을 보면서 대답했다.

'열아홉 살이라면 누구지?'

이하응은 새로운 왕이 19세라는 사실만 알 뿐 이름과 출신을 알 수 없었다. 뒤에 서 있던 대신들과 종친들이 일제히 웅성거렸다. 순원왕후의 눈이 빠르게 대신들을 훑었다.

"종사를 이을 일이 시급한데 영조의 핏줄은 금상과 강화에 사는 이원범뿐이다. 은언군의 아들 전계군의 셋째 아드님이다."

순원왕후가 하교를 내리자 이하응은 정신이 번쩍 들었다. 그는 비로소 김좌근이 임지도 아닌 강화부에 다녀온 이유를 알 수 있었다. 김좌근은 헌종의 후계자를 결정하기 위해 강화부를 다녀온 것이다. 그는 강화부에서 이원범을 만났고 순원왕후에게 이원범을 천거한 것이다.

'김좌근은 무서운 인물이다.'

이하응은 김좌근이 뱀처럼 사악한 인물이라고 생각했다. 대비인 신정왕후와 효정왕후가 은밀하게 완창군 이시인의 아들 이하전을 신왕으로 옹립하려고 했던 일은 실패로 돌아갔다. 이하응은 이하전이 신왕으로 옹립되지 않은 것이 다행이라고 생각하면서 한 가닥 희망이 사라지는 것을 느꼈다. 그는 어린 아들 이재면이 신왕으로 옹립되기를 은근하게 바라고 있었다. 그러면서도 영조의 혈손이라는 말이 가슴을 비수로 찌르는 것을 느꼈다.

은신군과 은언군이 모두 사도세자의 아들이었으나 은신군은 후손이 끊겨 인평대군의 6대손이 양자로 들어가 남연군을 낳았다. 남연군의 아들인 이최응과 이하응은 영조의 혈손이 아닌 것이다.

"왕실의 어른인 왕대비께서 사왕을 정하니 만백성의 복입니다. 속히 사왕을 맞이해 오라는 영을 내리소서."

권돈인이 순원왕후에게 청했다.

"봉영하는 의절(儀節)은 전례에 따라 거행하라."

순원왕후가 강화도에 가서 새 왕을 맞이해 오라는 영을 내렸다.

"이제 하교를 받자옵건대, 종사의 후계자가 이미 정해졌으니, 아주 경사스럽고 다행한 일입니다. 삼가 생각하옵건대, 신왕이 서무(庶務)를 밝게 익히는 방도는 오로지 왕대비마마께서 수렴청정하여 이끄시는 가르침에 달려 있습니다. 바라옵건대, 빨리 전교를 내려 뭇사람의 여망에 답하소서."

좌의정 김도희가 아뢰었다. 김도희의 말에 이하응은 다시 한 번 김좌근을 쏘아보았다. 김좌근이 김도희의 입을 빌려 순원왕후를 정치의 전면에 내세우려고 하고 있었다.

"신왕은 나이가 20세에 가깝고, 나는 나이가 60세를 지나 정신이 혼미하나 나라의 일이 지극히 중요하니 애써 따르겠다."

순원왕후가 부득이 수렴청정을 하겠다고 선언했다.

'역시 김좌근의 음모야. 왕이 즉위하기도 전에 수렴청정부터 결정하니…….'

김좌근은 신왕을 허수아비로 만들고 수렴청정으로 권력을 장악하려는 것이다. 수렴청정을 청하면 한두 번 사양하는 것이 관례였으나 순원왕후는 냉큼 받아들이고 있었다. 순원왕후가 김좌근의 계획대로 움직이고 있는 것이 분명했다.

"봉영하기 전에 병조, 도총부의 당상, 낭관이 삼영문의 군교(軍校)를 거느리고 먼저 가서 호위하라."

순원왕후가 영을 내렸다. 이에 병조에서 군사들을 거느리고 신왕을 호위하기 위해 강화도로 달려갔다.

"봉영하는 대신으로는 정원용 판부사가 가라."

판부사 정원용에게 신왕을 맞이해 오라는 영을 내렸다. 순원왕후의 목소리에는 어느 사이에 대신들을 압도하는 위엄이 서려 있었다.

"봉영하는 승지로는 도승지가 가라."

홍종응 도승지에게도 강화도로 달려가라는 영을 내렸다. 이하응은 모든 것이 끝났다고 생각했다. 이제 순원왕후는 수원 유수인 김좌근을 병조판서에 제수하여 병권을 장악할 것이다.

형형색색의 의장기가 앞에 서고 붉은 철릭을 펄럭이면서 선전관과 내금위 갑사들이 앞에 섰다. 판부사 정원용, 도승지 홍종응은 말에 타고 궁녀들과 내관들까지 봉영 행렬이 길게 이어졌다. 김좌근은 창덕궁 돈화문을 나와 서대문 쪽으로 향하고 있었다.

"아버님, 신왕이 즉위하면 국장을 치러야지요. 이제 한시름 놓아도 될 것 같습니다."

김병기는 김좌근이 그동안 노심초사하여 신왕을 옹립한 일을 옆에서 지켜보았다.

"신왕이 무사히 즉위식을 올릴 때까지는 안심할 수 없다."

김좌근의 얼굴은 여전히 어두웠다.

"신정왕후의 아버지 조만영이 죽었습니다. 걱정하실 일이 없습니다."

조만영은 일찍이 전라도 어사가 되어 명성을 떨쳤다. 인심이 후하고 친척 간에 화목하여 혼례를 올리거나 상을 당하거나 흉년이 들면 극진하게 보살폈다. 이 때문에 봉록과 재산이 매우 넉넉해도 나가는 것이 들어오는 것과 같다는 말을 들었다. 조만영은 인심을 사고 있었던 것이다.

헌종이 두통을 앓고 있을 때 조만영이 밤낮으로 걱정하다가 두 눈이 어두워졌다. 얼마 되지 않아 그 맏아들 조병귀가 죽자 지나치게 슬퍼하다가 병이 되어 죽었다. 풍양 조씨를 이끌던 조만영이 죽었기 때문에 신정왕후는 안동 김씨와 맞서는 힘이 약해질 것이다.

강화도에 사는 이원범을 신왕으로 옹립한 것은 김좌근의 작품이었다. 김좌근은 김조순의 셋째 아들로 안동 김문을 이끌고 있었다. 헌종의 생모인 신정왕후 조씨와 부인인 효정왕후 홍씨는 이하전을 옹립하려고 했다. 생모인 신정왕후와 부인인 효정왕후가 강력하게 권고하자 병석에 있던 헌종의 마음이 움직였다.

"이하전은 어떤 자입니까?"

헌종이 신정왕후에게 물었다.

"이하전은 기개가 있는 이시인의 아들입니다. 이제 여덟 살이지만 총명하다고 합니다."

신정왕후는 이하전을 적극적으로 천거했다.

"소자가 이하전을 잘 살피겠습니다."

헌종은 그 뒤에 이하전을 대궐로 불러 만나는 등 관심을 기울였으나 사왕으로 결정하지는 않았다.

"주상, 이하전이 왕이 되면 안 됩니다. 할미의 말을 따르세요."

순원왕후가 이하전을 강력하게 반대했다. 조정은 신정왕후와 순원왕후의 대립으로 팽팽한 긴장감이 감돌았다. 신정왕후는 어진 사람이 신왕이 되어야 한다고 택현론을 내세웠고 김좌근은 순원왕후를 내세워 이하전이 영조의 혈손이 아니라고 방계론으로 맞섰다.

"핏줄이 중요합니다. 이하전은 금상과 25촌이나 됩니다."

헌종을 움직인 것은 핏줄이었다. 이하전이나 이원범은 선조의 아버지인 덕흥대원군의 후손이었다. 그러나 여러 대를 지나면서 25촌간으로 사이가 벌어진 것이다.

헌종은 할머니 순원왕후와 어머니 신정왕후 사이에서 갈팡질 팡하다가 신왕을 결정하지 못하고 죽었다. 그러자 대궐의 가장 어른인 순원왕후가 옥새를 낚아챈 것이다.

"아버님, 어찌 전계군의 셋째 아들입니까? 형도 있지 않습니 까?"

김병기는 김조순을 쳐다보면서 의아한 기분을 떨쳐버릴 수 없었다. 신왕 이원범에게는 형이 둘이나 있었다.

"신왕의 형들은 스무 살이 넘었다. 왕이 되면 왕대비께서 수렴 청정을 할 수 없다."

"그렇기는 합니다만 신왕은 글도 겨우 깨우쳤다고 합니다. 형은 그래도 사서삼경을 읽었다고 하지 않습니까?"

"신왕이 학문을 모르는 것이 좋다. 그래야 우리 안동 김문이 조선을 다스릴 수 있다."

"수렴청정은 오래가지 못합니다. 왕이 친정을 하면 소용이 없지 않습니까?"

대궐 밖에는 흰옷을 입은 선비들이 분주하게 오가고 있었다.

"신왕은 1년 후에 국상이 끝나면 혼인을 할 것이다."

"혼인이요?"

"안동 김문에서 중전이 될 만한 규수가 있는지 찾아보거라."

김좌근의 담담한 말에 김병기는 입을 벌렸다. 신왕의 왕비를 안동 김문에서 간택한다면 앞으로 수십 년 동안 세도를 누릴 수 있다. 김좌근은 수십 년 앞을 내다볼 정도로 심지가 깊은 인물이었다.

***

땀이 흘러내린다. 더위는 밤이 되어도 기승을 부리고 있다. 이상궁이 멀리 떨어져 부채질을 하는 것을 손을 저어 물러가게 했다. 비가 오려는 것일까. 하늘에 구름 한 점 없고 별도 보이지 않는다. 오뉴월 장마가 시작되려는 것인지도 몰랐다. 숨이 턱턱 막히는 날씨에 잠조차 이룰 수 없다. 아들이 죽었는데 잠이 올 리도 없다.

'안동 김씨가 또 조정을 장악하게 되었어.'

신정왕후는 아들의 관이 있는 혼전에서 곡을 하고 대비전으로 돌아왔으나 목이 메는 슬픔을 억누를 길이 없었다. 아들을 배 속에 처음 가졌을 때, 아들을 낳아 처음 품에 안았을 때 얼마나 가슴이 설레었던가. 지아비인 효명세자와 혼례를 올리던 일도 어제 일처럼 선명하게 떠올랐다.

열여섯 어린 나이에 세자빈이 되었다. 친영례 때 교배례를 치르고 처음으로 효명세자의 얼굴을 보았다. 그때 가슴이 찌르르 울렸었다. 동뢰연(同牢宴, 신랑과 신부가 교배례를 마치고 술잔을 서로 나누는 잔치)을 할 때는 얼마나 가슴이 뛰었던가. 술 한 잔씩을 나누어 마시고 효명세자가 그녀의 관을 벗기고 옷고름을 풀 때 숨이 막히는 것 같았다.

'날씨가 어찌 이리 더운고…….'

신정왕후는 대비전 문을 활짝 열어놓았다. 첫날밤의 기억은 아름답고 달콤했다. 그가 죽은 뒤에 다시 한 번 그러한 경험을 하고 싶어 밤마다 몸부림을 쳤다.

따뜻하고 부드러운 성품의 지아비였다. 그녀를 품속에 안으면서 환하게 웃던 모습이 머릿속에서 지워지지 않았다.

그의 삶은 짧았다. 가혹하게 스물한 살에 세상을 버렸다. 신정왕후는 그와 5년 동안밖에 부부로 살지 못했다. 하늘이 스물한 살 꽃다운 나이의 그를 데리고 갔다. 그녀에게서 사랑을 빼앗아 갔다. 그녀에게 남은 것은 어린 아들 세손뿐이었다.

효명세자를 닮은 아들이었다. 아들이 없었다면 길고 긴 세월을 인고하면서 살 수 없었을 것이다. 아들이 무럭무럭 자라는 것을 보면서 효명세자가 살아 돌아온 것만 같았다.

'그래도 아들을 두고 가셨으니…….'

쓸쓸하고 외로운 밤에 효명세자가 떠오르면 그렇게 생각했다.

'효명세자께서도 스물한 살, 꽃다운 나이에 세상을 버리셨는데…….'

효명세자는 기골이 장대하고 강단이 있어서 왕실의 촉망을 한 몸에 받았다. 그러나 그는 스물한 살에 죽었고, 그의 아들 헌종은 스물두 살에 죽었다.

'세자 저하, 이 사람은 누굴 의지하고 살라고 우리 아들을 데리고 가십니까? 황천이 그렇게 적적하여 아들을 데리고 가십니까?'

신정왕후는 20년 전에 죽은 효명세자가 야속했다. 효명세자는 원대한 꿈이 있었다. 사람들은 효명세자가 조선을 중흥시킬 것이라고 말했다. 그러나 사람의 재주가 뛰어나면 하늘이 시기를 한다고 했던가. 그는 스물한 살의 나이에 요절했다.

"안동 김씨가 조정을 장악하려고 하고 있습니다. 안동 김씨의 전횡을 막아야 합니다."

2년 전에 죽은 아버지 조만영의 얼굴이 떠올랐다. 효명세자의 세자빈이 되기 전에 아버지는 그녀를 유난히 사랑했다.

"세자빈이 되셨으니 이제 다시는 손을 잡을 수도 없고 안아줄 수도 없습니다. 내 딸이 이렇게 장성하여 세자빈이 되셨으니 꿈만 같습니다. 그런데 어찌합니까? 세자빈이 된 것은 영화로운 일이지만 이 애비는 서운합니다. 마냥 내 곁에 두고 예쁘게 웃는 모습을 보고 싶습니다."

그는 부원군이 되었으나 효명세자가 보위에 오르기 전에 죽는 바람에 안동 김씨와 치열하게 권력 투쟁을 벌여야 했다. 신정왕후는 친정아버지를 돕고 싶었다. 그가 죽기 전에 영의정에 오르게 했다. 그러나 안동 김씨의 격렬한 반대에 부딪쳤다. 아버지는 정권을 잡자 안동 김씨를 대대적으로 숙청했다.

'김좌근은 모사꾼이다.'

신정왕후는 김좌근의 얼굴이 떠오르자 입술을 지그시 깨물었다. 신왕을 강화도의 이원범으로 결정한 것은 김좌근의 음모였다. 아버지에게 정권을 빼앗긴 안동 김씨가 절치부심하고 있었다.

'이제 또다시 안동 김씨의 세상이 될 것이다.'

신정왕후는 주먹을 꽉 쥐었다. 순원왕후는 이원범이 강화도에 살고 있는 것을 알지 못했다. 김좌근이 강화도에 가서 이원범을 만나고 돌아온 것이다.

"대비마마, 조인영 대감이 드셨습니다."

대비전 상궁이 아뢰자 신정왕후는 자세를 바로 했다. 조인영은 그녀의 작은아버지였다.

"모셔라."

신정왕후가 영을 내리자 흰옷을 입은 조인영이 들어왔다.

"예는 거두세요."

신정왕후는 조인영이 절을 하는 것을 막았다.

"마마, 얼마나 망극하십니까?"

"하늘이 원망스러울 뿐입니다."

신정왕후는 베수건으로 눈물을 닦았다.

"신왕이 대궐에 들어왔습니다. 내일 즉위식을 올릴 것입니다."

"이제는 안동 김씨의 세상이 될 것입니다. 우리 풍양 조씨는 안동 김씨로부터 핍박을 받게 될 것입니다."

"마마."

"작은아버님, 말씀하세요."

"신왕이 즉위하면 안동 김씨들이 정권을 잡을 것입니다. 하나 우리에게 기회가 없는 것은 아닙니다."

조만영은 성품이 온화했으나 조인영은 찬바람이 불 것처럼 냉랭한 성품을 갖고 있었다. 치밀하고 심지가 깊은 인물이었다.

"무슨 말씀입니까?"

"신왕은 춘추가 열아홉 살이라 왕비를 간택해야 합니다."

"왕비요?"

"국상이 끝나면 금혼령을 내리고 왕비를 간택하게 됩니다. 신왕의 왕비가 누가 되느냐에 따라 정권의 향방이 달라질 수도 있습니다."

"그럼 우리 풍양 조씨의 규수로……?"

"그렇습니다. 신왕의 왕비를 풍양 조씨 규수로 해야 합니다."

신정왕후는 비로소 고개를 끄덕거렸다. 새로운 희망으로 눈앞이 환하게 밝아지는 기분이었다.

"신왕의 춘추가 열아홉 살이라고 하는데 혼례를 올리지 않았다니 어찌 그럴 수가 있습니까?"

"사람을 시켜 알아보니 양순이라는 여인과 강화 술감이라는 마을에서 같이 살고 있었다고 합니다. 행정구역은 찬우물이 있는 냉정리라고 합니다. 신왕은 집안이 가난하여 혼례를 올리지 못한 것이라고 합니다. 본가는 강화 읍내의 초가집에서 가난하게 살고 있습니다."

"허, 고약한 일이로고…… 신왕은 무엇을 하고 살았다고 합니까?"

"강화에서 나무꾼 노릇을 했다고 합니다."

"그럼 나무꾼이 조선을 다스린다는 말이오?"

"그렇습니다. 하나 실제로는 안동 김씨가 다스릴 것입니다."

신정왕후는 비로소 가슴속이 시원해지는 것 같았다. 후드득 밖에서 성긴 빗방울이 뿌리더니 빗줄기가 하얗게 쏟아지기 시작했다.

신왕의 즉위식은 빗속에서 거행되었다. 헌종의 국상 중이고 비가 왔기에 신왕의 즉위식은 간략하게 이루어졌다.

"천세."

국궁사배(鞠躬四拜)가 끝나자 대신들이 천세를 불렀다. 강화도에서 농사를 짓던 가난한 청년 이원범은 19세에 조선의 제25대 국왕이 되었다.

***

쏴아아. 바람이 불 때마다 꽃잎이 자욱하게 떨어져 날렸다. 조인영은 마당의 평상에서 흰옷을 입은 선비 앞에 단정하게 앉아 있었다. 선비는 흰 수염이 턱밑까지 길게 내려와 있고 눈망울이 맑아 신선처럼 탈속해 보였다. 오랫동안 입은 옷은 낡았으나 깨끗하게 빨아 입고 있었다. 마당의 평상에 길게 가지를 늘어트리고 있는 벚나무의 흰 꽃을 닮은 것 같았다.

일재 조순영.

풍양 조씨의 일원으로 학문으로 명성이 높았다. 기개도 있고 재물에 욕심이 없어서 이천 일대에서 가장 존경받는 선비였다. 순조와 헌종이 그의 학문이 높다는 말을 듣고 조정의 관리로 발탁하려고 했으나 한결같이 사양하여 안동 김문이나 조정 대신들에게 '산림의 선비'라는 명성을 들었다. 헌종 초기에 올린 시정개혁 10조에 대한 상소는 수백 년 동안의 상소 중에서 가장 깐깐한 상소라는 평가를 받았다. 안동 김문이나 조정 대신들도 그의 인품과 학문을 존경하고 있었다.

"안동 김문이 조정을 좌우하게 할 수는 없습니다."

조인영이 공손하게 술을 따랐다.

"나는 조정의 일에는 뜻을 두지 않았소."

"조정의 일이 아니라 사직과 관련된 일입니다. 안동 김문의 세도정치를 방치하면 조선이 멸망하게 될 것입니다. 형님은 조선의 백성이 아닙니까?"

조순영은 조인영에게 먼 친척이 되었다. 조인영의 간곡한 말에 조순영의 흰 눈썹이 꿈틀했다. 꽃잎 하나가 나풀거리면서 떨어져 조순영의 술잔에 떨어졌다. 조인영은 젓가락으로 꽃잎을 거둬내려고 했다.

"그냥 두시오. 꽃도 술이 마시고 싶은 모양이오."

조순영이 너털거리고 웃으면서 술잔을 들었다.

"풍류가 있으십니다."

조인영도 빙긋이 웃었다.

"사직이라고 했소?"

"그렇습니다. 안동 김문이 전횡을 하여 벌써 곳곳에서 민란이 일어나고 있습니다. 안동 김문이 조선을 다스리게 할 수는 없지 않습니까?"

"음."

조순영이 무겁게 신음을 삼켰다. 나라를 구해야 한다는 간곡한 말에 조순영의 마음이 움직인 것이다.

조인영이 돌아가고 나서도 조순영은 혼자 앉아서 묵묵히 술잔을 기울였다. 조인영은 그의 딸을 신왕의 왕비 간택에 나서게 할 것을 권유하려고 온 것이다.

"아버지, 바람이 찹니다."

안방에서 딸이 나와 미소를 지었다.

"봄밤이구나. 달도 좋고 꽃도 지고 있지 않느냐? 꽃이 지기 전에 네 거문고 소리를 듣고 싶구나."

조순영은 취기가 오르는지, 봄밤의 꽃냄새에 취했는지 기분이 좋아 보였다. 딸이 가야금을 가지고 나와 연주를 하기 시작했다. 어릴 때부터 딸에게 글을 가르치고, 거문고를 연주하게 했다. 물욕을 버리고 부인의 덕을 닦게 했다. 다행히 그의 딸은 조신하고 얌전하게 자라 그를 찾아오는 선비들이 다투어 청혼을 했다. 심지어 안동 김문의 수장인 김좌근까지 딸을 달라고 청혼을 하기도 했다. 그런데 이제 신왕의 왕비가 되기 위해 간택 단자를 넣어야 하는 것이다.

'흥! 풍양 조씨가 왕비의 자리를 노리고 있군.'

김병기는 담 너머에서 조순영 부녀의 모습을 살피면서 미소를 지었다. 김좌근이 조순영의 집을 감시하라는 영을 내린 지 닷새만의 일이었다. 신왕이 즉위한 지 일 년이 지나 있었다. 김좌근은 수원 유수에서 돌아와 병조판서를 맡고 있었다.

***

국왕의 간택령이 내리자 이하응은 쓸쓸했다. 그가 예상한 대로 안동 김씨의 조정 진출이 더욱 확대되고 사돈의 팔촌까지 군수가 되고 현감이 되었다. 풍양 조씨와 이씨들은 조정에서 밀려났다. 순원왕후가 수렴청정을 하면서 안동 김씨가 조정을 뒤흔들고 있었다. 신왕은 스무 살이 되었으나 국정에 대해서는 전혀 몰랐다. 한양 도성은 국왕의 간택령으로 떠들썩했다. 전국에 금혼령이 내리고 사대부들이 사주단자를 올렸다.

"사주단자를 올려야 뭘 해? 어차피 안동 김씨 가문에서 왕비가 나올 텐데……."

"이번 간택은 안동 김씨끼리의 싸움이야. 서로 왕비가 되려고 눈이 뒤집혔대."

사람들이 곳곳에서 왕비 간택을 화제로 삼았다.

'안동 김씨가 더욱 세도를 부리겠구나.'

이하응은 하늘이 자신을 돕지 않는다고 생각했다. 왕비마저 안동 김씨 사이에서 간택되면 조선은 안동 김씨의 천하가 될 것이다. 그는 한양을 떠나기로 했다. 한양에서는 그의 앞길이 보이지 않았다.

삼남 지방은 흉년이 심했다. 논바닥이 갈라지고 우물이 마르는 극심한 가뭄이 음력 5월에서 6월까지 두 달 동안이나 계속되었다. 풀잎 하나 까딱하지 않는 폭염에 밭작물이 노랗게 타죽었다. 다음엔 논바닥이 갈라지고 우물이 말랐다. 염천(炎天)이었다. 두 달 동안이나 비 한 방울 뿌리지 않고 있었다. 밭이나 들에서는 흙먼지가 풀썩풀썩 일어나고 건조한 공기는 더위로 부풀어 올라 숨이 턱

턱 막혔다. 마치 보릿단을 태운 것 같은 탄내가 공기 속에 섞여 있었다.

가뭄은 6월까지 계속되었고 7월 초순에야 비로소 늦장마가 시작되었다. 그 장마는 보름 동안이나 계속되었다. 그러나 노랗게 타버린 농작물을 구제하기에는 늦어버린 장마였다. 오히려 장마는 물난리와 함께 무서운 괴질인 호열자를 일으켰을 뿐이다. 전라도 어느 지방에서 호열자가 창궐했다는 소식이 한양까지 올라오기도 전에 호열자는 무서운 기세로 삼남 지방을 휩쓸고 경기도와 한양을 거쳐 관서 지방까지 내달렸다.

가는 곳마다 백성들의 시체가 무더기로 나뒹굴었다. 남루하고 헤어진 옷, 구멍 뚫린 신발, 누렇게 부황이 든 얼굴을 한 백성들이 고열에 신음하고 토사를 하면서 죽어갔다. 한 마을 사람들이 떼죽음을 하는가 하면 호열자가 발생했다고 하면 집과 농토를 버리고 달아나기 일쑤였다. 그러나 조선 팔도 어디라도 안전한 곳이 없었다. 집을 떠난 백성들은 길거리에서 병들어 죽고 굶어 죽었다. 그런데도 조정의 대신들은 매관매직을 하고 목민관이나 아전들, 양반들과 토호들의 수탈은 끝이 없었다.

이하응은 도성에 뜻이 없어 삼남을 돌아볼 작정이었다.

"나리 어디 가십니까?"

천하장안의 장순규가 물었다. 그는 우락부락하게 생긴 얼굴에 어울리지 않게 서책을 많이 읽은 사내였다. 서자 출신인 탓에 장안의 한량으로 살고 있는 것을 이하응이 심복으로 거두었다.

"그냥 바람이나 쐬려고 한다."

이하응은 괴나리봇짐을 지고 운현궁을 나섰다.

"소인이 모시겠습니다."

"아니다. 이번 여행은 나 혼자 갈 테니 안동 김씨나 잘 살피고 있거라."

"나리, 몸을 보중하셔야 합니다. 길에서 부랑배라도 만나면 어찌하시겠습니까?"

"하늘이 나를 지켜줄 것 같으면 부랑배를 만나도 죽지 않을 것이다."

이하응은 굳이 따라오겠다는 장순규를 떼어놓고 방랑길에 나섰다. 첫날은 과천에서 머물고, 이튿날은 안양에서 머물렀다. 어디고 가겠다고 딱히 작정을 한 것도 아니어서 가다가 다리가 아프면 쉬고, 술집이 있으면 술을 마셨다. 안양에서 사당패를 따라가다 보니 안성에 이르게 되었다. 안성에서는 비가 오기 시작하여 청룡사라는 절 밑에 있는 사당패 마을에서 쉬게 되었다.

"나리, 허우채(解衣債, 몸값) 좀 낼 수 있소?"

이하응이 툇마루에 우두커니 앉아서 비가 오는 먼 산을 바라보고 있는데 사당패의 거사가 쭈빗거리고 다가와서 물었다.

"허우채라니? 나보고 여사당과 난봉이라도 피우라는 게냐?"

이하응은 얼굴이 해쓱한 거사의 행색을 살폈다. 거사는 행색마

저 꾀죄죄했다.

"나리, 객고를 풀어야 하지 않습니까?"

거사가 비굴한 표정으로 웃었다.

"일없다."

"나리, 보리죽이라도 끓여 먹게 해주십시오. 사당패들이 며칠째 풀죽만 먹고 있습니다. 이러다가 다들 화적이 되게 생겼습니다."

이하응은 조선의 천민들이 굶주리는 것을 이해할 수 없었다. 화전을 일구고 나무를 해다 팔아도 입에 풀칠을 할 수 있을 터였다.

"얼마면 되겠느냐?"

"보리쌀 한 말 값이면 됩지요."

이하응은 전대에서 어음 한 장을 꺼내주었다.

"나리, 이게 뭡니까?"

거사가 어음을 받아들고 어쩔 줄을 몰라 했다.

"어음이다. 안성 장에 가져가면 쌀 두어 가마하고 돼지 한 마리는 살 수 있을 게다."

"아이고 나리, 고맙습니다."

사당패의 거사가 마당에 넙죽 엎드려 절을 했다. 이하응은 종친이었기에 적잖은 땅을 갖고 있었다. 육의전에 가면 장사치들도 대접을 소홀하게 하지 않았다. 후일을 도모하라고 은밀하게 어음 쪼가리를 소매에 넣어주는 사람도 있었다. 비가 왔으나 사당패 마을에서는 잔치가 벌어졌다. 돼지를 잡고 가마솥에 밥도 했다. 이하응은 사당패와 어울려 고기도 먹고 막걸리도 마셨다.

'이 적은 돈으로 사당패가 기아를 면했구나.'

이하응은 사당패와 어울리면서 가슴속에 무겁게 쌓여 있던 응어리가 풀어지는 것 같았다.

"나리, 이 은혜를 어떻게 갚아야 합니까?"

이튿날 아침 이하응이 떠나려고 하자 사당패들이 동구 앞까지 따라 나와 인사를 했다.

"은혜는 무슨……."

이하응은 지난밤에 시중을 든 여사당의 얼굴을 힐끗 살폈다. 지난밤 그의 품에 안겨서 간살을 떨던 여사당은 눈도 마주치지 못하고 있었다.

"나리, 함자라도 알려주십시오."

"한양 운현궁의 홍선군이다. 어려운 일이 있으면 사람을 보내거라. 쌀가마니라도 보내줄 테니……."

이하응은 여사당에게서 시선을 거두고 걸음을 떼어놓기 시작했다.

이하응이 이천에 이를 무렵 오뉴월 장마가 끝나고 7월 장마가 시작되었다. 이하응은 7월 장마 때문에 이천에서 열흘을 보내고 괴산에 이르렀다.

'농민들이 기아에 허덕이는 것은 토지겸병(土地兼倂) 때문이

구나.'

경기도와 충청도를 두루 살피면서 이하응은 농민들이 굶어 죽는 까닭을 알 수 있었다. 괴산에는 송시열의 만동묘가 있었다.

'만동묘나 들러볼까?'

만동묘는 송시열의 서원이 유명하여 학문을 하는 선비들의 발길이 끊이지 않았다. 만동묘는 명나라의 황제 의종의 친필 글씨를 받고 송시열이 감동하여 화양동에서 공부를 하다가 죽을 때가 되자 제자들에게 유언을 하여 세웠다는 서원이었다. 나라에서 서원에 노비를 내리고 전결(田結)을 하사하여 선비들이 공부를 하고 먹고 입을 것을 충당하게 해주었다. 그러나 세월이 흐르면서 만동묘는 노론의 서원이 되고 인근의 농민들에게 쌀과 돈을 강제로 징수하는 등 막대한 폐해를 끼쳤다.

'선비라는 자들이 백성들을 수탈하느라고 혈안이 되었구나.'

이하응은 만동묘에서 선비들이 벌이는 행태를 보고 크게 실망했다. 게다가 이하응이 서원에 들어가려고 하자 우락부락한 노비들이 가로막고 행패를 부렸다.

"네 이놈! 네놈들이 감히 종친에게 행패를 부리는 것이냐?"

이하응은 분개하여 노비들에게 눈을 부릅뜨고 호통을 쳤다.

"핫핫! 흔해빠진 게 종친인데 예가 어디라고 선비 행세를 하는 것이냐?"

노비들이 이하응에게 달려들어 몰매를 때렸다.

'네 이놈들을 반드시 용납하지 않을 것이다.'

이하응은 만동묘를 떠나면서 이를 갈았다. 호열자는 경상도 지방에서도 극심했다. 곳곳에서 사람들이 고열과 설사를 하다가 죽어나갔다.

'한양으로 돌아가야 하나? 호열자에 걸리면 객사를 하게 될 텐데……'

이하응은 호열자가 걷잡을 수 없이 번져가자 긴장했다.

'내가 쓸모가 있으면 하늘이 죽이지 않을 것이다.'

이하응은 전라도 쪽으로 넘어갔다.

김제를 지나 전주에 이르자 호열자는 더욱 극성을 부려 수많은 사람들이 죽어 길에 시체가 가득했다.

**

이하응은 길을 재촉하면서 우울했다.

'5백 년 종사가 어찌 될 것인지……'

사내는 울적하게 한숨을 내뱉고 걸음을 재촉했다. 살매 들린 바람은 논밭 간에 서 있는 버드나무 가지의 잎사귀들을 미친 듯이 흔들고 사내의 얼굴에서 구슬땀을 말리고 있었다. 찬바람이 불면서 호열자는 어느 정도 물러갔으나 극심한 흉년과 양반과 관리들의 토색질이 심해 백성들은 견디다 못해 화적이 되고 도처에서 민

란을 일으키고 있었다. 이씨가 망한다는 참언과 동요도 끊임없이
나돌았다.

　아이야 소년아
　이화밭에 가지 마라
　이화는 늙고 병들었나니
　당나귀를 타고 놀아라

　이화(李花)는 오얏꽃으로 전주 이씨를 말하는 것이고 당나귀는
정씨를 말하는 것이었다. 대개 동요나 참언은 출처가 불분명한
《정감록》을 바탕으로 한 것이었다.
　'갑자년에 혁명이 일어난다고 했는데⋯⋯.'
　세간에 파다하게 퍼진 《정감록》은 갑자년(甲子年, 1863년)에 역
성혁명이 일어난다고 예언하고 있었다. 역성혁명은 왕조가 바뀐
다는 뜻이었다. 임금을 생각하자 이하응은 조정 대신들의 얼굴이
눈앞에 어른거렸다.
　'지금은 안동 김문의 근(根) 자 항렬이 득세하고 있지만 앞으로
는 병(炳) 자 돌림이 득세하게 되겠지.'
　이하응은 무겁게 한숨을 내쉬었다. 안동 김문의 근 자 항렬엔
김문근, 김유근, 김홍근, 김좌근 등이 있고 병자 항렬엔 김병기,
김병학, 김병국, 김병운, 김병문, 김병덕, 김병필 등이 있었다. 그

들은 벌써 조정의 요직에 등용되어 있었다. 안동 김문의 든든한 배경으로 탄탄대로를 걷고 있는 신진 사대부들이었다.

'권불십년이라고 했어. 결코 그들은 10년을 넘기지 못할 거야.'

이하응은 입술을 지그시 깨물었다. 안동 김문에서 배출한 신진 사대부의 면면을 머릿속에 떠올리자 가슴으로 묵직한 통증이 훑고 지나가는 기분이었다. 그는 명치끝을 지그시 눌렀다.

버드나무 잎사귀를 흔들어대는 바람에 마침내 성긴 빗방울이 묻어나기 시작했다. 이하응은 걸음을 재게 놀렸다. 때아닌 가을비가 쏟아지기 전에 비를 피할 인가를 찾아야 했다. 다행히 이하응이 얼마 걷지 않아 개울 건너편에 마을이 하나 보였다. 마을 초입에는 커다란 홰나무도 한 그루 서 있었다.

이하응은 걸음을 서둘러 잎사귀가 무성한 홰나무를 지나 마을로 향했다. 마을로 들어가는 길은 한길 오른편의 개울을 건너 다시 오른쪽으로 꺾어지고 있었다.

'아!'

개울을 건너 냇둑을 따라 걷던 이하응은 문득 가슴이 섬뜩하여 걸음을 멈추었다. 잡초가 무성한 냇둑 곳곳에 시체가 버려져 있었다. 거적때기에 둘둘 말아서 버린 시체였다.

'시체를 이렇게 버리니 호열자가 번지는 게야.'

이하응은 눈살을 잔뜩 찌푸렸다. 시체에서는 악취가 강하게 풍겼다. 시체를 내다 버린 지 얼마나 되었는지 알 수 없었으나 시체 한 구는 완전히 썩어서 구더기가 들끓고 있었다. 두 구가 다 여인의 시체였는데 그래도 한 구는 온전한 편이었다.

이하응은 한 손으로 입을 틀어막고 시체를 지나 마을을 향해 빠르게 걸어갔다. 날이 어두워지면서 빗줄기가 더욱 굵어지고 있었다.

마을은 적막했다. 호열자가 돌아서인지 마을은 빗소리만 요란할 뿐 인적은 그림자조차 찾아볼 수 없었다.

'찬바람이 불면 호열자가 수그러드는데 이 마을은 정말 이상하군.'

이하응은 가장 가까운 곳에 있는 초가집 앞에서 걸음을 멈췄다. 초가의 바깥마당에 닭벼슬꽃이 요염하게 붉은빛으로 피어 있고 토담에는 호박 넝쿨이 행랑채의 지붕까지 기어 올라가 있었다. 중문은 열린 채였다.

"이리 오너라!"

이하응은 삽짝문을 발로 밀고 들어가 주인을 불렀다. 그러나 안채는 빗소리만 요란할 뿐 인기척이 전혀 없었다.

"이리 오너라!"

사내는 두 번이나 주인을 불러도 대답이 없자 안으로 성큼성큼 걸어 들어갔다.

'여기도 시체만 널려 있군.'

안방에는 젊은 아낙과 노파의 시체가 널브러져 있었고 건넌방
에는 아이의 시체 두 구와 남정네의 시체 한 구가 뒹굴고 있었다.
호열자 때문에 떼죽음을 당한 모양이었다. 두 번째 집에도 어른의
시체가 세 구, 아이들의 시체가 다섯 구나 되었다.

'참담한 일이다. 하늘은 어쩌자고 조선에 이런 천재를 내리는
가?'

이하응은 비감한 심정을 억누를 길이 없었다. 그는 걸음을 돌
려 마을을 빠져나오기 시작했다. 호열자가 휩쓴 마을에서 비를 피
하고 갈 수는 없는 일이었다. 비는 벌써 그의 온몸을 후줄근히 적
시고 있었다.

"저런 못된 놈의 축생!"

이하응은 개울둑에 이르자 재빨리 단장을 휘둘러댔다. 여자들
의 시체를 둘둘 말은 거적때기를 들개만 한 고양이가 파헤치고 있
었다.

"이놈! 썩 물러가지 못할까?"

이하응이 단장을 휘두르며 소리를 지르자 고양이가 시체를 훌
쩍 뛰어넘어 달아났다. 이하응은 시체를 내려다보며 혀를 찼다.
고양이는 다행히 거적때기만 풀어헤쳤을 뿐 시체에 손상을 입히
지 않은 것 같았다. 한결 굵어진 빗발에 여자들의 시체는 이미 물
걸레처럼 흠뻑 젖어 있었다.

"음……."

빗발은 부패하지 않은 여자의 시체에 옷자락을 달라붙게 해서 몸의 굴곡이 선명하게 드러나 있었다.

'축생이 따로 있는 것이 아니군.'

이하응은 단장을 이용해 두 구의 시체를 거적때기로 덮었다. 멀리서 고양이가 이쪽을 쳐다보고 있었다.

이하응은 돌멩이를 던져 고양이를 쫓았다. 고양이가 쏜살같이 달아났다. 그는 서둘러 개울둑을 벗어났다. 비가 그치고 나면 날씨가 한결 더 쌀쌀해질 것이다. 호열자는 찬바람이 불면 물러간다. 음력 9월 하순이었다. 모진 가뭄에도 살아남은 버드나무 잎사귀들이 노랗게 물들어 바람이 불지 않아도 하늘하늘 떨어지고 들판에는 가을 곡식들이 황금빛으로 고개를 숙이고 있었다.

'이대로 길을 가면 호열자에 걸릴지도 모른다.'

이하응은 전주의 산에서 한 암자에 머물렀다. 그 절에는 허리가 구부정한 노승이 한 사람 있었다.

"어찌 잠을 이루지 못하는가?"

하루는 노승이 이하응에게 물었다.

"삼남에 호열자가 창궐하여 많은 사람이 죽고 있습니다."

"호열자로 죽어가는 사람 때문에 근심을 하는 것인가?"

"그럼 무엇을 근심하겠습니까?"

"그대의 앞날을 걱정하는 것이겠지."

"스님께서는 내가 누구인지 아시오?"

"내일 아침에 대웅전으로 오게. 내가 글자를 하나 줌세."

노승은 빙긋이 웃은 뒤에 선방으로 걸어갔다.

'늙은 중이 무슨 글을 주겠다고……'

이하응은 고개를 갸우뚱했다.

'주초(走肖).'

이튿날 아침 이하응이 대웅전으로 가자 글자가 써진 종이가 보였다.

"주초? 이게 무슨 뜻이지?"

이하응은 종이의 글자를 보고 고개를 갸우뚱했다. 아무리 생각해도 글자의 뜻을 파악할 수 없었다.

'한양으로 가자.'

이하응은 종이에 써진 글자를 보자 이상하게 가슴이 뛰었다.

"아버님, 소자가 왔습니다."

이하응은 충청도 덕산에 이르자 아버지 남연군의 무덤을 찾아가 절을 올렸다. 지관이 조선 최고의 길지라고 하여 형들의 반대를 무릅쓰고 한양에서 충청도까지 찾아와 산소를 썼던 것이다.

"아버님, 사람은 큰 뜻을 품어야 한다기에 이 먼 곳까지 와서 산소를 썼습니다. 언제 소자의 대망을 이룰 수 있겠습니까?"

향을 피우고 절을 올리는데 눈물 한 방울이 굴러 떨어졌다. 아버지는 집안을 일으킬 아이라고 이하응을 어릴 때부터 유난히 사랑했다. 이하응은 생전의 아버지 모습을 생각하면서 한나절 동안이나 무덤 앞에 앉아 있었다. 무덤이 멀어서 1년에 한 번 찾아오는 것도 쉽지 않았다. 잡초도 뽑고 중얼중얼 이야기도 나누었다.

덕산을 떠날 때는 해가 설핏 기울고 있었다. 주막에서 국밥 한 그릇을 먹고 걸음을 재촉했다.

'스승님께서는 한양에 계시는구나.'

김정희는 유배에서 풀려났으나 고향으로 돌아오지 않고 있었다. 예산의 김정희 생가를 찾은 이하응은 허탕을 치고 한양으로 걸음을 재촉했다.

'9년 동안이나 유배를 당하셨으니……'

김정희는 효명세자의 스승이었기에 풍양 조씨와 가까이 지냈고 그 때문에 안동 김문으로부터 가혹한 박해를 받았다. 제주도 위리안치 유배형을 받기도 하고 죽음의 길이라는 북청 유배도 다녀왔다. 김정희에게 필법을 배운 이하응은 스스로 김정희의 문인(門人)이라고 자칭했다. 그가 지금까지 살아온 한평생 중에 김정희에게 필법을 배우던 일이 가장 가치가 있다고 생각했다.

'산천은 이렇게 아름다운데 백성들은 궁핍하게 살고 있으니……'

산을 넘고 내를 건너고, 끝없이 넓은 들판을 가로지르면서 이하응은 눈이 시렸다. 백성들을 잘살게 하기 위해서는 조정을 개혁해야 한다고 생각했다.

"스승님."

김정희는 과천의 누옥에서 글을 쓰면서 말년을 보내고 있었다. 김정희의 늙고 쇠잔한 얼굴을 본 이하응은 목이 멨다. 김정희를 보자 마치 오래전에 죽은 아버지를 보는 것 같았다.

"병든 조선을 치료하겠다는 야심을 갖는 것은 좋은 일이야. 하니 기다릴 줄도 알아야지."

김정희는 이하응의 고통을 이해하고 있었다.

"스승님, 난을 치는 모습을 보고 싶습니다."

"난을 배우려는 것인가?"

김정희가 허허롭게 웃었다. 일생 동안 열 개의 벼루가 닳아 없어지고 천 자루의 붓을 소모할 정도로 많은 그림을 그리고 글을 쓴 김정희였다.

김정희와 하룻밤을 보내고 강을 건너 한양으로 돌아왔다. 김정희는 그에게 아소당(我笑堂)이라는 글을 써주었다.

아소당, '내가 웃는 집'이라는 뜻이었다.

'그래. 웃으면서 살자.'

이하응은 사랑에 현판을 걸고 공허하게 웃었다.

***

신정왕후는 조인영의 말을 듣고 얼굴이 하얗게 변했다. 오늘은 국왕의 초간택이 있는 날이다. 그런데 일재 조순영의 딸이 지난밤에 강도에게 살해되어 간택에 참여하지 못한다는 전갈이 온 것이다.

'아아, 어떻게 이런 일이 있는 것일까?'

조인영은 조순영의 전갈을 받자 하늘이 무너지는 것 같았다.

"일재 선생은 무사하다고 합니까?"

"딸의 죽음에 충격을 받아 몸져누웠다고 합니다."

조인영은 비통하여 몸을 떨었다. 왕비의 재목으로 풍양 조씨의 기대를 한 몸에 받고 있던 조순영의 딸이 죽었으니 풍양 조씨는 간택에 참여할 수 없었다.

"이는 안동 김문의 짓일 겁니다. 뒤를 캐보세요."

"뒤를 캔들 무슨 소용이 있겠습니까? 우리가 보호를 했어야 하는데 생각이 짧았습니다."

"이 원한을 반드시 갚아야 합니다."

신정왕후의 눈에서 무서운 살기가 발사되었다. 풍양 조씨가 참여하지 못한 가운데 초간택이 실시되어 김문근의 딸을 비롯하여 15명의 규수가 뽑혔고, 재간택에서는 김문근의 딸을 포함하여 3명의 규수가 삼간택에 올랐다.

'일재의 딸이 죽지 않았으면 군계일학일 텐데……'

신정왕후는 효명세자의 불공을 드리러 간다는 핑계를 대고 보문사라는 절에 가서 조순영의 딸을 만난 바 있었다.

'어쩜 이렇게 고울까?'

신정왕후는 조순영의 딸 손을 잡았다.

"아가, 이름이 어떻게 되느냐?"

신정왕후가 조순영의 딸에게 물었다.

"옥주라고 합니다. 구슬 옥(玉) 자에 붉을 주(朱) 자를 씁니다."

"그래. 붉은 구슬처럼 예쁜 아기구나."

신정왕후는 조순영의 딸이 너무 마음에 들었다.

"아기씨가 거문고 솜씨도 일절이라고 합니다."

조인영이 흡족하여 말했다.

"그래? 거문고는 선비의 벗이지. 우리 아가의 거문고 소리가 듣고 싶구나."

조순영의 딸이 거문고를 탄주했다. 고개를 살포시 떨어트리고 거문고를 탄주하는데 그 아름다운 선율이 몸을 떨리게 했다. 그러한 조순영의 딸이 죽었다고 생각하자 비통했다.

신정왕후는 순원왕후와 함께 초간택, 재간택 간선을 보았으나 김문근의 딸이 간택에 뽑혀도 흥이 나지 않았다. 일재 조순영은 딸이 죽은 뒤 시름시름 앓다가 열흘 만에 죽었다. 들리는 소문에 의하면 곡기를 끊어 굶어 죽었다고 했다.

'명망 높은 선비를 내가 죽게 만들었어.'

조인영은 조순영의 부음을 듣고 통곡을 하며 울었다.

"임금의 배필을 김문근의 딸로 정한다. 4대에 걸쳐 충절과 우열이 높은 가문이고 규수의 품행이 아름답고 덕성이 뛰어나니 종사의 복이다."

순원왕후가 희정당에서 삼간택을 보고 명을 내렸다. 조선의 제 25대 국왕의 왕비로 안동 김씨 김문근의 딸이 결정된 것이다.

3
여걸의 탄생

마을로 들어가는 길은 한길 오른편의 개울을 건너 다시 오른쪽으로 꺾어지고 있었다.

사내는 홰나무를 향해 걸음을 재촉했다. 홰나무 밑에는 떨어진 갓을 쓴 남루한 행색의 과객이 먼저 도착하여 비를 피하고 있었다.

"가을비가 장하게 내립니다."

사내가 홰나무 밑으로 기어 들어가자 과객이 인사를 건넸다. 과객은 눈이 하나였다. 사내는 과객의 눈이 하나라 섬뜩한 기분을 느꼈다.

"겨울을 재촉하는 비지요."

사내가 퉁명스럽게 받았다. 과객은 외눈으로 사내를 물끄러미 응시했다. 사내의 눈빛이 형형하고 언사가 오만했다. 영락없이 몰락한 시골 도포짜리의 남루한 행색인데도 언사는 조정의 높은 벼슬아치처럼 상대를 압도하고 있었다.

"마을에서 나오시는 길이오?"

과객이 얼굴의 빗물을 훔치며 사내에게 물었다. 사내는 몸을 부르르 떨었다. 겨울을 재촉하는 비라 그런지 잠깐 동안 비를 맞았을 뿐인데도 몸이 으슬으슬 떨렸다.

"그렇습니다. 비를 피하려고 들어갔다가 시체만 보고 나오는 길이올시다."

"호열자가 돌았군요."

"그런 것 같습니다."

"찬바람이 불면 호열자가 물러가는데 여긴 아직도 기승을 부리는 모양이군요. 삼남엔 호열자가 더욱 심했다지요?"

"그렇습니다."

사내가 울적하게 대꾸했다. 삼남 지방은 호열자뿐 아니라 양반들과 토호들의 수탈도 극심했다. 왕권이 미치지 못하고 있었다. 아니 조정이 우유부단했기에 백성들이 양반과 토호들, 아전들에게까지 토색질을 당하여 원성이 하늘을 찌르고 있었다.

'정녕 이씨 왕조가 망하려는 것인가?'

사내는 가슴속으로 탄식했다. 철종은 왕의 자질이 없었다. 왕실의 종친이라고 하여 안동 김문에 의해 조선의 국왕으로 추대되었으나 정치의 정 자도 몰랐다. 호열자가 창궐하고 대기근이 휩쓴 것은 하늘이 내린 재앙이라고 해도 목민관들의 토색질은 인간이 만들어낸 재앙이었다. 재앙을 만들어낸 인간들을 철저하게 응징 해야 했다. 그런 인간들을 다스리지 않고서는 백성들의 삶이 온전 해질 수 없었다.

사내는 비가 오는 하늘을 암담한 눈빛으로 응시했다.

'난세야. 난세…… 도대체 누가 있어서 이 나라를 구할 것인 가?'

하루에도 몇 번씩 그런 생각을 하는 사내였다.

"우리 인사나 나누는 것이 어떻겠소? 홰나무 아래서 이렇게 비 를 피하는 것도 인연인데…… 이 사람은 한성 사람으로 회현방의 박유봉이라고 합니다."

과객이 오만한 표정의 사내를 살피며 인사를 청했다. 사내의 기세가 범상치 않게 느껴졌다.

"그럼 일목거사(一目居士)가 아니시오?"

사내가 비로소 깜짝 놀란 듯한 낯빛을 했다.

"핫핫…… 거사라고 불릴 처지는 못 되고 사람들이 외눈박이라 고 부르기가 민망한 탓으로 일목으로 부르고 있습니다."

과객이 겸양을 떠는 시늉을 했다. 그의 이름은 박유봉. 한성 목 멱산 아래 회현방의 움막에 살고 있었는데 관상을 잘 본다는 소문 이 장안에 파다했다. 실제로 그는 천의(天意)를 헤아린다고 주위에 큰소리를 치며 돌아다녀 인근에서 그를 모르는 사람이 없을 정도였다. 박유봉이 외눈이 된 것도 어느 날 자신의 운세를 살피자 점괘가 눈이 하나뿐이라야 출세를 할 수 있다고 해서 스스로 왼쪽 눈을 찔러 애꾸가 되었다는 풍문이 나돌고 있었다. 그러나 그 사실을 확인할 수 있는 사람은 아무도 없었다. 다만 박유봉이 외눈이라는 사실이 그 풍문을 뒷받침할 뿐이었다.

사내는 새삼스럽게 기인 박유봉의 얼굴을 자세히 살폈다. 눈이 하나뿐인데도 세상 이치를 꿰뚫어본다…… 일목요연(一目瞭然)이란 박유봉을 두고 하는 말이 틀림없을 것이다.

박유봉도 형형한 눈빛의 사내를 조용히 살피고 있었다.

'뛰어난 골상이다. 부귀와 영화가 극에 이르렀음은 물론 장수를 누릴 상이 아닌가?'

박유봉은 속으로 탄복했다. 다만 그의 양미간에 보이지 않는 살선(殺線)이 그어져 있고 눈이 동광산대(瞳光散大)의 형상을 하고 있는 것은 옥의 티라고 할 수 있었다. 동광산대는 눈의 동자가 쉴 새 없이 커졌다 작아졌다가 하는 것으로 성격이 조급하거나 난폭한 사람들에게서 자주 발견할 수 있었다.

"이 사람은 공덕리 구름재의 이하응이라고 하오."

과객이 박유봉의 손을 잡을 듯이 반색하며 말했다.

"하면 흥선군 이하응 나리가 아니십니까?"

이번에 놀란 것은 박유봉이었다.

"그렇소. 낙척한 종친의 이름 석 자를 기억하고 있소?"

"대감의 영명함이 장안에 파다하지 않습니까? 종친 중에 인물이 있다면 완창군 이시인과 홍선 대감뿐이라는 말을 들었습니다."

"다 옛말입니다. 그나저나 거사께서는 관상을 잘 보신다는데 이 사람 홍선이 비명에 죽지나 않을지 좀 보아주시구려."

"거사라니 당치 않습니다. 그저 허명을 얻은 것뿐이올시다."

박유봉은 겸손하게 사양했다. 어쩐지 홍선군 이하응 앞에서 천기를 볼 줄 안다고 자부하던 자신이 왜소하고 초라하게 느껴졌다.

"공연히 그러지 마시오. 내 골상이 나쁘다고 하더라도 허물치 않을 터이니 숨기지 말고 보아주시오."

"그럼 복채를 넉넉히 주시렵니까?"

박유봉이 빙그레 웃었다.

"글쎄…… 이 사람 형편이 워낙 곤궁한 처지라 복채를 마련할 재간이 없소이다."

"후일 대감께서 귀하게 되실 때 미관말직이나 한 자리 주시지요."

이하응이 갑자기 앙천대소를 터트렸다.

"핫핫……! 거사께서는 어떤 관직을 원하오?"

"남양 부사 정도면 어떻습니까?"

"부사라……."

"수사 또한 괜찮겠지요."

"거사께서는 무반이오?"

"그러하옵니다."

홍선군 이하응이 고개를 끄덕거렸다. 수사란 수군절도사를 말하는 것이다.

"좋소이다. 내 약조할 터니 이제 내 골상을 보시오."

"핫핫핫…… 대감의 골상은 보고 자시고 할 것도 없습니다. 부귀와 영화는 극에 이르렀고 수명 운도 팔순을 넘기고 있으니 짝을 찾기가 어려운 길상입니다."

"핫핫핫……!"

이하응이 빗발이 쏟아지는 어두운 하늘을 향해 또다시 앙천대소를 터트렸다. 통쾌해서 웃는 소리가 아니었다. 자신의 곤궁한 처지를 생각하고 비분강개하여 터트린 공허한 웃음이었다.

"이 사람 홍선이 어찌 그런 복이 있어서 광명한 천지를 보겠소? 외척보다 못한 종친이오. 풍양이 있고 안동이 있는데 종친이 어느 세월에 그런 세도를 누리겠소?"

풍양은 풍양 조씨를 말하는 것이고 안동은 안동 김씨를 말하는 것이었다.

"대감, 골상은 숨길 수가 없습니다."

박유붕이 정색을 하고 말했다.

"하면 언제 그런 시절이 오겠소?"

"초년 운은 곤궁하기 짝이 없습니다. 아마도 10년은 기다리셔야 할 것입니다. 임자년에 아들을 낳으면 천하를 얻을 것입니다."

"강태공은 평생을 낚시질만 하며 때를 기다렸지……."

이하응이 울적하게 고개를 끄덕거렸다. 빗발이 점점 사나워지고 있었다. 홰나무의 무성한 잎사귀가 아귀 같은 비명을 질러대고 길바닥으로 세찬 비바람이 쏴아 소리를 내며 곤두박질을 치고 있었다.

"한데…… 어디를 다녀오시는 길입니까?"

"작년에 전국을 주유했는데 또 길을 나섰습니다. 그저 발길 닿는 대로 다니고 있습니다. 호열자와 기아로 백성들이 찬바람에 낙엽 지듯이 죽어가고 있습디다."

이하응은 한양으로 돌아왔으나 마음을 붙이지 못하고 다시 방랑길에 나서 삼남을 한 바퀴 돈 뒤에 한양으로 돌아가는 길이었다.

이번엔 박유봉이 침묵을 지켰다. 날은 더욱 어두워지고 바람까지 을씨년스럽게 불어대고 있었다.

"추사(秋史) 선생이 병이 깊다고 하던데 만나보셨는지요?"

추사라면 김정희를 말하는 것이다. 그가 병이 들었다는 말에 가슴이 타는 것 같았다. 박유봉은 이하응이 김정희의 제자라는 것을 아는 모양이다.

"찾아뵈어야지요."

"추사 선생은 필적이 뛰어납니다. 이미 추사체를 이룩하지 않았습니까?"

"귀양살이를 오래 하여 병이 드셨습니다."

"추사 선생에게 필적을 배우셨습니까?"

"난 치는 법을 배웠습니다."

"그러면 앞으로 석파란이 일세를 풍미하겠군요."

석파는 흥선군 이하응의 호였다.

"글쎄올시다. 나는 이만 떠나겠소. 서 있으나 길을 떠나나 비를 맞기는 매한가지니 그럴 바에야 가던 길이나 재촉하겠소."

이하응이 등에 짊어진 괴나리봇짐을 추스르고 을씨년스러운 비바람 속으로 걸음을 내디뎠다. 박유봉은 망연히 이하응의 뒷모습을 응시했다. 장차 조선 팔도를 '대원위 분부'라는 한마디로 벌벌 떨게 만들 사람이었으나 비바람 속으로 성큼성큼 걸어가는 그의 뒷모습은 기울어져가는 조선왕조만치나 쓸쓸했다.

흥선군 이하응.

그는 왕실의 얼마 되지 않는 종친의 한 사람이었다. 1820년에 출생했으니 그의 나이 불과 31세, 영조의 4손으로 남연군 구(球)의 넷째 아들이었다.

'천하를 호령할 골상이거늘⋯⋯.'

박유봉은 절레절레 고개를 흔들며 가을비 속으로 걸음을 떼어놓기 시작했다. 무너져가는 조선왕조를 떠받쳐야 할 흥선군 이하응도 가을비를 맞으며 들판을 유랑하고 있었다.

이내 여주 근동면 섬락리가 빗속에서 추레한 모습을 드러냈다. 박유봉은 개골산 밑의 후미진 골짜기에 나직하게 엎드려 있는 마을에 잠시 눈길을 던졌다. 언젠가 여주를 지나다가 섬락리 일대에 왕기가 서린 것을 발견한 일이 있었다. 섬락리는 여흥 민씨 집성촌이었다. 그때 박유봉은 민씨 집성촌에 왕기가 서린 괴이한 사실을 발견하고 몸서리를 쳤었다. 그것은 민씨가 이씨를 제거하고 왕이 된다는 것을 의미했기 때문이다. 역천의 기운이었다. 그렇잖아도 역성혁명을 예언하는 풍문이 흉흉하게 나돌고 있었다.

***

마을은 음산하게 흩날리는 빗줄기 속에 조용했다. 박유봉은 자신도 모르게 섬락리로 걸음을 놀렸다. 저녁 지을 시간도 아닌데 마을 어느 집에서 청솔 연기가 푸르게 피어오르고 있었다.

'아!'

박유봉은 논밭 간을 가로질러 가다가 우뚝 섰다. 을씨년스럽게 흩날리는 빗발 사이로 푸른 연기가 피어오르고 있는 퇴락한 초가, 그 집 주위를 둘러싸고 자색 서기가 영롱하게 뻗쳐 있었다. 범인에게는 결코 보이지 않는 빛이었다.

'저것이 왕기의 정체인가?'

박유봉은 고개를 끄덕거렸다. 자색은 붉은색이다. 붉은색은 여자의 색, 그렇다면 여아가 태어난다는 징조인데 어찌하여 저토록 강렬한 서기가 뻗친 것일까 하는 의문이 일어났다.

'혹시?'

박유봉의 외눈에서 신비스러운 광채가 발산되었다.

'왕비야, 왕비의 재목이 태어나고 있는 거야.'

박유봉은 하마터면 입 밖으로 소리를 지를 뻔했다.

그는 서둘러 마을로 걸어 들어갔다. 자신도 모르게 가슴이 두근거리고 다리가 휘청거렸다. 천기를 안다는 것은 기쁜 일일 수도 있으나 두려운 일이기도 했다. 천기는 누설할 수도 없고 거역할 수도 없는 것이었다.

박유봉은 이내 쓰러져가는 초가 앞에 이르렀다. 초가는 안채와 행랑채로 나뉘어 있었고 울타리도 없는 바깥마당 문간에 초라한 금줄이 하나 걸려 있었다.

'역시 내 예상이 맞았어.'

금줄엔 고추가 하나도 보이지 않고 숯검정만 매달려 있었다. 박유봉의 예상대로 여아가 태어난 것이다.

"응애……."

이내 쓰러져가는 초가에서 아기의 맹렬한 울음소리가 들려왔다. 1851년 9월 25일의 일이었다.

***

왕비가 다소곳이 절을 올렸다. 열여섯 살 꽃다운 나이였다. 신정왕후 조씨는 절을 올리는 왕비를 싸늘한 시선으로 노려보았다. 그녀의 옆에는 헌종의 왕비 효정왕후가 쓸쓸한 시선으로 왕비의 인사를 받고 있었다. 슬하에 자녀를 두지 못해 강화도 먼 곳에서 종친을 데리고 와서 왕으로 삼아 마음이 착잡했다.

"명문세가의 딸이라 덕스럽고 복이 넘치는 얼굴입니다."

효정왕후가 의례적인 평을 했다.

"안동 김문이 명문이지."

신정왕후는 늙은 얼굴에 미소를 담아서 퉁명스럽게 말했다. 왕비의 덕스럽게 생긴 얼굴을 칭찬하는 것 같지만 어딘지 모르게 조소를 하는 것 같기도 했다.

"중전이 나이에 비해 숙성하니 실로 종사의 경사다. 주상의 춘추가 한창이니 속히 자손을 낳아 왕실을 번성하게 해야 할 것이오."

신정왕후는 왕비가 마음에 들지 않았으나 의례적으로 칭송하는 말을 했다.

"망극하옵니다."

왕비가 낮은 목소리로 대답을 했다. 상궁이 왕비에게 잔을 건네고 다시 술을 따랐다.

"왕대비마마께서는 상수하소서."

왕비가 잔을 올렸다.

"고맙소."

신정왕후는 왕대비가 올리는 잔을 받아 한 모금을 마셨다. 헌종의 대통을 이었지만 순조의 양자가 되어 순원왕후가 어머니가 되니 신정왕후에게는 동서가 된다. 신정왕후는 그 사실도 마뜩치 않았다. 헌종의 양자가 되었다면 손주가 되는 것인데 순조의 양자가 되면서 익명세자의 아우가 된 것이다.

"승지의 오른쪽에 있는 사람이 부원군인가?"

신정왕후가 예방승지 옆에 서 있는 김문근을 살피면서 물었다.

"그러하옵니다."

예방승지가 대답했다.

"일진이 좋은 날 삼간택의 예를 마치고 중궁전에 책봉되니 기쁜 마음이 이보다 더 클 수가 없다. 경은 소심겸약(小心謙約)하여 처음부터 끝까지 변함이 없이 검소함을 스스로 지키고 부지런하고 신중하라. 이렇게 한다면 나라의 다행이 아니겠는가?"

신정왕후는 김문근에게 왕비의 아버지로서 매사에 삼가라고 지시했다.

"자비로운 가르침이 지당하십니다. 입궁한 후 가르쳐 성취시키는 방도는 오직 자성(慈聖) 전하께 달려 있으니, 일에 따라 가르치고 이끌어 억만년 끝없는 아름다움의 터전을 삼는 것이 신의 구구한 소망입니다. 신의 사사로운 분의는 오직 두려워하며 조심할 뿐이니, 자교(慈敎)를 평생토록 받들어 행하겠습니다."

김문근이 머리를 조아렸다.

"만일 가르칠 만한 일이 있으면 어찌 가르치지 않겠는가만 경역시 항상 출입하면서 더욱 힘써 보도하라. 대전의 성품이 평소검소하여 사치를 좋아하지 않으니, 중궁전 역시 우러러 본받아 검약을 숭상한다면 어찌 기쁘고 다행스럽지 않겠는가?"

"대전의 검소한 덕이 이와 같으시니, 천신의 구구한 바람은 다시 이보다 더함이 없습니다."

김문근이 황송한 듯이 머리를 조아렸다. 김좌근은 신정왕후가자신에게도 한마디 할 것이라고 생각했으나 그녀의 시선이 완창군 이시인에게 가 있었다.

'종친이 아닌가?'

김좌근은 고개를 갸우뚱했다.

"왕비는 종친에게도 술을 따라 올리라."

신정왕후가 이시인을 발견하고 환하게 미소를 지었다.

'역시 왕대비는 이시인을 총애하고 있어.'

김좌근은 신정왕후의 영에 눈살을 찌푸렸다. 그 옆에는 이최응과 이하응도 있었으나 그다지 관심이 없는 것 같았다. 왕비가 이시인을 향해 고개를 숙이고 술을 따랐다. 이시인은 황송한 듯이무릎을 꿇고 앉아서 잔을 받았다.

118

'이하전이 안동 김문의 손에 죽겠군.'

이하응은 김좌근의 눈치를 살폈다. 신정왕후는 철종 대신 이하전을 신왕으로 옹립하려고 했으나 순원왕후와 안동 김씨 때문에 실패했다. 풍양 조씨와 안동 김씨가 그 일로 치열하게 대립하고 있었다. 이하응은 신정왕후가 자신을 본 척도 하지 않자 찬바람이 가슴을 훑고 지나가는 듯한 기분이 들었다.

박유봉의 말이 귓전을 울렸다. 그는 10년을 기다려야 할 것이라고 말했다.

'영웅호걸은 때를 기다린다고?'

10년을 가슴앓이를 하면서 살아야 한다고 생각하자 쓸쓸했다.

1851년 9월 29일 신정왕후 왕대비전은 새로 중전이 된 왕비의 조현례가 이루어져 떠들썩했다.

이때 대궐에는 대왕대비인 순원왕후 김씨, 왕대비인 신정왕후 조씨, 대비인 헌종의 계비 효정왕후 홍씨가 있었다. 대왕대비 순원왕후 김씨에 대한 조현례는 9월 28일에 있었고 29일에는 왕대비인 신정왕후와 대비 효정왕후에 대한 조현례가 있었다. 대왕대비의 조현례에도 왕가의 일가친척들이 참여했지만 왕대비의 조현례에도 일가친척들이 참여했다.

'왕가의 친척 중에 뛰어난 왕자군이 누굴까?'

신정왕후 조씨는 왕비의 절을 받으면서 좌우에 앉아 있는 종친들을 매처럼 날카로운 눈으로 살피고 있었다.

***

　김좌근은 빈청에서 눈을 지그시 감고 있었다. 왕대비전의 조현례가 끝나자 빈청으로 돌아와 퇴청도 하지 않고 바깥을 우두커니 내다보고 있었다. 대궐도 가을이 깊어 있었다. 대궐 곳곳에 심긴 나무들도 울긋불긋 단풍이 들어 바람이 일 때마다 나뭇잎이 떨어져 쓸려 다니고 있었다.

　김병기는 안동 김문의 좌장이나 다를 바 없는 김좌근이 침묵을 지키는 것을 보고 고개를 갸우뚱했다. 김문근의 딸이 왕비로 간택되었기에 안동 김문은 잔칫집 분위기였다. 안동 김문 집집마다 희희낙락이고 잔치가 벌어졌다.

　김병기는 김좌근이 일재 조순영을 생각하고 있는 것이 아닌가 하는 생각이 들었다. 한때 김좌근과 조순영은 동문수학을 했다. 그러나 풍양 조씨가 조순영의 딸을 왕비로 세우려고 하자 가차 없이 제거했다. 김좌근은 아버지 김조순을 닮은 것이 분명했다. 안동 김문의 부귀영화는 김조순이 순조의 장인이었기에 가능했다. 정조의 총애를 받은 김조순은 안동 김분을 영화롭게 만들었다.

　"아버님."

　김병기가 침묵을 지키고 있는 김좌근을 불렀다.

　"무슨 일이냐?"

　김좌근이 화들짝 놀라서 눈을 떴다.

"무슨 생각을 그렇게 골똘히 하고 계십니까?"

"왕대비전의 조현례를 생각했다."

김좌근이 비로소 정신이 돌아오는 듯 입언저리에 미소를 떠올렸다.

"조현례에서 무슨 일이 있었습니까?"

"왕대비가 이시인과 손을 잡으려는 것 같다."

김좌근의 말에 김병기가 고개를 갸우뚱했다. 왕대비와 이시인을 감시했으나 따로 만난 일은 없었다.

"신왕이 등극한 지 일 년이 되었습니다. 그런데 이시인과 손을 잡다니요?"

"훗날을 대비하는 것이겠지."

"신왕은 춘추가 한창입니다. 중전마마께서 원자를 생산하면 종사가 튼튼해질 것이 아닙니까?"

"신왕이 병약한 것 같다."

"병약하다니요? 그게 무슨 말씀입니까?"

"어의가 진맥을 했는데 양도가 허하다는구나. 왕대비도 어의의 보고를 받지 않았겠느냐? 천려일실이다."

김좌근의 말에 김병기는 벼락을 맞은 듯한 기분이었다. 신왕이 양도가 허하다는 것은 자식을 생산하기 어렵다는 뜻이다.

"하면 어찌해야 합니까?"

김병기는 긴장하여 김좌근에게 물었다.

"완창군을 잘 살피도록 하라."

"예."

김병기가 머리를 조아렸다. 김좌근의 얼굴에 지친 표정이 엿보였다.

"퇴청하시지요. 국혼이 끝나 집에서 술자리를 마련했다고 합니다."

날이 이미 어둑어둑해지고 있었다.

"그리하자."

김좌근은 가마를 타고 돌아오면서 계속 생각에 잠겼다.

'고심 끝에 신왕을 모셨는데 일이 이렇게 되다니……'

김좌근은 계책이 실패로 돌아갈 것 같아 허망했다. 그는 조선이 이씨의 나라가 아니라 김씨의 나라가 되어야 한다고 생각했다. 김좌근이 장동의 집에 이르자 이미 집 안팎이 사람들로 들끓고 불빛이 환했다. 바깥마당에서 웅성거리던 사람들이 김좌근이 나타나자 일제히 갈라섰다. 김좌근에게 눈도장을 찍으려는 사람들도 많았다. 그들이 다투어 김좌근 앞에 나타나 인사를 올렸다.

'흥선군 이하응이 아닌가?'

김좌근은 사람들 틈에 이하응이 있는 것을 보고 눈살을 찌푸렸다. 한때는 기개 높고 학문도 출중하다는 말을 들었지만 안동 김씨가 벼슬자리를 주지 않아 한직만 전전하고 있었다.

'왕족이라도 내 눈에 벗어나면 벼슬을 줄 수 없다.'

김좌근은 이하응에게는 일별도 던지지 않고 대문으로 들어갔다. 조현례에서 신정왕후에게 무시를 당한 이하응이 자신에게 눈도장을 찍으러 왔다고 생각했다.

김좌근의 사랑에는 일가친척들이 가득했다. 왕비의 아버지인 김문근을 축하하기 위한 잔치가 김좌근의 사랑에 마련되어 있었다.

"국혼이 끝났으니 오늘은 우리 일가가 축하를 벌입시다. 우리 김문이 나라를 이끌어 태평성대를 이루어야 합니다."

김좌근이 상석에 앉자 김문근이 좌중을 둘러보고 말했다. 그는 딸이 왕비가 되었기에 영은부원군이 되어 있었다.

"그럼요. 조선의 번성을 우리 안동 김문이 이끌어야 합니다."

이번에는 김홍근이 파안대소를 하면서 언성을 높였다. 광오(狂傲)하기 짝이 없는 말이다. 안동 김씨들은 술잔을 주고받으면서 유쾌하게 웃음을 터트렸다.

"밖에 사람들이 많던데 음식과 술을 내주지요. 안동 김문이 인심을 잃어서야 되겠습니까?"

"그렇습니다. 여기까지 축하하러 왔는데 그냥 돌려보내면 야박하다는 말을 듣습니다."

김문근이 김좌근을 향해 말했다.

"밖에 이하응도 와 있다고 합니다."

김홍근이 김좌근의 눈치를 살피면서 말했다.

"그 사람이야 상갓집 개가 아닙니까? 밖의 선비들과 요기나 하고 가라고 그러지요."

김흥근의 말에 좌중이 일제히 웃음을 터트렸다. 김좌근은 술잔을 들고 빙긋이 웃기만 했다. 이하응이라는 말이 이상하게 귀에 거슬렸다.

***

대문 밖 마당에 불이 환하게 밝았다. 김좌근의 집 종자들이 명석을 깔고 음식상을 내오자 선비들이 일제히 환성을 내질렀다. 이하응은 선비들이 다투어 상 앞에 앉는 것을 보고 도포자락을 펼쳤다. 마당에 차리는 음식을 먹으러 가려는 것이다.

"나리."

천하장안의 일인인 천희연이 낮게 불렀다.

"왜 그러느냐?"

이하응이 걸음을 멈추고 천희연을 돌아보았다. 그의 눈이 사납게 찢어져 있었다.

"나리, 그만 댁으로 돌아가시지요."

천희연은 이하응이 김좌근의 집 바깥마당에서 음식을 얻어먹는 것은 체통 없는 일이라고 생각했다.

"돌아가다니? 음식과 술을 보고 어찌 그냥 돌아간다는 말이냐?"

이하응은 어림도 없는 일이라는 듯이 도포자락을 펄럭이면서 음식상 앞으로 가서 털썩 앉았다.

"모른 체하게. 나리께서 다 생각이 있어서 저러는 것이네."

장순규가 검은 수염을 쓰다듬으면서 빙긋이 웃었다. 장순규는 수염이 텁수룩하고 기골이 장대했다.

"그렇잖아도 세도가 당당한 김문이 날개를 달았군."

안필주가 마땅치 않은 듯이 혀를 찼다.

"이제 이 나라는 안동 김씨의 나라야."

하정일이 퉁명스럽게 내뱉었다.

"구경만 할 게 아니라 우리도 배를 채우세."

안필주가 다른 사람들을 돌아보고 말했다.

"아닐세. 나는 나리의 명으로 회현방에 가보아야 하네."

장순규가 고개를 흔들었다.

"회현방에는 왜?"

하정일이 의아한 표정으로 물었다.

"회현방에 일목거사가 살고 있다고 하네."

"일목거사라면 외눈박이 도사 말인가?"

"그렇지. 그런데 이 사람이 바람처럼 구름처럼 떠돌아서 좀처럼 만날 수가 없어."

"일목거사는 왜 찾으라고 하시는 거지?"

"주초의 뜻을 묻기 위해서라네."

"주초? 주초가 뭔데?"

"모르지. 자네는 나하고 함께 가세."

장순규가 하정일을 데리고 김좌근의 집에서 떠나갔다. 천희연
과 안필주는 그들을 바라보다가 이하응이 있는 쪽으로 시선을 돌
렸다. 이하응이 무관인 이장렴과 어울려 호탕하게 술을 마시고 있
었다.

***

날은 어둑하고 진눈깨비가 쏟아지듯이 자욱하게 날리고 있었
다. 가슴속에서 또 불이 일어나고 있었다. 지난밤의 일이었다. 이
하응은 김병학을 찾아갔다가 김병기가 훈련대장에 보임되었다는
조보에 실린 기사를 보고 눈이 휘둥그레졌다. 파격적인 인사였다.
안동 김문이 세도를 잡고 있는 덕분에 서른을 갓 넘긴 김병기가
훈련대장에 보임된 것이다.

'차라리 내가 안동 김씨로 태어났더라면…….'

이하응은 이따금 그런 생각까지 했다. 안동 김씨라면 멀고 가
까움을 가리지 않고 요직에 등용되고 있었다. 왕실은 무력했다.
철종이 영명한 군왕이라면 종친들을 골고루 등용할 것이나 그렇
지가 못했다. 김좌근은 벌써 지방 방백 수령 자리를 팔고 있었다.
그의 첩인 나주 기생 양씨까지 세도가 판서에 버금간다는 소문이

파다했다. 나주의 일개 기생에 지나지 않던 양씨는 김좌근의 첩이 되자 재산을 불리기에 급급했다.

'김좌근의 집에 도착하면 밤이 되겠군.'

이하응은 진눈깨비가 어지럽게 날리는 하늘을 쳐다보았다. 하늘이 눈발로 자욱했다. 그는 취기를 빌려서라도 김좌근을 찾아가리라고 모질게 결심을 했다.

흥선군 이하응.

그는 공덕리의 구름재에서 태어났다. 그가 태어나던 해는 천재이변이 속출하여 민심을 뒤숭숭하게 했다. 봄에는 일식 형상이 나타나는가 하면 살별[彗星]이 떨어지고 여름에는 백홍(白虹)이 관일(貫日)했다. 백홍이 관일한다는 것은 흰 무지개가 태양을 지나간다는 뜻으로 임금이 바뀔 때 그런 현상이 나타난다고 했다.

음력 6월에서 8월까지 장마가 쏟아지고 그치자 호열자가 창궐했다. 홍수에 호열자까지 휩쓸어 도성과 시골에서 10여 만의 인명이 속절없이 죽어갔다. 이하응은 이런 비참한 시절에 태어났으나어릴 때부터 총명하고 남달리 굳건했다. 남연군 구는 이러한 이하응을 가리켜 "우리 집안을 일으킬 사람은 이 아이뿐이다" 하고 큰기대를 걸었다.

이하응은 당시의 조혼 풍습에 따라 여흥 민씨인 민치구의 딸을 12세에 아내로 맞아들였다. 그러나 얼마 지나지 않아 어머니가 죽고, 이하응이 18세가 되던 해에는 아버지 남연군마저 죽자 장지를 충청도 덕산 땅으로 결정했다.

이하응은 헌종 7년에 흥선정이 되었고, 헌종 9년에 군(君)으로 봉해졌다. 헌종 13년에는 동지사로 사신의 물망에 올랐으나 뽑히지 못했고 종친부 당상관이나 오위도총부의 도총관 같은 한직만 전전했다. 특히 헌종이 죽고 철종이 즉위하면서 경쟁 상대인 풍양 조씨를 누르고 명실상부한 척족정치를 실현한 안동 김씨의 서슬 아래서 이하응은 숨조차 제대로 쉴 수 없는 곤경에 처했다. 자연히 생활은 비참해지고 종친의 위엄은 찾아볼 수 없게 되고 말았다.

1852년 정월. 여주에서 명성황후 민자영이 태어난 지 불과 1백일이 지났을 때의 일이다.

이하응은 송파나루 색주가에서 나와 비틀거리며 김좌근의 집으로 향했다. 국구(國舅, 임금의 장인)는 김문근이지만 안동 김문을 실질적으로 움직이는 사람은 김좌근이었다. 그가 술에 취해 비틀거리는 걸음으로 김좌근을 찾아가는 것은 어떻게 하든지 김좌근에게 잘 보여서 정계로 진출하기 위해서였다. 김좌근에게 잘못 보이면 아무리 학문이 뛰어나고 경륜이 높아도 정계에 진출할 수 없었다. 비굴해도 일단은 정계에 진출해야 했다.

'농사꾼을 임금으로 내세운 안동 김문이야. 어차피 안동 김문의 세상이니 그들에게 빌붙지 않으면 판서 자리 하나 넘볼 수가 없어.'

이하응은 그들에게 고개를 숙여야 한다는 생각을 하자 씁쓸했다.

날씨는 차가웠다. 성안으로 들어서자 진눈깨비가 그치면서 찬바람이 불고 길바닥이 얼어붙고 있었다. 변덕이 심한 날씨였다. 그러나 취기 때문에 그다지 추운 기색을 느낄 수 없었다. 추운 것은 오히려 얼어붙은 그의 마음이었다. 그는 한 식경쯤 지나서 김좌근의 집에 도착했다. 이하응은 거대한 김좌근의 솟을대문 앞에서 잠시 걸음을 멈췄다. 대문은 반쯤 열려 있었다.

"대감은 계시는가?"

이하응이 대문 안으로 들어서자 늙수그레한 오순의 청지기가 재빨리 뛰어나와 앞을 가로막았다.

"나리, 계시기는 합니다만 손님이 계셔서……."

이하응의 얼굴을 아는 청지기가 미간을 접었다. 비렁뱅이라면 몽둥이질을 해서 내쫓을 수도 있지만 왕실 사람이니 거지꼴을 하고 있어도 함부로 대할 수가 없었다.

"이놈아, 손님이 계시면 어떠냐?"

"소인이 먼저 안에 기별을 한 뒤에 드십시오."

"뭣이 어째? 이놈아, 그러고는 다시 나와서 주무신다고 할 참이냐?"

"그, 그것이 아닙니다."

"하면 앞을 비켜라! 다리몽둥일 분질러놓기 전에…… 알겠느냐?"

목소리는 낮았으나 범접하지 못할 위엄이 서려 있었고 눈빛은 금석을 녹일 듯이 싸늘했다. 청지기는 오금이 저려 뒤로 슬금슬금 물러섰다.

김좌근의 사랑채에는 문객 서넛이 기생들을 끼고 앉아서 왁자하게 술을 마시고 있었다. 김좌근의 옆에서 시중을 들고 있는 여인은 애첩 나합이었다. 백성들은 병들어 죽고 굶어 죽는데도 김좌근의 집에서는 산해진미를 차려놓고 술잔치가 벌어지고 있었다.

"대감들, 별래 무양하셨습니까?"

이하응은 성큼성큼 사랑으로 올라갔다. 이하응이 들어서자 좌중은 갑자기 찬물을 끼얹은 듯이 조용해졌다. 문객들은 모두 벌레를 씹은 표정을 하고 있었다. 종친이지만 이하응의 출현이 눈살을 찌푸리게 하는 모양이었다.

"핫핫…… 무슨 얘기들을 하시는데 흥선이 들어오자 입들을 다 무시오?"

이하응이 김좌근의 앞에 엉덩이를 붙이고 털썩 앉아서 큰 소리를 내어 웃었다. 김좌근은 지그시 눈을 감고 있었다. 마땅치 않다는 표정이었다.

이하응은 좌중을 둘러보다가 나합에게 시선을 멈추었다. 미인이었다. 시중에는 나합에게만 잘 보이면 고을 수령 한 자리는 문제없다고 했다. 게다가 나합은 음기가 대단해서 늙은 김좌근 몰래 미소년들을 끌어들여 음간을 한다는 풍문도 나돌았다.

"어흠, 궁도령께서는 궁이나 지키실 일이지 어찌하여 짚신 자락이나 끌면서 재상집을 기웃거리오?"

그때 판서 심의면이 허연 수염을 쓰다듬으며 이하응을 조롱했다. 궁도령은 철종을 지칭하는 것이었다. 강화도에서 농사를 짓던 소년을 저희들이 국왕으로 모셔놓고는 강화도령이니 궁도령이니 하고 비웃기를 서슴지 않았다. 이하응은 머리끝이 곤추서는 듯한 기분을 느꼈다. 좌중에 폭소가 터지고 나합은 무릎을 치며 박장대소했다.

"핫핫! 겨울밤이 하도 길어서 우리 하옥 대감께서는 무얼 하시나 궁금하여 들렀소이다. 그래 심 대감은 어쩐 일이시오? 재상집에서 심 대감을 만날 줄은 몰랐소이다."

이하응은 심의면에게 날카롭게 일갈한 뒤에 술 한 잔을 죽 비웠다. 임금의 종친이었다. 정승, 판서라고 해도 이하응을 가볍게 보아서는 안 되었다.

"오신 목적은 따로 있겠지?"

김인근이 게슴츠레한 눈으로 이하응을 살폈다.

"김 대감도 계셨구려. 하는 일 없이 놀고 있으니 참 무료하기 짝이 없소이다. 무엇인가 일을 해야 할 터인데……."

"벼슬을 달라 이 말씀이오?"

김문근이 눈을 부릅떴다. 좌중이 일시에 조용해졌다.

"핫핫! 뭐 굳이 벼슬을 달라는 것은 아니고 하도 적적하기에 드리는 말씀이오."

이하응은 헛기침을 했다. 공연히 김좌근의 집에 걸음을 했다는 후회가 일어났다.

"그럼 벼슬이 싫소?"

"벼슬이 싫은 사람이 어디 있겠습니까? 부원군 대감께서는 농도 잘하시오."

"그래도 그대는 벼슬을 할 수 없을 것이오. 종친은 예부터 벼슬을 하지 못하게 되어 있으니……."

"이젠 다 지나간 일이올시다."

이하응은 입을 다물었다. 종친이 벼슬을 할 수 없도록 만든 법은 이미 사문화되어 있었다.

"내 집에 마실을 온 것은 아닐 테고……?"

김좌근이 비로소 이하응에게 말을 건넸다.

"실은 가내가 궁색하여 돈냥이라도 빌릴까 하여 들렸소이다. 영상대감 댁이니 없다고 하지는 않겠지요?"

이하응의 입에서 엉뚱한 말이 튀어나왔다. 김좌근 일파에게 수모나 조롱을 받아도 벼슬길에 나서면 참을 수 있겠으나 그러지도 못하면서 수모를 당하는 것은 견딜 수가 없었다. 그럴 바에야 궁상을 떠는 것이 오히려 속 편한 일인지도 모른다.

"돈이라니?"

"아내가 산달이외다. 구차한 일이기는 하나 미역 값이라도 변

132

통할까 하여……."

"부인께서 산달이오?"

"그렇소이다. 조만간 다섯째를 보게 될 것 같아서 드리는 말씀 이외다."

"종친부에서 양곡이 나오지 않소?"

이하응은 적잖은 재산을 선대로부터 물려받았고 종친부에서도 일 년에 한 번씩 양곡이 나가고 있었다.

"종친부에서 나오는 양곡은 투전판에 날려서…… 대감, 면목이 없소이다만 돈 2백 냥만 변통해주시면 후일에 반드시 갚겠소이다. 누가 알겠소이까? 2백 냥을 10만 냥으로 갚아드릴지. 핫핫핫……!"

이하응이 요란하게 웃음을 터트렸다.

"아니 종친이 투전까지 한다는 말이오?"

"송구합니다. 투전이라는 것이 한번 빠지면 헤어나기 어렵더군요."

"허허, 지금 없는 돈이 나중에는 어디서 나온다는 말이오?"

"이번엔 반드시 투전판을 싹 쓸어버리겠소이다."

좌중에 폭소가 터지고 김좌근이 혀를 찼다. 눈을 내리깔고 고개를 돌리는 것이 못난 위인이라고 탓을 하는 것 같았다. 폐의파립(敝衣破笠)이었다. 나이가 서른두 살에 이르렀으면 종친으로서 당당한 위엄을 갖추어야 할 것이다. 그러나 이하응의 행색은 걸인이나 다름없었다. 게다가 시정잡배들이나 마시는 탁주를 얼마나 마셨는지 혀가 꼬부라지고 술 냄새가 사랑에 진동했다.

"부인이 산달인데 명색이 서방이라는 위인이 투전판에나 쫓아다니니 딱도 하구려. 대감 몇 푼 주어서 보내십시오."

나합이 김좌근에게 눈웃음을 쳤다. 이하응의 눈이 한순간 차가운 빛을 뿌렸다. 일개 기생이 종친을 능멸한 것이다.

"흥선."

김좌근이 이하응을 불렀다.

"예."

이하응이 머리를 조아렸다.

"돈 2백 냥이 필요하오?"

"그러하옵니다."

"그럼 내 집에 와서 집사 일을 하겠소?"

김좌근의 말에 좌중이 일제히 웅성거렸다.

"예?"

이하응은 어리둥절하여 눈을 크게 떴다.

"집사 일이라고 해야 어려운 것은 없고 아랫것들 단속이나 하면 될 게야. 상갓집 개보다야 낫지."

"사양하지 않겠습니다."

이하응이 호기 있게 대답했다. 좌중은 억지로 웃음을 참고 있었다. 얼핏 보면 권력의 정점에 있는 김좌근의 집 집사 자리니만

큼 커다란 영예라고 할 수도 있었다. 그러나 이하응은 종친이었다. 임금의 친척인 것이다. 종친에게 세도가의 집사를 하라는 것은 종친에 대한 조롱이요, 능멸이었다. 그 당사자뿐 아니라 임금까지도 욕보이는 일이었다. 옛날 같으면 대역죄에 해당될 것이나 안동 김문이 권력을 잡고 있는 터라 아무도 그 죄를 탓하지 않았다.

'육시를 하여 죽일 놈들!'

이하응은 피가 나도록 입술을 깨물었으나 내색하지는 않았다.

'흥선은 역시 시정잡배에 지나지 않아.'

김좌근은 속으로 그렇게 생각했다. 김좌근이 이하응에게 자신의 집에 와서 집사를 하라고 한 것은 이하응을 떠보기 위한 술책에 지나지 않았다.

"그만두게, 농이었네."

"대감, 농이라니 어찌 그런 서운한 말씀을 하십니까?"

"내가 어찌 종친을 집사로 쓰겠나?"

"종친이면 무얼 하겠습니까? 지금 세상은 돈이 최고입니다."

"어허 그만두라니까."

김좌근이 버럭 역정을 냈다.

이하응은 그날 김좌근의 집에서 돈 2백 냥을 빌린 뒤 술까지 얻어 마시고 나왔다.

'그래, 흥선에게 네놈 집의 집사 일을 하라고⋯⋯?'

그 생각을 하자 이하응은 술이 확 깨는 기분이었다. 서대문을 지나 공덕리 구름재로 빠르게 올라섰다. 속에서 천불이 나는 것 같았다. 그러나 지금은 안동 김문의 천하였다. 분하고 원통해도 숨을 죽이고 살 수밖에 없었다.

이내 구름재에 이르렀다. 이하응은 가쁜 숨을 고르기 위해 잠시 걸음을 멈추고 얼굴을 찡그렸다. 그의 집에서 때아닌 연기가 어두운 하늘로 피어오르고 있었다.

'군불을 때나?'

이하응은 의아했다. 비틀대는 걸음을 서둘러 기울어져가는 대문 앞에 이르자 금줄이 걸려 있었다.

'아하, 부인이 해산을 했군.'

이하응은 자신도 모르게 숙연해지며 고개를 끄덕거렸다. 금줄엔 고추가 끼워져 있었다. 한밤중에 불을 지피고 있는 것은 갓 태어난 아기를 씻길 물을 데우려는 것이 분명했다.

"임자년에 아들을 낳으면 천하를 얻으리라."

그때 일목거사 박유붕의 말이 이하응의 귓전을 천둥소리처럼 때렸다. 이하응은 정신이 번쩍 들었다. 천하를 얻는다는 말, 그것은 임금이 된다는 것을 의미했기 때문이다.

4
감고당의 천재 소녀

    비가 안개처럼 내리고 있었다. 마을의 고샅이나 논두렁 밭두렁에 하얗게 핀 꽃들이 안개비에 젖어서 떨어졌다. 비를 머금은 꽃들은 선연하고 냇가의 수양버들도 연둣빛으로 싹이 돋아나고 있었다. 민치록은 딸의 얼굴을 가만히 살폈다. 어린 딸이 그의 부인 이씨에게 기대듯이 앉아서 서책을 읽고 있었다. 비가 오고 있기에 그녀들은 쓰개치마를 머리에 쓰고 있었다.

    “무엇을 읽고 있느냐?”

    민치록이 딸에게 물었다. 그는 장악원 첨정에 제수되어 한양으로 이사를 가는 길이었다.

    “왕풍(王風)의 〈서리(黍離)〉입니다.”

    딸이 구슬이 굴러가는 것처럼 낭랑한 목소리로 대답했다.

"내가 들을 수 있게 큰 소리로 읽어라."

딸이 《시경》의 〈왕풍〉 편 〈서리〉를 읽기 시작했다.

메기장이 무성하게 자랐고

피 싹도 파랗게 우거졌네.

가는 길 머뭇거리니

마음이 어지러워지네.

나를 아는 사람은 시름 때문이라고 하고

나를 모르는 사람은 구하는 게 있어서라네.

아득하게 먼 푸른 하늘아

누가 이렇게 만들었는가.

서리는 기장을 말하는 것으로 주나라 평왕 때 도읍을 호경에서 낙읍으로 옮긴 뒤에 주나라의 한 대신이 호경에 가자 거대한 궁실은 간 데 없고 기장과 피가 무성한 것을 보고 주나라가 멸망할 것이라는 뜻으로 지었다는 시다. 옛 도읍을 찾아가는 대신의 착잡한 마음이 잘 표현되어 있다.

'왜 하필 〈서리〉인가?'

민치록은 딸이 읽는 《시경》의 〈서리〉가 자신의 마음을 대변하는 것 같아 기분이 미묘했다. 그가 한양으로 올라가는 것은 일목거사 박유봉 때문이었다. 그가 딸의 관상을 보더니 넙죽 절을 했고, 왕기가 서려 있다고 했다.

"왕기라니 무슨 말씀을 그렇게 합니까?"

민치록은 깜짝 놀라서 박유봉을 쏘아보았다.

"여양부원군 민유중 대감의 후손이 아닙니까? 왕기가 서린다고 이상할 것도 없지요."

"그렇다고 왕기라는 말을 함부로 하면 살아남을 수 없을 것입니다."

"따님이 태어날 때 지붕 위에 서린 자색 서기를 보았습니다. 그래서 자영이라고 이름을 지어드렸지요."

민치록은 박유봉의 말에 가슴이 컥 하고 막히는 것 같았다.

"한양으로 올라가십시오."

"벼슬에는 뜻이 없소."

"한양에 올라가 민승호를 양자로 들이십시오. 하늘이 정한 일을 인간이 어찌하겠습니까?"

민치록은 박유봉의 말을 듣고 몇 달 동안이나 고심했다.

'일목거사의 말은 이 아이가 왕비가 된다는 것인데…….'

박유봉의 말을 믿자니 어딘가 허황된 것 같고 믿지 않자니 딸의 총명이 아쉬웠다. 그는 오랫동안 망설이다가 한양으로 올라가기로 했고, 시름 때문에 마음이 어지러웠다. 그의 어지러운 마음을 어린 딸이 절묘하게 간파하고 있는 것이다. 아니 딸이 간파한 것이 아니라 하늘의 뜻인지도 몰랐다.

민치록은 소가 끄는 수레 두 대를 이용하여 이사를 하고 있었다. 앞의 한 대에는 살림살이가 실렸고 뒤의 수레에는 집 뒤에 있는 아름드리 대추나무를 베어서 장작을 만들어 실었다. 한양에서는 밥을 하거나 방에 불을 때려면 장작을 사야 했다.

'계집애가 이사를 가는데도 책을 읽다니……'

민치록은 옆에 앉아서 책을 읽는 딸을 힐끗 보았다. 그의 부인 이씨는 딸의 어깨를 안고 조용히 생각에 잠겨 있었다. 민치록은 전 부인 오씨가 죽자 두 번째로 한산 이씨를 부인으로 맞아들여 1남 3녀를 낳았으나 모두 죽고 어린 딸만 남아 있었다. 대를 이을 아들 하나 없는 것이 안타까웠으나 그래도 딸이 대견할 때가 많았다.

'이 아이가 화가 될 것인가? 복이 될 것인가?'

민치록은 딸의 얼굴에서 시선을 뗐다. 아이가 읽고 있는 것은 《시경》이다. 네 살 때 글을 읽기 시작하더니 다섯 살에 《소학》을 떼고 여섯 살이 되자 《춘추좌전》을 읽었다. 무엇보다 민치록을 놀라게 한 것은 한번 읽은 글을 절대로 잊지 않는다는 사실이었다.

'나도 열여섯 살이 되어서야 간신히 《춘추좌전》을 읽었는데……'

민치록은 딸의 총명이 놀라우면서도 불안했다. 나라는 어지럽고 세상은 혼탁했다. 이런 시기에 지나치게 총명한 여자아이가 가문에 화가 될지 복이 될지 알 수 없었다.

"아가, 어째서 《시경》의 〈서리〉를 읽은 것이냐?"

민치록은 수레가 마을을 지나는 것을 보면서 딸에게 물었다.

"그냥이요. 그냥 어떤 느낌이 왔어요."

딸이 민치록을 쳐다보고 생긋 웃었다. 민치록은 딸의 말에 무엇인가 신비로운 기운이 작용하고 있는 것을 느꼈다.

광나루를 건너자 길가에 초가집들이 즐비했다. 비가 오는데도 한길에는 사람들이 많았다. 도성에서 나오는 사람들과 들어가는 사람들이 꽤 많았다.

동대문에는 거의 해 질 녘에 이르렀다.

"어디서 오는 길이오?"

동대문 앞에서 파수를 서는 병사가 민치록을 아래위로 살피면서 물었다. 문 앞에 병사들이 삼엄하게 도열해 있었다.

"여주에서 오는 길이네."

민치록은 도성에 무슨 일이 생긴 것이 아닌가 하고 생각했다.

"호패를 보여주시오."

민치록은 병사에게 호패를 보여주었다.

"이사를 오는 거요?"

"보면 모르겠는가?"

민치록은 짜증스럽게 내뱉었다.

"들어가시오."

"도성에 무슨 일이 있는가?"

"대왕대비마마께서 돌아가셨소."

민치록은 그때서야 동대문에 병사들이 삼엄하게 도열해 있는 까닭을 알 수 있었다. 병사는 소가 끄는 수레를 세세하게 살핀 뒤에 통과시켰다. 선비들이 분주하게 대궐로 몰려가고 있었다. 민치록이 안국동 감고당에 이른 것은 날이 완전히 어두워졌을 때였다.

"아버님, 감고당이 무엇입니까?"

딸이 대청에 걸려 있는 현판을 보고 물었다.

"감고당은 인현왕후의 사저다. 인현왕후는 너에게는 6대조인 민진후 어른의 동생으로 숙종 임금의 왕후마마시다. 숙행으로 이름이 높은 분이지. 너는 인현왕후의 후손이니 그분의 숙행을 본받아야 할 것이다."

민치록은 인현왕후가 폐서인이 되어 머물렀던 감고당을 시린 눈빛으로 응시했다.

"인현왕후처럼 장희빈 같은 요부에게 해코지를 당하지 않겠습니다."

딸이 감고당이라는 현판을 무엇에 홀린 듯이 쏘아보면서 뇌까렸다.

***

이하응은 대궐을 바라보면서 미친 듯이 웃음을 터트렸다. 그는 주초(走肖)라는 말을 이제야 이해하게 된 것이다. 주초가 조(趙) 자의 파자였다니. 중종 때 조광조가 주초위왕(走肖爲王)이라는 파자 때문에 죽음을 당했다는 고사를 뻔히 알고 있으면서도 주초가 무 슨 뜻인지 헤아리지 못했던 것이다.

"나리, 왜 그러십니까?"

장순규가 어리둥절한 표정으로 이하응을 응시했다.

"주초가 파자였다고 하지 않느냐? 주초가 조 자의 파자라는 것 을 몰랐던 내가 우스웠다."

"나리."

"너는 알고 있었구나."

"나리 어떻게 깨달으셨습니까?"

"오늘 대왕대비 순원왕후가 죽었다. 신정왕후 조씨가 가장 어 른이 되었지. 주초는 신정왕후 조씨를 가리키는 것이었다."

"송구합니다, 나리. 소인을 죽여주십시오."

이하응이 장순규를 차가운 눈빛으로 쏘아보다가 고개를 흔들 었다.

"아니다. 너는 나에게 기다림이 무엇인지 알려주었다."

이하응은 공덕리에서 대궐 쪽을 바라보았다. 철종은 아들을 낳 았으나 요절했고, 후궁을 여럿 두었으나 딸 하나밖에 소생이 없었 다. 게다가 젊은 왕이 병치레를 자주 하여 국사를 보지 못하고 있 었다. 그 틈에 안동 김씨가 조정을 장악하여 매관매직과 부패가 극심했다.

'전주의 노승이 주초라는 글을 써준 것은 신정왕후 조씨와 손을 잡으라는 뜻이다.'

순원왕후가 죽고 신정왕후가 대궐의 가장 어른이 되었으니 후사가 없는 철종의 후계는 그녀가 결정한다.

"순규야."

"예. 나리……."

"안동 김문 몰래 신정왕후의 조카인 조성하를 만나야겠다. 조성하를 은밀하게 만나서 내 말을 전하거라."

"예."

장순규가 고개를 숙이고 물러갔다. 이하응은 집으로 돌아오자 옷을 갈아입고 대궐에 들어갈 준비를 했다.

"오늘은 대궐에서 돌아오지 못하십니까?"

부인 민씨가 이하응의 옷깃을 만져주면서 물었다. 딸과 둘째 아들 재황이 그를 조용히 바라보고 있었다. 이하응은 집 안에 머무는 일이 드물었다. 날이 밝기가 무섭게 밖으로 나가 시정잡배와 어울리고 전국을 떠돌았다. 이하응을 모처럼 보는 아이들이 서먹한 기분을 느끼고 있었다.

"그럴 거 같소."

이하응은 아이들을 살핀 뒤에 대청으로 나섰다.

"아버님께 인사 올려야지."

이하응이 대청으로 나오자 민씨가 따라 나오면서 아이들에게 말했다.

"아버님, 다녀오십시오."

아들 재황이 먼저 머리를 조아렸다. 누구를 닮은 것일까. 둘째 아들은 순하고 야무지지 않았다. 왕재로 키우고 싶었으나 어딘지 모르게 그릇이 안되는 것 같아 가슴이 무거웠다. 큰아들 재면은 이미 혼례를 올려 왕재에서 제외되고 있었다.

"그래. 서책은 많이 읽었느냐?"

이하응은 아들의 머리를 쓰다듬어주려다가 멈칫했다. 아들을 너무 귀하게 키우면 안 된다는 생각이 문득 뇌리를 스쳤다.

"예."

"《소학》을 읽고 있느냐?"

"예."

아들이 머리를 숙인 채 불안한 목소리로 대답했다. 둘째 아들은 학문이 더디다. 여러 차례 진도가 늦었다고 꾸짖은 탓에 아들이 그를 두려워하고 있었다.

"아버지, 다녀오세요."

딸이 머리를 숙여 인사를 했다. 딸은 어느 사이에 15세가 되어 있었다. 조만간 시집을 보내주어야 한다고 생각했다.

"나리."

사랑에서 큰아들 재면을 데리고 나오다가 민승호가 인사를 했다.

"처남 왔는가?"

민승호는 여양부원군의 후손인 첨정 민치록에게 양자로 들어갈 예정이었다.

"대궐에 들어가십니까?"

"그래야지. 명색이 종친이 아닌가?"

이하응은 대청에서 섬돌로 내려서면서 신발을 신었다. 민씨와 아이들이 따라 나왔다. 그는 가족들의 전송을 받으면서 대문을 나서자 대궐을 향해 성큼성큼 걸음을 떼어놓았다. 대궐의 가장 어른이라고 해도 국왕의 장례와는 다르다. 관이 있는 혼전에는 이미 수많은 대신들과 종친들이 들어와 곡을 하고 있었다. 대신들은 안동 김씨가 대부분이고 원상 정원용과 조두순의 모습도 보였다.

"대감, 별래 무양하셨습니까?"

이하응은 김좌근을 보자 재빨리 달려가 고개를 숙였다.

"오셨소?"

김좌근은 이하응의 아래위를 싸늘한 눈빛으로 살피면서 오만하게 대답했다. 이하응 따위는 안중에도 없는 눈치였다. 신정왕후 조씨는 보이지 않았다. 이경이 되자 흰옷을 입은 왕이 여막에서 혼전으로 들어가 술을 따르고 곡을 했다.

'왕의 얼굴에 과연 병색이 있구나.'

이하응은 멀리 떨어져 왕의 얼굴을 살피고 전신이 팽팽하게 긴장되는 것을 느꼈다. 시정에는 왕이 병석에 누워서 국사를 다스린다는 소문이 파다했다. 심지어 왕이 병석에서 일어나지도 못하고 말도 하지 못한다는 소문까지 나돌고 있었다.

'소문은 완전히 믿을 것이 못 된다.'

이하응은 왕이 병석에 쓰러진 것이 아니라고 생각했다. 그러나 왕의 병세가 어느 정도인지는 파악하고 있어야 했다.

날씨는 추웠다. 밤이 깊어지자 살을 엘 듯한 추위가 몰아쳤다. 이하응은 이틀 동안 대궐에서 지내고 돌아왔다. 때에 맞춰 순원왕후의 혼전에 곡을 했다.

완창군 이시인은 순원왕후의 상례를 치르고 있는데도 대신들을 만나느라고 정신이 없었다.

'형님이 상중에도 정치를 하는구나. 기개는 있으나 지모가 없다.'

이하응은 이시인에게 실망했다. 안동 김문의 대신들이 이시인을 감시할 것이라고 생각했다.

***

민승호는 안국동의 감고당에 이르자 이마를 잔뜩 찌푸렸다. 민치록은 민유중의 후손답게 부유하게 살고 있었다. 한양에도 집이 있고 여주에는 많은 논밭과 선산까지 있었다. 집안도 명문세가답게 번성했다. 민씨 일가들이 여주와 한양에서 명성을 떨치면서 세거하고 있었다.

집 안은 조용했다. 감고당에는 병든 민치록과 그의 계실 이씨,

그리고 여덟 살 난 딸이 살고 있었다. 민치록은 병들고 늙어서 이제는 아들을 얻는 것이 불가능했다.

'이 집은 아직도 겨울이군.'

밖에는 봄이 완연했다. 어둡고 쓸쓸한 겨울이 물러가자 봄볕이 길바닥에서 사금파리처럼 반짝거리고 집집마다 담장 안에서 봄꽃들이 다투어 피었다. 그런데도 감고당은 기나긴 겨울잠에서 깨어나지 못한 듯 고적한 모습으로 웅크리고 있었다.

민승호는 대문을 열고 안으로 들어갔다. 마당은 깨끗하게 비질이 되어 있었고, 담 밑으로 푸릇푸릇 봄풀이 돋아나고 있었다.

그때 안방에서 책을 읽는 소리가 낭랑하게 들려왔다. 어린 소녀의 목소리였다. 민승호는 그 소리에 자신도 모르게 귀를 기울였다.

"……손자는 이름을 무라고 했다. 제나라 사람으로 병법의 대가였다. 하루는 오왕에게 불려가 병법을 시험받게 되었다. 오왕은 손자에게 여자도 군사로 조련할 수 있느냐고 물었다. 손자는 여자도 군령만 엄격하게 세워놓으면 얼마든지 가능하다고 대답했다. 오왕은 그 대답을 듣고 손자에게 자신들의 궁녀를 군사로 조련하라고 지시했다. 손자는 오왕에게 군사의 지위를 주려면 군령을 세울 수 있는 검도 달라고 요구했다. 오왕은 손자에게 군령검을 하사한 뒤에 누구든지 손자의 명을 듣지 않으면 군령검으로 목을 베어도 좋다고 말했다……"

중국의 사마천이 지은 《사기》 열전 〈손자〉에 있는 이야기였다. 민승호는 여자가 《사기》 열전을 읽는 것을 보고 놀랐다.

"……손자는 오왕의 궁녀 180명을 반으로 나누어 90명씩 2대로 편성하고, 각 대의 대장에 오왕이 총애하는 후궁 둘을 뽑아 임명했다. 그러고는 궁녀들에게 열을 짓는 방법을 교수한 뒤에 앞으로 가! 뒤로 가! 훈련을 시켰다. 궁녀들은 손자의 지시에 잘 따랐다……."

민승호는 자신도 모르게 고개를 끄덕거렸다. 《사기》를 읽고 있는 소녀가 누구인지 알 수 없었다.

'설마 자영이가 저 어려운 책을 읽고 있는 것은 아니겠지.'

민자영은 민치록의 무남독녀였다. 이제 겨우 여덟 살이므로 《사기》를 읽는 것은 불가능했다. 더구나 자영은 계집아이이므로 기껏해야 《천자문》이나 《동몽선습》, 《소학》을 읽어야 제격인 것이다. 그것도 총명한 사내아이들이나 읽지 웬만한 사대부가에서는 독선생을 놓고 가르친다고 해도 깨우치지 못하는 일이 허다했다.

"……오왕은 손자가 궁녀들을 조련하는 것을 보기 위해 월대로 나왔다. 이때 궁녀들은 오왕이 친히 군사를 조련하는 것을 관전하자 부끄러워하면서 대오를 크게 어지럽혔다. 손자는 세 번이나 군령을 듣지 않으면 목을 베겠다고 엄명을 내렸다. 그래도 궁녀들은 허리를 비틀거나 입을 가리고 웃으면서 군령을 따르지 않았다. 손자는 궁녀들이 군령을 듣지 않는 것은 대장의 책임이라면서 오왕이 총애하는 두 후궁을 끌어내어 목을 베었다. 이때부터 궁녀들은 손자의 군령에 따라 일사분란하게 대오를 갖추어 움직였다……."

민승호는 갑자기 쇠망치로 뒤통수를 한 대 얻어맞은 듯한 기분이 들었다. 안방에서 들려오는 책 읽는 소리는 분명히 어린 소녀의 것이었다.

'다산 정약용이 강목을 10여 일 만에 암송했다더니……'

강목(講目)은 중국 송나라 때의 대학자 주희가 쓴 것으로《자치통감강목》을 줄여서 부르는 말이다. 다산 정약용은 그 어렵다는 강목을 10여 일 만에 암송했다고 하여 소년 시절부터 천재 학사로 쟁쟁한 명성을 날렸었다.

《사기》 열전을 읽는 소녀가 민자영이라면 다산 정약용에 버금가는 천재가 아닐 수 없다.

'믿을 수가 없는 일이야.'

민승호는 절레절레 고개를 흔든 뒤에 심호흡을 하고 큰기침을 했다. 그때서야 책 읽는 소리가 뚝 그치고 방문이 열렸다.

"뉘십니까?"

댕기머리 소녀가 조심스럽게 얼굴을 내밀었다. 민승호는 한 번도 얼굴을 본 일이 없었으나 그 소녀가 민자영일 것이라고 짐작했다. 소녀는 불과 8, 9세밖에 안 되어 보였으나 선녀처럼 아름다웠다. 희고 뽀얀 살결에 그린 듯이 짙은 눈썹, 오똑한 콧날, 앵두처럼 작고 붉은 입술…… 무엇보다도 민승호를 감탄하게 한 것은 소녀의 크고 서늘한 눈이었다.

'아이가 총명해 보이는구나.'

소녀의 눈은 빨아들일 듯이 강렬했다. 민승호는 속으로 탄복을 했다. 그 신비스러운 눈빛 때문이었을까. 민승호는 어린 소녀에게서 형언할 수 없는 기품을 느꼈다.

"네가 자영이냐?"

"예."

소녀가 의아한 눈빛으로 민승호를 쳐다보았다. 눈빛이 가을 호수처럼 맑고 서늘했다.

"아버님께 죽동의 민승호가 왔다고 전하여라."

"아버님께서 기다리고 계셨습니다. 어서 들어오십시오."

그러자 자영의 얼굴이 환해지면서 재빨리 옆으로 비켜섰다. 어른들 사이에 오고 간 양자 입적 문제를 자영도 알고 있었던 모양이었다.

"아버님 기력은 좀 어떠시냐?"

"기력이 점점 쇠하고 계십니다."

"음."

민승호는 낮게 한숨을 내쉬고 안방으로 들어갔다. 민치록은 어둠침침한 안방에 누워 눈만 끔벅거리고 있었다. 방 안에서는 퀴퀴한 곰팡이 냄새와 함께 쓰디쓴 탕약 냄새가 풍겼다.

"어르신, 기력이 좀 어떠하십니까?"

민승호가 민치록에게 큰절을 올린 뒤에 물었다. 먼 친척이기는
해도 적조한 편이었다. 지난 설에도 민승호는 집안의 어른인 민치
록에게 세배조차 오지 않았었다.

"절은 무슨……."

민치록이 누운 채 바짝 마른 손을 내저었다. 자신은 물론 집안
의 제사를 지내줄 젊은이였다. 민승호가 민치록 앞에 무릎을 꿇고
앉았다. 민치록은 벼슬이 장악원 첨정의 한직밖에 오르지 못했으
나 학문은 깊은 인물이었다.

"댁내는 모두들 무고하신가?"

"예, 어르신의 염려 덕분에 무고합니다. 거동은 하시는지요?"

"글쎄…… 내 목숨이 경각에 달린 것 같은데 오늘은 길한 내객
이 올 줄 아는지 기력이 정정하구면."

민치록의 병색 짙은 얼굴에 잔잔한 미소가 번지고 있었다. 민
승호가 찾아온 것이 반가운 기색이었다. 게다가 민승호가 그를 아
버지로 부르고 있었다.

"어머님께서는 어디 행차하셨는지요?"

민치록의 계실 이씨를 두고 묻는 말이었다.

"산나물을 뜯으러 갔을 게야. 어떻게 우리 집에 출계하기로 결
정을 보았나?"

"예."

민승호는 무겁게 대답했다. 민치록의 양자로 들어가는 일이 마

뜩하지 않았으나 문중에서 결정한 일이었다. 게다가 민치록은 여양부원군 민유중의 직계 혈손이 아닌가.

"고마우이. 이제는 내가 눈을 감아도 여한이 없을 것 같네. 내가 죽으면 조상의 제사를 누가 모실지 걱정을 했는데……."

민치록의 늙은 눈가에 이슬이 맺혔다.

"우리 자영이를 부탁하네."

민승호는 자영을 힐끗 살폈다. 자영은 다소곳이 고개를 숙이고 앉아 있었다.

"어르신, 심려 놓으십시오."

민승호의 위로에 민치록이 고개를 끄떡거렸다. 민승호는 민치록이 입을 다물자 그의 늙은 얼굴을 조용히 내려다보았다. 자영이 《사기》를 읽고 있었던 것은 민치록의 영향을 받아서일 것이다. 민치록은 여양부원군 민유중의 영향을 받아 학문이 높았으나 경기도 여주의 초가삼간에 살았었다. 안국동의 감고당으로 이사를 오게 된 것은 민유중의 제사를 모시기 위해서였다.

"그래 언제 집으로 들어오려나?"

"저쪽 집이 정리되는 대로 바로 들어오겠습니다."

민치록이 눈을 감았다. 민치록의 눈가로 또다시 눈물이 주르르 흘러내렸다. 늙으면 남자도 눈물이 많아지는 것일까. 민승호는 낮게 한숨을 내쉬었다.

"자영이 《사기》를 읽던 것 같은데……?"

"내가 심심하여 글자 몇 줄을 가르쳤더니만 책을 읽는구면."

"얼핏 들어보니 총명하기 이를 데 없더군요. 규수의 몸으로 그만한 학문을 익혔으니 여사(女士)가 되겠군요."

여자는 여자 선비를 일컫는 말이다. 여자들 중에 학문이 뛰어나고 시를 잘 짓는 여자를 일컫는 말이었다.

"화나 되지 말아야지."

민치록이 고개를 흔들었다. 사실 자영이 책을 읽는 것은 민치록을 위해서였다. 민치록은 눈이 침침하고 기력이 떨어져 책을 읽는 것도 힘들었다. 계집아이가 사서삼경을 읽어서 무엇을 하느냐고 힐책을 하면서도 민치록은 딸이 책을 읽는 것을 좋아했다. 자영은 그 덕에 당대의 학자 못지않은 학문을 익히게 된 것이다.

민승호가 감고당을 나온 것은 봄볕이 나른하게 내리쬐는 한낮이었다. 민치록이 잠이 들자 민승호는 자영의 방으로 건너가서 한담을 나누었다. 자영은 규수이기는 하지만 아직은 어린 소녀였다. 그런데도 자영은 손수 감잎차까지 끓여 내왔다.

"오라버님, 혈육이 없어서 너무나 적조했는데 이제 소녀에게 오라버니가 생겼으니 기쁘기 한량없습니다."

자영이 쾌활하게 웃으며 말했다.

민승호, 아직은 과거에 급제하지 못해 벼슬길에 나서지 못했으나 민문에서는 재사로 소문이 자자했다. 이하응의 처남으로 지략이 뛰어난 사람이었다.

"나도 너처럼 총명한 동생을 두게 되어 기쁘구나."

민승호는 진심으로 말했다. 감고당으로 들어설 때만 해도 기분이 씁쓸했으나 자영을 대하자 그런 기분이 일시에 사라지고 있었다.

***

남산 기슭에 있는 백운사로 올라가는 길이었다. 조성하는 앞에서 휘적휘적 산을 오르는 이하응의 뒷모습을 물끄러미 응시했다.

순원왕후의 국상이 끝난 지 어느덧 일 년이 지났다. 왕은 병상에 누웠다가 회복하기를 반복하고 국사는 보는 둥 마는 둥했다. 조정의 대신들과 도성의 선비들은 왕의 동정에 촉각을 곤두세우고 있었다. 순원왕후가 죽자 대궐의 가장 큰 어른이 된 신정왕후는 안동 김씨를 미워하기는 했으나 대립을 하지는 않았다. 안동 김씨도 신정왕후와 노골적으로 대립하지 않았다. 신정왕후의 조카인 조성하를 승후관에 임명하는 등 오히려 신정왕후의 환심을 사려고 노력했다.

이하응은 신왕이 즉위하고도 여러 해를 속절없이 방황하면서 지냈다. 그러나 순원왕후가 죽으면서 상황이 달라지고 있었다.

"승후관은 야망이 없는가?"

이하응이 걸음을 멈추고 물었다. 상산봉으로 오르는 오솔길은 신록이 무성했다. 종친인 이하응의 수하라는 장순규 등이 여러 차례 찾아와 이하응이 만나고 싶어 한다고 청했으나 매번 거절했다. 그러자 백운사에 불공을 드리러 온 조성하 앞에 이하응이 직접 나타난 것이다.

"야망이라니요? 무슨 말씀인지 못 알아듣겠습니다."

"승후관도 정승 판서를 지내 가문의 문호를 넓혀야 하지 않는가?"

조성하는 이하응의 말에 피식 웃었다. 신정왕후의 조카로 승후관의 벼슬을 지내고 있는데 정승 판서가 무엇인가. 그는 승후관의 벼슬에 있었으나 과거를 보지 않아 청직에는 진출할 수 없고 나이가 들어도 정승 판서가 될 가능성이 희박했다.

"소인이 어떻게 정승 판서가 되겠습니까?"

"어찌 길이 없겠나?"

이하응이 다시 걸음을 떼어놓기 시작했다.

'괴팍한 종친이구나. 대체 무슨 짓을 하려는 거야?'

조성하는 눈살을 찌푸리고 숲이 무성한 오솔길을 따라 걸었다.

한참을 오솔길을 따라 올라가자 골짜기의 평평한 바위에 술자리가 마련되어 있고 기생 둘이 앉아 있었다. 바위 아래는 맑은 물이 졸졸거리면서 흐르고 있었다.

"나리, 어서 오세요."

기생 둘이 나붓하게 절을 올리는데 하나는 조성하도 잘 아는 기린각의 초선이었다.

"허, 이런 곳에 술자리를 마련하셨습니까?"

조성하는 이하응의 수단에 감탄했다. 기린각의 기생 초선은 미인으로 소문이 자자했고, 그 옆의 기생 또한 눈이 부신 미인이었다.

조성하는 이하응으로부터 남산 골짜기에서 극진한 대접을 받았다. 초선은 이하응의 여자였고, 다른 기생 금란은 조성하의 시중을 들었다. 고기를 먹고 술을 마시면서 유쾌한 시간을 보냈다. 초선과 금란은 그들이 밀담을 나눌 수 있도록 언덕에 올라가 노래를 부르기도 했다. 꽃가지를 꺾어 들고 노래를 부르는 두 여자의 모습은 선녀처럼 아름다웠다.

"우리 앞으로 친하게 지내세."

이하응이 술을 권하면서 조성하에게 말했다.

"이렇게 좋은 대접을 받았는데 어찌 친함이 없겠습니까?"

조성하는 이하응이 자신에게 접근하는 까닭을 이해하지 못했다.

"저쪽 골짜기에 초가가 있는데 오늘 밤 금란이 시중을 들 것이네. 내가 승후관에게 주는 선물일세. 원하면 첩으로 거느려도 되네."

이하응이 빙그레 웃었다. 조성하는 그날 이후 이하응과 친밀하게 지냈다. 이하응은 왕실의 종친이었기에 많은 재산이 있었고 비교적 가난하게 살던 조성하에게 도움을 주었다. 이하응이 하는 일이라고는 시정잡배들과 어울려 지내는 것뿐이었는데 일반적인 선비들의 행태와는 많이 달랐다. 선비들은 냇가의 정자에서 두셋씩 모여 기생들을 불러놓고 시회를 즐기는데 그는 색주가도 마다하지 않았다.

하루는 이하응이 조성하를 만나고 돌아왔는데 집안 분위기가 어수선했다.

"무슨 일이 있소?"

이하응이 부인 민씨에게 물었다.

"승호의 양아버지 민치록이 죽었어요."

이하응은 민치록이 죽었다는 말에 기분이 미묘했다. 언젠가 민치록과 함께 술을 마시고 담소를 나눈 일이 있었다. 그때 그는 자신이 여주에서 감고당으로 올라온 이유가 딸 때문이라고 했다.

"나는 병이 들었소. 내 딸의 광영은 못 보고 죽을 것 같소."

"광영이라니 무슨 광영을 말하는 거요?"

민치록의 말에 이하응이 궁금하여 물었다. 무골호인처럼 선해 보이는 민치록이 뚱딴지같다고 생각했다.

"어느 스님이 우리 딸이 왕비가 될 거라고 했소."

이하응은 민치록의 말에 호탕하게 웃음을 터트렸다.

"그래. 그 스님이 누구요?"

"어느 절에 계신 스님인데 법명이 무엇인지도 모르오. 허리가 구부정한 늙은 중이었소."

이하응은 그때 자신에게 주초라는 글을 써주었던 노승이 떠올랐다.

"어디 스님뿐이겠소? 눈 하나뿐인 점쟁이도 그런 말을 합디다."

이하응은 고개를 절레절레 흔들었다. 세상에 기이한 일도 많고 술사들도 많지만 눈이 하나뿐인 술사는 박유봉이 틀림없다고 생각했다.

"그런데 내 사위 될 사람이 누군지 모르겠소. 사위 재목 얼굴이나 보고 죽으면 여한이 없을 것 같소."

민치록이 하던 말이 이명처럼 귓전을 울렸다. 노승이나 박유봉이 민치록의 딸이 왕비가 될 상이라고 했다면 예언이 맞을지도 모른다고 생각했다. 당시에는 터무니없는 일이라고 생각했지만 사람의 일은 알 수 없는 것이다.

"재황이는 어디 있소? 재황이를 데리고 오시오."

이하응은 자신의 둘째 아들 재황을 데리고 감고당으로 갔다. 감고당에는 민승호가 상주가 되어 문상객들을 맞고 있었다. 이하응은 재황에게 민치록의 위패에 술을 따르고 절을 올리게 했다.

'만약에 아들이 왕이 되면 민치록도 기뻐하겠지. 그렇게 되면 민치록의 딸과 혼사를 올려야 하는 게 아닌가?'

이하응은 어쩐지 자신이 황당한 일을 하는 것 같았다. 재황이 절을 올린 뒤에는 민치록의 딸을 불렀다. 민치록의 딸은 하얀 소

복을 입고 있어서 얼굴이 창백해 보였다. 눈매는 서늘하여 냉기가
돌았다.

'아이가 기가 세구나.'

이하응은 민치록의 딸에게서 범상치 않은 기운이 풍기는 것을
느꼈다.

'어쩌면 저리도 눈빛이 사나울까? 마치 불을 뿜는 범의 눈과 같
지 않은가?'

자영은 이하응의 눈빛을 대하자 심장이 얼어붙는 듯한 기분이
었다. 이하응은 5척 단신이었다. 익살스럽게 생긴 얼굴에 체구가
작아 얼핏 보았을 때는 체신머리가 없어 보였다. 그러나 목소리가
쩌렁쩌렁 울리고 눈빛이 사나워 범의 기개를 숨기고 있다는 것을
알 수 있었다.

'영특하게 생긴 아이다. 비록 계집아이라고 하지만 천하를 호
령할 수 있는 기상을 갖고 있지 않은가?'

이하응은 민자영의 얼굴을 보고 탄복했다. 장차 시아버지가 될
이하응이요, 며느리가 될 운명에 있는 민자영의 기묘한 첫 만남이
었다.

***

박유붕은 느릿느릿 걸음을 떼어놓았다. 빗발이 추적거리고 있

었으나 그는 삿갓 하나를 달랑 쓰고 공덕리 구름재를 오르고 있었다.

'이제 흥선군이 득세할 날이 멀지 않았구나.'

박유봉은 공덕리 구름재에 올라서자 장안을 내려다보았다. 추적대는 빗발 때문이었을까, 만호 한양 장안에 어두운 그림자가 덮치고 있는 듯한 기분이었다.

'왕은 일 년을 넘기지 못할 것이다.'

가난한 농사꾼이 왕 노릇을 하느라고 무던히도 힘들었을 터였다. 13년이라는 긴 세월을 용상에 앉아 있었으나 조정은 부패하고 농촌은 피폐했다. 안동 김문이 벼슬을 사고팔아 조정이 혼탁했다. 김좌근은 부패하여 수십만 냥의 재물을 쌓아놓고 있었다. 재물로 벼슬을 산 사람들이 나라를 다스리니 나라 꼴이 엉망이었다. 지방 관리들도 토색질을 일삼았다. 부친이나 모친의 생일이라고 돈을 거두고 친척이 죽었다고 부의금을 거두었다. 온갖 이유를 붙여 돈을 거두고 환곡도 몇 배를 더 받아서 창고에 쌓았다.

나주 기생 양씨는 김좌근의 첩이 되어 조정의 인사를 쥐락펴락했다. 사람들은 영의정에게 붙일 수 있는 호칭인 합하를 양씨에게도 붙여 나합이라고 부르기까지 했다.

방생을 하는 날이었다. 박유봉은 나합이 방생을 하는 것을 보고 돌아가는 길이었다.

"나합이 통이 크기는 크군. 쌀 한 가마니로 밥을 해서 뿌린다는 거야."

"물고기들 먹으라고 쌀 한 가마니로 밥을 해서 뿌려?"

강가에 모인 사람들이 놀라서 웅성거렸다.

'사람도 못 먹는 밥을 물고기를 위해서 뿌린다는 말인가?'

박유봉은 가슴속으로 찬바람이 지나가는 것을 느꼈다. 샛강에는 이미 수많은 사람들이 몰려나와 구경을 하고 있었다. 나합은 하인 10여 명을 거느리고 승려와 함께 기도를 하고 물고기를 방생하고 있었다. 이어 배를 타고 하얀 쌀밥을 덩어리로 만들어서 강에 던졌다.

"방생을 하셨으니 부처님의 가호가 있을 것입니다."

늙은 승려가 합장을 하고 말했다. 나합 일행은 술을 마시고 음식을 먹었다. 박유봉은 그들이 떠난 뒤에 돌아가려고 했다. 그런데 사람들이 한강으로 뛰어들고 있었다.

"무엇을 하는 거요?"

박유봉이 놀라서 옆에 있는 장정에게 물었다.

"보면 모르오? 방생한 밥을 건져 먹으려고 하는 것이 아니오."

장정의 말에 박유봉은 고개를 절레절레 흔들었다.

"어디 갔다가 이제야 오는 거요?"

이하응의 집에 이르자 그가 사랑으로 맞아들이면서 퉁명스럽게 내뱉었다.

"주초의 뜻을 깨달았다고 들었습니다."

"허허. 고약한 인사일세. 찾을 때는 나타나지 않고 이제야 나타나니……."

"금상이 위중하다고 들었습니다."

"금상의 병이야 몇 년째 계속되는 고질이 아니오?"

"시중에는 금상이 승하했는데 안동 김문에서 숨기고 있다는 말까지 나돌고 있습니다."

"아무리 안동 김문이라도 그것까지 숨기지는 못할 것입니다."

"전할 말씀이 있어서 왔습니다."

"무슨 말씀이오?"

"안동 김문이 눈에 불을 켜고 있습니다. 조금만 눈에 벗어나면 살아남기 어려울 것입니다."

"내가 어찌해야 살 수 있겠소?"

"안동 김문을 피해야지요."

박유봉의 말에 이하응은 정신이 번쩍 드는 것 같았다. 박유봉은 그 말을 남기고 남산골로 갔다. 이하응은 하루 종일 방 안에서 서성이면서 생각에 잠겼다. 밖에서 아이들이 떠드는 소리가 들렸다. 문을 열고 내다보자 민치록의 딸과 아들 재황이 대문으로 들어오면서 깔깔대고 있었다. 밖에서 비를 맞고 달려온 모양이었다.

"어디를 다녀오는 것이냐?"

이하응은 민치록의 딸을 살피면서 아들 재황에게 물었다.

"감고당 아줌마와 샛강에 다녀오는 길입니다."

이하응은 두 아이가 아직 어리고 친척이라고 해도 함께 어울려 다니는 것은 옳지 않은 일이라고 생각했다. 그러나 티 없이 웃고 있는 아이들을 보자 내색하지 않았다.

"샛강에는 왜?"

"하옥 대감의 소실이 방생을 하여 구경하고 오는 길입니다."

이하응은 문득 민치록의 딸을 시험해보고 싶었다.

"네가 상가지구(喪家之狗)를 아느냐?"

상가지구는 상갓집 개를 말하는 것으로 먹을 것이 많지만 사람들이 쫓아내서 처량하게 비를 맞고 있는 신세를 말한다. 공자가 제자들을 이끌고 천하를 유랑할 때 그와 같은 말을 들은 일이 있었다.

"공자께서 표랑하다가 정나라에서 그와 같은 말을 들은 일이 있습니다."

민치록의 딸이 조심스럽게 대답했다.

"내가 그와 같은 처지라면 어떻게 하겠느냐?"

"지금 가볍게 말씀 올릴 수가 없습니다만 조만간 계책을 내어 보겠습니다."

"계책이라고?"

이하응은 속으로 놀랐으나 다시 장난을 하고 싶어졌다.

"너희들이 혼기에 이르렀으면서 내외를 하지 않고 어울려 다니는 것은 무슨 까닭이냐? 혼례라도 올려주랴?"

"네."

재황은 대답을 하지 못하고 우물쭈물하는데 민치록의 딸이 선연하게 맑은 눈으로 이하응을 쳐다보면서 선뜻 대답했다.

"네가 계책을 내어 오면 혼례를 올려줄 것이다."

이하응은 당돌한 민치록의 딸을 쏘아보면서 유쾌하게 웃음을 터트렸다.

***

철종은 병세가 점점 악화되었다. 철종의 병세가 악화되면서 이하응은 바짝 긴장했다. 그는 자신에게 죽음의 위기가 닥쳐오고 있다고 생각했다. 안동 김씨의 감시가 더욱 심해져 천하장안도 쩔쩔매고 있었다. 천하장안은 안동 김문의 문중회의에서 이하응을 죽여야 한다는 말이 나오고 있다고 했다. 그의 형인 흥인군 이최응도 안절부절못하고 있었다. 이최응은 애초에 어(魚)와 노(魯)를 구별하지 못하고 콩과 보리[菽麥]를 구별하지 못하는 어리석은 위인이어서 안동 김문에서 의심을 하지 않고 있었다.

'어떻게 해야 이 난국을 피하지?'

이하응은 안동 김씨가 목을 죄는 것 같아 안절부절못했다.

"매부, 손빈의 고사를 아십니까?"

하루는 처남 민승호가 이하응을 찾아와서 말했다.

"《손자병법》의 손빈 말인가?"

"살아남기 위해 미치광이 흉내를 냈습니다. 결국 제나라로 돌아와 방연에게 처절한 복수를 했지요."

"나보고 미치광이 흉내를 내라는 말인가?"

"우리 아우가 그러는데 미치광이 흉내를 내면 안동 김문에서 더 의심할 것이라고 합니다. 창병(瘡病)을 얻었다고 하면 의심을 피할 수 있다고 합니다."

이하응은 민승호를 가만히 쏘아보았다. 그의 동생이라면 민겸호를 일컫는 것이라고 생각하다가 번개처럼 민치록의 딸이 떠올랐다. 민승호가 민치록의 집에 양자로 들어갔으니 오라버니가 되는 것이다. 이하응은 소름이 끼치는 듯한 기분이 들었다.

"민치록의 딸이 하는 말인가?"

"그렇습니다. 아이가 이만저만 총명한 것이 아닙니다."

이하응은 며칠 동안을 고민하다가 창병을 앓는 시늉을 하면서 방에 누웠다. 그가 창병으로 누웠다는 소문은 금세 한양 장안에 파다하게 퍼졌다. 천하장안이 널리 소문을 퍼트렸기 때문이다.

"흥선군 이하응이 창병을 앓고 있다고 합니다."

김병기가 김좌근에게 고했다.

"창병이라면 화류병을 말하는 것이 아니냐?"

김좌근은 창병이라는 말에 얼굴부터 찌푸렸다. 창병은 매독을 의미하는 것이었다.

"예."

"한번 문병을 가봐라."

김좌근이 깊은 생각에 잠겨 있다가 김병기에게 지시했다. 김병기가 이하응의 집을 찾아온 것은 6월의 어느 날이었다. 이하응은 몸에 병이 있어서 만날 수 없다고 거절했다. 집에 환자가 있어서 그런지 이하응의 집은 고즈넉했다.

"약을 가져왔으니 거절하지 말라고 하게."

김병기는 청지기의 거절에도 굳이 돌아가지 않았다. 이하응이 마지못해 김병기를 사랑으로 들어오게 했다. 김병기가 청지기의 안내를 받아 사랑으로 들어가자 이하응이 누워 있다가 간신히 일어나 앉았다. 이하응의 얼굴에는 곳곳에 부스럼이 나 있고 피고름까지 흐르고 있었다.

'과연 창병이구나.'

김병기는 이하응이 창병을 앓고 있는 것이 틀림없다고 생각했다.

"사영이 이렇게 누추한 집에 무슨 일이십니까?"

이하응이 기운 없는 목소리로 물었다. 사영은 김병기의 호였다.

"흥선군께서 병을 앓고 있다는 말을 듣고 아버님께서 귀한 약재를 보내셨습니다."

김병기는 이하응이 오래 살지 못할 것이라고 생각했다. 이하응과 이런저런 이야기를 나누는데 딸이 탕약을 가지고 들어왔다. 김병기는 이하응에게 몸조리를 잘하라고 말하고 돌아갔다.

김좌근은 퇴청하여 사랑에서 글을 쓰고 있었다. 김병기는 이하응의 집에 다녀온 이야기를 자세하게 고했다.

"꾀병이 아니더냐?"

김좌근이 붓을 놓으면서 김병기를 쏘아보았다.

"얼굴에 피고름이 흐르고 있었습니다. 틀림없는 창병인 것 같았습니다."

"색주가를 함부로 출입하더니 몹쓸 병에 걸렸구나. 쯧쯧⋯⋯."

김좌근이 안되었다는 듯이 혀를 찼다. 그는 깊은 생각에 잠겨 있었다.

"아버님, 이하전도 살펴볼까요?"

이하전은 철종이 죽으면 보위에 오를 것이라는 소문이 파다했고, 보위에 오른 뒤에는 안동 김문을 쓸어버리겠다고 큰소리를 치고 돌아다니고 있었다.

"아니다. 살펴보는 것은 충분하다. 이하전을 고변하게 해라."

김좌근의 지시가 떨어지자 김병기는 긴장했다.

이하응은 김병기가 돌아가자 얼굴에 붙였던 돼지고기 살을 떼어냈다. '과연 김좌근이 나를 감시하고 있었구나.'

김병기가 찾아왔다는 말을 듣자 부랴부랴 피고름을 만들어 얼굴에 붙여 위기를 면할 수 있었다.

'영특하다는 김병기가 속아 넘어갔구나.'

이하응은 속으로 민치록의 딸에게 감탄했다. 그가 다녀간 뒤에도 몇몇 사람들이 다녀갔으나 오랫동안 앉아 있지는 않았다. 밖에서 재황과 민치록의 딸이 재잘대는 소리가 들려왔다. 민치록의 딸이 민승호를 따라 자주 그의 집을 출입하고 있었다.

'사내와 계집은 본디 저렇게 어울리는 것인가?'

재황과 민치록의 딸이 가까이 지내는 것을 보고 기분이 미묘했다. 재황이 학문을 해야 할 시간에 계집애와 시시덕거리고 있었다. 재황이 한심하고 미덥지 않았으나 민치록의 딸을 생각하자 이상한 안도감이 느껴졌다. 민치록의 딸이 재황의 누이 같고 재황을 보호해줄 수 있을 것 같았다.

이하응은 김병기가 돌아간 뒤에도 한동안 사랑에서 나오지 않고 두문불출했다. 하인들까지 속여 넘기려면 일체 바깥출입을 하지 않아야 했다. 사랑에 누워서 꼼짝을 하지 않으려니 답답하기 짝이 없는데 재황과 민치록의 딸이 사랑채 뜰에서 놀고는 했다.

'철딱서니 없는 놈.'

이하응은 화가 났으나 민치록의 딸이 재황에게 책을 읽어주는 소리를 듣고 귀를 기울였다. 민치록의 딸은 뜻밖에 사마천의《사기》를 읽어주고 있었다.

***

조정은 안동 김문으로 채워져 불만이 팽배했다. 그때 도정 이하전이 역모를 일으켰다고 오위장 이재두가 고변을 했다.

"이하전을 잡아들여 국문하라."

철종이 명을 내렸다. 이하전은 의금부에 체포되어 국문을 당했다. 이하전은 철종을 만났을 때도 직언을 올렸다.

"전하, 조정이 안동 김씨들로 가득하고 지방 수령들도 김씨만이 임명되고 있습니다. 이 나라가 김씨의 나라입니까? 이씨의 나라입니까? 전하, 안동 김씨를 그냥 두면 이 나라가 망할 것입니다. 부디 안동 김씨를 조정에서 내치십시오."

이하전이 울면서 고했으나 철종은 묵묵부답 대답을 하지 않았다.

"이하전이 감히 안동 김씨를 능멸하는가?"

김좌근은 눈에서 불이 일어나는 것 같았다. 김병기는 김좌근의 지시를 받자 오위장 이재두에게 고변하게 했다. 이재두의 고변에 의해 이하전의 수하들이라는 김순성, 이극선 등이 잡혀 와서 국문을 당했다. 김순성은 양평군 양근에 사는 유학자 이항로의 집에서 이하전을 왕으로 추대하려 했다고 진술했다. 이항로는 유림에서 널리 알려진 선비로 강직한 인물이었다. 이항로는 이미 고령이었고 자신이 이하전을 즉위시키려고 했다는 이재두의 고변을 부인

했다.

이항로는 학문으로 명성이 높았기에 유림의 격렬한 반발을 불러왔다. 유림과 삼사가 이하전의 역모가 잘못되었다고 조정을 맹렬하게 비난했다. 유림의 반발이 심해지자 김좌근은 당황하여 이항로를 석방했다.

이하전은 국문을 받은 뒤에 제주로 유배되었다. 그러나 김좌근은 이하전을 살려둘 수 없었다. 안동 김문이 맹렬하게 사형을 시키라고 주장하면서 철종을 압박했다.

"내가 이 일에 대해 여러 차례 생각했는데 형정을 소홀하게 했던 것이 아니다. 단지 군왕으로 사람을 죽이는 것보다 살리는 것이 덕이라고 생각했기 때문이다. 옥안을 참작하여 보았더니 난의 흉수가 이하전이었다. 흉서가 나오기에 이르러서는 역모의 내용이 낭자했다. 국론을 안정시키고 백성의 뜻을 하나로 통일시키는 것이 오늘날의 더할 수 없이 큰 급선무이니, 제주목에 유배 보낸 죄인 이하전을 사사하도록 하라."

철종이 승정원에 명을 내렸다. 이하전은 1862년 8월 11일에 사약을 받고 죽었다

***

1863년 가을 어느 날의 일이다. 빗발이 추적대는 회현방의 허

름한 움막에 약관의 청년이 나타났다. 청년은 깨끗한 무명 도포에 널찍한 통영갓을 쓰고 있었고, 용모가 준수해 지체 높은 집안의 자제라는 것을 한눈에 알아볼 수 있었다. 그는 쓰러질 듯 허름한 움막 앞에 이르자 재빨리 주위를 살피고 낮게 헛기침을 했다. 그러자 그것이 신호이기나 하듯이 움막 안에서 수염이 더부룩한 사내가 뛰어나왔다.

"나리, 어서 오십시오."

청년이 험상궂은 얼굴의 사내에게 낮은 목소리로 물었다. 사내의 얼굴에 난 큼직한 칼자국이 그렇잖아도 험상궂은 사내의 얼굴을 더욱 흉측하게 보이게 하고 있었다.

"오셨는가?"

청년은 주위를 경계하면서 낮게 물었다. 청년은 신정왕후 조씨의 조카인 조성하였다.

"예, 어서 오르십시오."

장순규가 조성하를 방으로 안내했다. 조성하는 움막으로 들어가 봉당에 올라섰다. 장순규의 집은 일자(一)에 흙벽이 앙상했다.

"들어오시게."

조성하가 다시 헛기침을 하자 안에서 이하응의 목소리가 들렸다. 조성하는 방문을 열었다. 등잔불이 일렁거리는 어둑한 방 안에는 이하응이 조촐한 주안상을 앞에 놓고 오연하게 앉아 있었다.

"대감, 오래 기다리셨습니까?"

조성하는 절을 올리고 나서 조심스럽게 물었다.

"한 식경밖에 아니 되었네."

이하응이 냉랭한 목소리로 대답했다. 파락호로 지낼 때와는 달리 그의 목소리에는 힘이 실려 있었다.

"송구하옵니다. 주위에 눈이 있어서……."

"괜찮네. 주상 전하께서는 환후가 어떠신가?"

"망극하온 일이나…… 아무래도 해를 넘기기가 어려울 듯싶습니다."

"음."

이하응의 입에서 무겁게 신음 소리가 흘러나왔다. 조성하는 슬그머니 이하응의 얼굴을 쳐다보았다. 이하응은 창병을 앓고 있다는 소문이 파다하게 나돌았으나 병색은 보이지 않았다. 다만 수염이 더부룩하고 얼굴이 초췌했다.

'흥선군이 위계를 썼구나.'

조성하는 속으로 감탄했다.

"승후관!"

이하응이 침묵을 깨트리고 입을 열면서 조성하를 쏘아보았다. 이하응의 눈에서 무쇠라도 녹일 듯한 뜨거운 불길이 쏟아지는 것 같았다.

"예?"

"왕대비마마의 심기는 어떠신가?"

"노심초사하고 계십니다."

"사왕은 결정되었나?"

사왕은 임금이 후사가 없을 때 종친 중에 양자를 들여 대통을 잇는 사람을 말하는 것이다.

"아직 결정하지 못한 것 같습니다. 그 일은 전적으로 왕실의 어른께서 정하는 것이 법도입니다."

"어디 법도대로 되었던가?"

"대감, 도정 이하전 대감을 두고 이르는 말씀입니까?"

이하응의 굵은 눈썹이 꿈틀했다. 이하응은 이하전이 죽지 않았다면 자신이 죽었을지도 모른다고 생각했다.

"과거를 돌이켜보아야 무슨 소용이 있겠나?"

"대감, 그때와 지금은 사정이 사뭇 다릅니다. 지금은 종친의 가장 어른이 저희 왕대비마마십니다."

"궐 밖의 일은 내가 처리하겠지만 궐 안의 일은 자네가 주장이 되어 움직여야 할 것일세. 주상 전하의 침전을 한시도 거르지 않고 살피게."

"명심하겠습니다."

"그렇게 하려면 자네의 심복이나 다름없는 승전빗이 필요할 것일세."

승전빗이란 왕명을 전하는 내시를 말하는 것이었다.

"그러나 지금에 와서 마땅한 승전빗을 구할 수 없을 것이니 믿을 만한 여관(女官)을 왕대비전을 통해 들이게."

조성하가 멍청한 표정으로 이하응을 쳐다보았다. 여관이란 상궁을 말하는 것으로 임금이 있는 대전에 출입하는 여관은 선발도 까다로울 뿐 아니라 내명부에서 오랜 교육을 받아야 했다.

"지금은 왕대비마마가 궐내의 가장 어르신이 아닌가? 왕대비마마께서 내리시는 궁녀라 하면 내명부나 김문에서도 소홀히 할 수 없을 것일세."

조성하가 비로소 고개를 끄덕거렸다. 그러나 금세 의혹이 가득한 눈빛으로 물었다.

"하면 마땅한 인물이 있습니까?"

"내 어찌 그런 준비가 없겠나?"

이하응이 빙그레 웃었다.

"밖에 순규 있느냐?"

이하응이 문밖을 향해 낮게 말했다. 조성하는 바깥의 동정에 귀를 기울였다. 추적대는 빗소리 사이로 저벅거리는 발자국 소리가 들리더니 굵은 남자의 목소리가 들렸다.

"소인 장순규 대령했습니다."

"순아를 들라 이르라."

"예."

장순규의 발소리가 멀어지고 한동안 빗소리만 들렸다. 그러더니 얼마 후에 나뭇잎을 밟듯 조심스러운 발소리가 들리고 문밖에서 여인의 기침 소리가 들려왔다.

"들라."

이하응이 문밖을 향해 말했다.

"예."

여인의 낮은 목소리가 들린 뒤에 문이 열렸다. 조성하는 재빨리 문 쪽을 쏘아보았다. 젊은 처자가 쓰개치마를 뒤집어쓰고 방으로 들어서고 있었다. 뛰어난 미인은 아니었으나 자태가 곱고 단정했다.

"승후관 나리다. 인사 올려라."

"예."

여인이 장의를 벗고 조성하를 향해 다소곳이 절을 올렸다.

"밖에 있는 장순규의 여동생일세."

조성하는 대꾸할 말이 없어 입을 다물었다. 장순규 같은 시정잡배의 여동생인데 기품이 있다고 생각했다.

"궁중 법도는 가르쳤네. 자네의 수족 노릇을 톡톡히 할 테니 왕대비전에 올라갈 때 데리고 가게."

"예."

"순아야, 승후관 나리께 술 한잔 부어 올려라."

이하응의 지시에 장순아가 섬섬옥수를 뻗어 상 위의 호로병을 잡았다. 조성하는 자신의 앞에 놓인 탁주잔을 잡았다.

"또 한 가지."

조성하가 탁주잔을 비우자 이하응이 그를 쏘아보며 입을 열었다.

"왕대비마마를 일간 뵈올 수 있도록 자리를 마련하게."

"대감, 궐내에 마련합니까?"

"궐내는 이목이 번잡하여 아니 되네. 탑골승방에 자리를 마련하는 것이 좋을 걸세."

"거기는 비구니들만 있는 절이 아닙니까?"

"그러니 안동 김문이 의심하지 않을 것일세."

"하나 대비마마의 궐 밖 출입이 용이하지 않습니다. 마땅한 명분이 없으면 왕대비마마라 할지라도 궐 밖 출입을 할 수 없습니다."

이하응이 빙그레 웃었다. 조성하는 궁금한 낯빛으로 이하응을 쳐다볼 뿐이었다.

"주상 전하의 쾌유를 비는 불사를 올린다고 하게. 아무도 그릇되다고 말하지 못할 걸세."

"과연 제갈량도 따르지 못할 계교입니다."

"김문이 세도를 하여 나라의 근간이 흔들리고 있네. 이를 바로잡지 못하면 5백 년 종사가 하루아침에 무너질 수도 있음일세."

"예, 대감께서 말씀하시는 뜻 익히 알고 있습니다."

조성하가 새삼스럽게 머리를 조아렸다. 그는 남산 골짜기에서 이하응을 만난 뒤에 이하응과 손을 잡았다. 이하응은 뜻밖에 자신의 아들을 조선의 왕으로 등극시키려 하고 있었다.

5

조선의 국왕

빗발이 희끗희끗 날리고 있었다. 신정왕후 조씨는 대비전을 나서다가 하늘을 쳐다보았다. 잿빛 하늘에서 빗발이 어지럽게 날리고 있었다. 한겨울에 내리는 비였다. 대궐의 앙상하게 헐벗은 나무들이 비에 젖어 황량했다.

'주상의 병이 점점 악화되니 어찌하는가?'

신정왕후는 잿빛 하늘을 쳐다보면서 우울했다. 강화도의 나무꾼을 데려다가 신왕으로 세운 지 벌써 14년이 되었다. 처음에는 보기도 싫은 왕이었으나 문후를 드리러 올 때 몇 번 이야기를 나누자 뜻밖에 순박한 청년이라는 생각이 들었다. 안동 김문은 그를 무능한 왕으로 만들기 위해 후궁을 계속 들여 그를 주색에 빠지게 했다. 결국 그는 화류병에 걸렸고 하체가 계속 썩어가고 있었다.

'애초에 잘못 선택한 왕이었어.'

신정왕후는 왕의 침전으로 걸음을 떼어놓기 시작했다. 왕을 강화도에서 나무꾼으로 살게 두었더라면 이렇게 비참한 죽음을 맞이하지는 않았을 것이다.

"마마, 가마를 타고 행차하십시오. 가마를 차비하겠습니다."

왕대비전의 최 상궁이 머리를 조아렸다.

"임금의 환후를 살피러 가는데 어찌 가마를 타겠느냐?"

신정왕후는 최 상궁에게 눈을 흘기고 앞서 걷기 시작했다. 왕의 환후가 위중해 대궐 곳곳에 불이 밝혀져 있었다. 왕이 누워 있는 침전 앞은 의관들과 의녀들이 몰려들어 어수선했다. 상궁과 내관이 분주하게 뛰어다니고 승정원의 승지들도 보였다.

"왕대비마마 납신다."

의녀 하나가 소리를 지르자 침전 앞에 있던 사람들이 일제히 두 줄로 늘어서서 머리를 조아렸다. 신정왕후는 그들에게 눈길을 던지지 않고 침전으로 올라갔다. 침전 대청에도 상궁과 내관들이 도열해 있었다. 대전상궁이 문을 열었다. 침전에서는 왕비가 간호를 하다가 벌떡 일어서서 머리를 조아렸다. 방 안에서 나는 탕약 냄새가 코를 찔렀다.

"앉으세요. 주상은 잠이 들었습니까?"

신정왕후는 임금의 앞에 앉았다. 약에 취해 잠이 든 임금의 얼굴은 어둡고 창백했다.

"망극하옵니다."

왕비가 머리를 조아렸다. 열여섯 살에 왕과 혼례를 올렸으니 이제 스물아홉 살이다. 왕이 죽으면 그녀도 대비전으로 물러나 세월을 보내야 한다.

"환후는 좀 어떻습니까?"

"도무지 차도가 없습니다."

"민간에 용한 의원이 있다고 하는데 민간의라도 부르세요."

"예."

왕비가 머리를 조아렸다. 신정왕후는 왕의 얼굴을 다시 살폈다.

"내가 있으면 의관들이 일을 못하니 돌아가겠소."

"망극하옵니다."

신정왕후는 침전에서 나왔다. 겨울비가 점점 굵어지고 있었다.

'상궁과 내관을 장악하라고?'

신정왕후는 이하응의 말이 귓전을 울리는 것을 느꼈다.

"궁중일기를 들이라."

신정왕후가 최 상궁에게 명을 내렸다. 궁중일기는 대궐에서 일어난 일들을 기록한 것이다. 궁녀와 내관들의 비리까지 기록되어 있다.

신정왕후는 궁중일기를 보면서 안동 김문과 관련이 있는 궁녀와 내시들을 모두 한직으로 보냈다.

"김 상궁, 네가 김좌근 대감과 가깝다는 것을 알고 있다. 이제 대궐의 가장 큰 어른이 누구인지 알 것이다.”

신정왕후는 매서운 눈으로 감찰상궁인 김 상궁을 쏘아보았다.

“마마, 무슨 말씀이신지요?”

김 상궁이 불안한 눈빛으로 쳐다보았다.

“궁중의 일은 밖에 나가 말할 수 없다. 그런데 궁중의 일을 모두 김좌근 대감에게 알렸겠다.”

“마마, 소인은 그러한 일이 없습니다.”

“닥쳐라!”

신정왕후가 언성을 높이자 김 상궁이 움찔했다.

“네가 감찰부의 수장이니 감찰부가 얼마나 무서운 곳인지는 잘 알겠지?”

“마마, 살려주십시오. 소인이 잘못했습니다.”

김 상궁이 무릎을 꿇고 부들부들 떨었다.

“저년을 끌어내어 곤장을 때려라. 궁녀와 내시들이 모두 보게 하라.”

신정왕후가 삼엄하게 영을 내렸다. 김 상궁은 수많은 궁녀와 내시들 앞에서 엉덩이가 찢어질 때까지 곤장을 맞았다. 형틀 아래 피가 흥건하게 흘러내렸다.

“궁중의 일을 밖으로 전하는 자는 누구든지 살려두지 않을 것이다.”

신정왕후는 부들부들 떨고 있는 궁녀와 내시들에게 다시 영을 내렸다.

***

조성하가 장순아를 데리고 밤길을 재촉하여 돌아가자 이하응
도 장순규의 움막을 나섰다. 꽤 깊은 밤이었다. 비는 그때까지도
추적추적 내리고 민가엔 불빛이 하나둘 꺼져가고 있었다. 조선왕
조 5백 년의 도읍 한성이 깊은 어둠에 둘러싸여 있었다.

'드디어 국상이 날 때가 되었는가?'

이하응은 문득 뒷짐을 지고 어두운 하늘을 쳐다보았다. 빗발이
차갑게 얼굴을 때렸다.

국상, 철종 임금의 승하, 후사가 없는 임금…….

그런 단어들을 머릿속에 떠올리자 가슴에서 뜨거운 것이 울컥
치밀고 올라왔다. 이런 기회는 두 번 다시 돌아오지 않을 것이다.
왕대비 조씨는 안동 김문에 깊은 원한을 품고 있었다. 철종의 뒤
를 잇는 사왕을 뽑는 것은 전적으로 왕대비 조씨의 손에 달려 있
었다. 그녀가 안동 김문과 반목하는 인물, 안동 김문의 세도를 일
거에 무너트릴 인물을 내세워 철종의 승통을 잇게 하리라는 것을
이하응은 너무나 잘 알고 있었다.

이하응은 둘째 아들, 재황이 태어난 후 지난 12년을 가시밭길
을 걷듯이, 살얼음 위를 걷듯이 조심조심 지내왔다. 오로지 지금

과 같은 기회가 올 때만을 이하응은 대망(待望)해왔다.

"대감, 빗발이 차갑습니다."

어느새 따라왔는지 장순규가 옆에 와서 나직하게 고했다. 바람까지 일기 시작한 것일까. 빗발이 쏴아 소리를 내며 몸으로 들이쳤다.

"순규야."

이하응이 한숨을 뱉듯이 나직하게 장순규를 불렀다.

"예."

"너는 이 흥선을 어떻게 보느냐?"

"대감마님 무슨 말씀이십니까?"

"너도 이 흥선을 거리의 부랑자로 보느냐?"

"어찌 그런 말씀을 하십니까? 대감께서는 불요불굴의 정신을 가진 대인이십니다. 때만 만나면 크게 승천하실 것입니다."

"그때가 언제라고 생각하느냐?"

"멀지 않았을 것이라고 생각합니다."

"허허……."

이하응이 공허한 웃음을 터트렸다. 장순규는 이하응의 웃음소리를 들으며 가슴이 무거워지는 것을 느꼈다. 이하응은 확실히 두 개의 얼굴을 갖고 있었다. 하나는 거리의 부랑자로서 이하응이요, 또 하나는 산천초목을 벌벌 떨게 하는 위엄을 갖춘 이하응이었다. 한가롭게 난초 한 폭을 칠 때는 신선의 모습이고, 상갓집과 투전판을 기웃거릴 때는 그야말로 시정잡배였다. 대제학 김병학, 원임 대신 정원용 등과 고담준론을 나눌 때는 당대의 경세가였다. 낙척한 종친의 위치에 있다고 하지만 결코 범상한 인물이 아니었다. 장순규가 이하응을 따르는 것은 그러한 야심 때문이었다.

'주인이 귀해져야 모시는 사람도 귀해지는 것이다.'

장순규는 이하응이 귀해질 때를 기다리며 10년 이상 수족 노릇을 해온 것이다.

"가자."

이하응이 휘적휘적 걸음을 떼어놓았다.

"어디로 행차하십니까?"

"내가 어디로 갈 것 같으냐?"

"대제학 김병학 대감 댁입니다."

"옳거니!"

이하응이 무릎을 치며 고개를 끄덕거렸다. 장순규는 오랫동안 그의 수발을 들었기에 속내까지도 알아맞힌다. 그들이 교동의 김병학의 집에 이른 것은 빗발이 제법 굵어져 있을 때였다.

"대감, 어인 행차십니까? 비를 이렇게 흥건하게 맞으시고……?"

김병학은 밤중에 찾아온 이하응을 보고 깜짝 놀라 서둘러 사랑으로 맞아들였다. 연배가 비슷한 이하응과 김병학은 소년 시절부터 허교(許交)를 하며 지내는 사이였다.

"가을비 오는 소리에 벗이 그립고 술이 간절하여 들렀소이다."

"핫핫핫! 과연 풍류남아이십니다."

김병학이 파안대소를 날리며 고개를 끄덕거렸다. 그러나 그의 얼굴엔 이하응의 돌연한 방문을 궁금해하는 표정이 역력했다. 대권의 향방 때문에 조정이 숨을 죽이고 있을 때 찾아온 이하응이었다.

"사영은 잘 지내고 있습니까?"

이하응이 김병기의 안부를 묻는 것은 안동 김문 전체가 무엇을 하고 있느냐는 질문이기도 했다. 김병학은 이하응으로부터 그 질문을 받을 때마다 가슴이 답답했다.

"사영이야 굳건한 사람이지요."

김병학이 묘하게 입술을 비틀며 대답했다. 김문근이 지난 8월에 죽자 김좌근이 안동 김문의 좌장 노릇을 하고 있었다. 그러나 실질적으로 안동 김문을 이끌고 있는 사람은 김좌근의 양자 김병기였다. 현재는 병조판서의 자리에 있었다.

"영초, 사왕은 누가 될 것 같습니까?"

영초는 김병학의 호였다.

"저는 모르는 일입니다."

김병학은 이하응과 거리를 두려고 하고 있었다.

"장김(壯洞金氏, 안동 김씨 중에서도 세도 가문으로서 주류를 이룬 김상헌의 후손들을 가리킴)에서 벌써 사왕을 점찍고 있는 것이 아닙니까?"

"대감, 당치 않은 말씀입니다. 사왕은 종친부에서 옹립해야지요."

"60년 장김의 세도 아래 종친다운 종친이 있어야지요. 역모의 죄를 쓰지 않기 위해 초야에 숨어들어가 농사를 짓거나 종친임을 숨기고 연명하는 것이 고작인데⋯⋯."

"대감, 소인도 안동 김문의 한 사람입니다."

"영초!"

이하응의 눈이 매섭게 빛났다. 이미 죽음을 각오한 듯한 눈빛이었다.

"장김이 60년 세도를 누린 후 삼정이 문란해졌습니다. 민란이 그치지를 않고 있어요. 그러고도 장김의 일원이라는 것을 자랑스러워하는 게요?"

김병학은 움찔했다. 이하응의 질책은 전에 없이 매서웠다. 무골호인처럼 두루뭉술하던 이하응이 아니었다. 김병학은 자신도 모르게 긴장의 끈을 바짝 죄었다. 그렇잖아도 흥선군 이하응의 처남 민승호가 이하응의 동조 세력을 포섭하고 있다는 소문이 파다하게 나돌고 있었다.

"삼남의 민란은 안동 김문의 실정 탓만이 아닙니다."

"안동 김문이 매관매직을 하고 있습니다. 김병기의 곳간에는 금은보화가 산더미처럼 쌓여 있고, 하옥 대감의 집은 대궐보다 더욱 좋다고 합니다. 평양 감사 자리가 5만 냥, 군수나 현감, 목사 자리는 2만 냥에서 3만 냥…… 그래 수량 방백의 자리가 돈으로 매매되는 자리입니까? 그들이 지방 수령으로 부임해서 하는 일이 무엇이겠습니까? 목민관들이 백성들을 토색질하니 어느 백성이 난을 일으키지 않겠습니까?"

"대감, 말씀이 지나치십니다."

"영초, 달도 차면 기운다고 했습니다. 후세에 영초의 이름이 더럽혀지지 않으려면 스스로 무엇을 해야 할지 알아야 할 것입니다."

김병학의 안색이 해쓱해졌다. 이하응은 목숨을 내놓고 대권에 도전하기로 결심을 굳힌 것 같았다. 김병학은 이하응의 날카로운 눈빛에서 굳은 의지를 읽을 수 있었다.

"영초, 이 홍선을 도와주시오."

"오늘 말씀은 못 들은 것으로 하겠습니다. 때가 어느 때인데 그런 말씀을 하시는 것입니까?"

"영초, 우리는 사돈의 언약을 맺었소."

이하응은 그의 둘째 아들과 김병학의 어린 딸이 혼약을 맺은 것을 상기시켰다.

"대감 고정하십시오. 그런 말씀을 하시면 목숨이 열 개라도 부족합니다."

"흥선은 이미 죽음을 각오했소이다. 죽음을 각오했기에 영초에게 도와달라고 하는 것입니다. 이 흥선에게 친구가 있다면 영초와 영어 형제뿐입니다."

영어는 김병국의 호였다.

"대감, 제가 장김을 배신하리라고 보십니까?"

김병학이 낮게 한숨을 내쉰 뒤에 물었다.

"배신을 하라는 것이 아니라 선택을 하라는 것입니다. 어차피 사왕은 종친 중에서 옹립될 것입니다."

이하응의 안광이 활활 타오르듯이 불을 뿜었다. 김병학은 가만히 눈을 감았다. 이하응의 말은 타당한 것이었다. 이하응의 말대로 어차피 철종의 뒤를 이을 사왕은 종친 중에서 옹립될 것이다. 그동안 무지렁이 농사꾼인 철종을 대신해 장김이 국명을 집행해온 것은 철종이 있기에 가능했던 것이다. 안동 김문이 아무리 세도를 누리고 있다고 해도 조선조의 국왕이 될 수는 없었다. 그것이 안동 김문의 한계였다. 기껏 그들이 할 수 있는 일은 왕대비 조씨를 윽박질러 안동 김문에 유리한 종친을 신왕으로 옹립하는 것뿐이었다.

"영초, 내 말을 알아듣겠소?"

"알겠습니다."

김병학이 무겁게 한숨을 내쉬었다.

1863년 11월 8일, 철종이 승하하기 한 달 전의 일이었다. 이하응은 철종의 죽음이 임박하자 본격적으로 동조 세력 규합에 나서고 있었다.

***

　김병학은 뜰에서 여자들의 웃음소리가 낭자하게 들리자 문을 슬며시 열었다. 딸이 사랑채까지 나와서 몸종 덕금과 은행나무 잎사귀를 줍고 있었다. 딸이 이제 열다섯 살인가. 혼례를 올릴 나이가 가까워지면서 몸이 여자로 피어나고 있었다. 내년이면 열여섯 살이 되니 파과의 나이다. 시집을 보내야 한다고 생각했다. 그러나 이하응의 아들과 혼사를 약속한 일이 신경에 거슬렸다.

　'이하응은 대권을 노리고 있다. 실패하면 역모가 되어 가문이 몰살을 당한다.'

　딸을 이하응의 아들에게 시집보내 멸문의 화를 당하고 싶지 않았다. 이하응은 그의 딸과 혼사를 하여 안동 김씨의 감시를 피하려고 하는 것이 분명했다.

　'이하응은 종친이다. 금상이 후사가 없으니 그의 아들이 사왕이 될 수도 있다.'

　이하응의 아들이 사왕이 되면 그의 딸은 왕비가 된다. 그러나 안동 김문에서는 이하응의 아들이 사왕이 되는 것을 반대할 것이다. 이하응과 손을 잡으면 안동 김문을 배신하게 되는 것이다.

　김병학은 사랑에서 나와 딸에게 가까이 갔다.

"아버지."

딸이 생글거리며 김병학을 쳐다보았다. 딸은 장안에서 이름이 널리 알려진 미인이다. 딸의 몸종인 덕금은 고개를 잔뜩 숙이고 있었다.

"너는 물러가 있거라."

김병학이 덕금에게 지시했다. 덕금이 물러가자 딸이 의아한 표정을 지었다.

"우리 딸이 다 컸으니 시집을 보내야겠구나."

김병학이 잔잔하게 웃자 딸이 얼굴을 붉혔다.

"벌써 혼례일이 정해졌습니까?"

딸이 긴장하는 표정이 되었다. 딸도 이하응의 아들과 혼례를 약속한 일을 알고 있었다.

"시집을 가고 싶으냐?"

"그런 말씀이 아닙니다."

딸이 얼굴을 숙였다. 이하응은 딸을 가만히 안아주었다. 어린 소녀인 딸을 시집보내야 한다고 생각하자 가슴이 타는 것 같았다. 이하응은 이미 자신의 아들과 김병학의 딸이 혼사를 약속한 일을 널리 퍼트리고 있었다.

쏴아아.

바람이 일면서 은행잎이 딸의 머리 위로 우수수 쏟아졌다.

　이하응은 금위대장 이장렴의 대문 앞에 이르자 자신도 모르게 걸음을 돌리려고 했다. 꿈에도 만나고 싶지 않은 이장렴을 만나려고 하자 누군가 뒷덜미를 잡아당기는 것처럼 걸음이 떨어지지 않았다.

　'오늘이 아니면 다시 기회가 없을 것이다.'

　이하응은 의관을 단정히 하고 주위를 둘러보았다. 날이 어두워져 이장렴의 집 주위에는 인적이 전혀 없었다. 이장렴은 젊었을 때 기루에서 한 번 만난 일이 있었다. 이하응이 술에 취해 기생과 다툴 때 옆에 있던 사내가 갑자기 벌떡 일어나서 이하응의 뺨을 후려쳤다. 아하응은 사람들이 많은 기루에서 보기 흉하게 나뒹굴고 말았다.

　"이놈, 네놈이 무얼 하는 놈인데 감히 종친의 뺨을 치느냐?"

　이하응은 대로하여 눈에서 불을 뿜었다.

　"종친이면 왕실의 체통을 생각해야지 하찮은 기녀와 다투고 있느냐? 종친으로서 부끄럽지 않느냐?"

　이장렴이 오히려 이하응에게 호통을 쳤다. 그의 눈에서 푸른 서슬이 뿜어지고 있었다.

　"네놈은 누구냐?"

　"무예별감 이장렴이다."

"과거에 급제했느냐?"

"그렇다."

무과에 급제했다면 무예 실력도 만만치 않을 것이다. 기루는 원래부터 우림아(羽林兒)라고 부르는 대궐의 내금위 무사들이 장악하고 있었다. 임금을 호위하는 무사들이니 웬만치 큰 사고를 쳐도 포도청에서 눈을 감아버린다.

'이놈과 싸웠다가는 매만 맞을 것이 뻔하다.'

이하응은 이장렴이 종친도 몰라보는 무뢰한이라고 생각하여 슬그머니 꽁무니를 빼고 말았다. 그 자리에는 안동 김문의 김병기와 김병학까지 있었다. 그날 이후 한양 장안에 이하응이 일개 무예별감에게 뺨을 맞았다는 소문이 파다하게 나돌았다.

'고약한 놈을 만나서 한량들의 놀림감이 되었구나.'

이하응은 그때 일을 생각하면 벌레를 씹는 것 같았다. 안동 김문은 종친인 이하응의 뺨을 때렸다고 하여 이장렴을 기개 있는 인물이라고 치켜세웠다. 이장렴은 안동 김문에 의해 수군절도사를 거쳐 금위대장으로까지 발탁되었다. 그는 안동 김문과 유난히 친하게 지내 종친들이 멀리하고 있었다.

"이리 오너라."

이하응이 대문 앞에서 큰 소리로 청지기를 불렀다.

"뉘시오?"

늙수그레한 청지기가 대문을 비스듬히 열고 이하응의 위아래를 살폈다.

"흥선군 이하응이다. 금위대장은 계시느냐?"

"들어오십시오."

늙은 청지기는 이장렴에게 기별도 하지 않고 사랑으로 안내했다.

"종친이 내 집을 찾다니 참 해괴한 일입니다그려."

이장렴이 이하응을 사랑으로 맞아들인 뒤 얼굴을 살피면서 조소를 하듯이 웃었다.

"이 공에게 뺨을 맞은 일이 아직도 얼얼하오."

이하응은 투정이라도 부리듯이 퉁명스럽게 내뱉었다.

"그 일을 아직도 기억하고 있소?"

"이 공도 한번 맞아보시오."

"그 일을 따지려고 온 것은 아닐 테고…… 창병에 걸렸다는 소문이 있던데 다 나은 것 같소."

이장렴이 웃자 이하응도 피식 웃었다.

"그때는 혈기방자한 때라 미안하게 되었소."

"흥선이 그 일로 앙심을 품겠소? 그렇게 속 좁은 인물이 아니오."

"그럼 무슨 일로 왕림을 하셨소?"

"이 공, 이제 세상이 바뀔 것 같지 않소?"

"나는 한낱 무반에 지나지 않소. 정치는 모르오."

이장렴이 경계하는 표정으로 이하응에게 말했다.

"내가 이 공을 찾아왔는데 무엇을 망설이겠소. 내 복심을 모두 털어놓겠소."

이하응은 안동 김씨 60년 세도로 조선이 망해가고 있다고 열변을 토했다. 이하응이 심중에 있는 말을 모두 털어놓자 이장렴이 옷깃을 바로 했다.

"내 어찌 안동 김문의 개가 되겠소? 대감과 함께 조선을 바로 세우는 데 목숨을 바치겠소."

이장렴이 이하응의 손을 덥석 잡았다.

***

철종은 가을부터 하체가 썩기 시작하여 안동 김문과 흥선군 이하응을 바짝 긴장시켰다.

이하응은 교동에서 김병학을 만난 뒤 다음 날에는 좌의정 조두순을 만났고, 이틀 후에는 원임대신 정원용까지 만났다. 뿐만 아니라 무반인 이경하, 신관호, 신명순까지 두루 찾아다녔다. 그의 처남인 민승호 역시 조성하와 함께 대권을 장악할 계획을 차례차례 진행시켰다.

안동 김문은 이하응의 발 빠른 행보를 따라가지 못하고 안일한 대응을 하고 있었다. 안동 김문은 모이기만 하면 신왕에 옹립할

만한 인물을 물색하기에 여념이 없었다. 그러나 뚜렷한 대안을 내세우지 못했다. 그때마다 흥선군의 둘째 아들 재황도 거론되었으나 배척되지도 않고 신왕의 후보로 옹립되지도 못했다. 그들은 흥선군 이하응의 인물됨을 누구보다도 잘 안다고 생각하고 있었다.

"흥선군의 둘째 아들이 신왕이 되면 흥선군이 정치에 참여하려고 할 게 아닌가?"

"그러지는 못할 것입니다. 신왕의 보령이 유충하면 왕대비께서 섭정을 하시지요."

"왕대비마마께서 섭정을 하시면 우리 안동 김문에 불리합니다. 왕대비는 우리 안동 김문을 원수로 생각하고 있습니다."

김흥근의 말에 좌중이 일제히 고개를 끄덕거렸다.

"왕대비가 섭정을 하는 것은 조선의 법이오. 우리가 단단히 뭉치면 부녀자인 왕대비가 무엇을 하겠소?"

김좌근이 김흥근을 쳐다보지도 않고 말했다.

"그럼 흥선군의 둘째 아들을 신왕으로 삼고 우리 김문에서 신왕의 왕비를 간택하게 하면 아무 문제가 없겠군요. 신왕이 성년이 될 때까지는 대비께서 섭정을 하시고 성년이 되어 친정을 하게 되면 왕비의 외척인 우리 김문이 정사를 좌우할 수 있을 테니까요."

"참 그러고 보니 영초의 따님과 흥선군의 둘째 아들이 정혼을 한 사이라면서요?"

"정혼을 한 것은 아니고 혼인을 약조한 사이라고 하더군요."

"어쨌거나 흥선군의 둘째 아들이 신왕이 되면 영초가 부원군이 되겠군요."

"영초의 학문이나 인품으로 보면 부원군감으로 손색이 없지. 우리 김문의 인재가 기라성같이 많기도 하지만 굳건하기로는 사영이요, 학문과 인품으로는 영초를 거론하지 않는가?"

"흥선군의 제2자는 신왕이 될 수 없어요. 파락호의 아들을 어떻게 신왕으로 옹립합니까?"

김병기가 반대했다.

"옳습니다. 절대로 안 됩니다."

김병주도 반대했다.

"흥인군 이최응에게도 아들이 있지 않소? 흥인군은 어노(魚魯)를 구분하지 못하는 어수룩한 인물이니 흥인군의 아들을 옹립합시다. 재긍이라는 아이가 일곱 살이라고 하니 딱 좋지 않소?"

"자자…… 그 문제는 좀 더 두고 보기로 하지요."

안동 김문의 모임은 언제나 이런 식으로 끝이 났다.

"주상께서 승하하시면 옥새는 우리 중전마마께서 필히 손에 넣으셔야 합니다."

"그야 이를 말인가?"

안동 김문의 회의에서 결정한 것은 임금의 대보를 철종의 왕비가 손에 넣게 한다는 것뿐이었다.

김좌근은 안동 김문의 회의에 참석하지 않고 깊은 생각에 잠기는 일이 잦았다. 김병기가 사랑에서 안방으로 들어가자 김좌근이 첩 양씨의 머리를 베고 누워 있었다.

"모두 돌아갔느냐?"

김좌근이 실눈을 뜨고 물었다.

"논의가 어찌 돌아가느냐?"

"흥선군의 둘째 아들을 옹립하자는 이야기가 주를 이루고 있습니다."

"흥선군이 대원군이 되면 안동 김문이 살아남겠느냐?"

"사왕이 될 만한 종친이 없지 않습니까?"

"흥인군이 어리석으니 우리가 다루기 쉬울 것이다."

김좌근이 눈을 지그시 감았다.

***

이하응은 왕대비 조씨를 동대문 밖 탑골승방에서 은밀히 만났다.

"왕대비마마. 삼가 무력한 종실의 흥선군 이하응이 문후 올립니다."

이하응은 왕대비 조씨에게 인사를 올리는데 눈물이 비 오듯이 흘러내렸다. 왕대비 조씨와는 조성하를 통해 철종 사후의 대책을 논의해왔다. 그러나 얼굴을 직접 대면하는 것은 이번이 처음이었다. 종친이라고 해도 사사로이 대궐에 출입할 수도 없으려니와 왕대비전에 올라가 문후를 드리는 것은 꿈도 꿀 수 없는 노릇이었다.

"대감, 이제 내가 할 일을 알려주오."

왕대비 조씨는 이하응의 얼굴을 대면하자 실망스러운 기분을 떨쳐버릴 수 없었다. 조성하에게 듣기로 천하를 호령할 기개가 있다는 흥선군 이하응이 5척 단신인 데다 얼굴조차 볼품이 없었다. 의관은 폐의파립으로 거리의 부랑자나 다름없는 행색이었다.

어찌 이럴 수가 있을까. 어찌 이런 인물과 천하대사를 논의할 수 있겠는가.

왕대비 조씨는 실망하여 눈앞이 캄캄했다. 그러나 내친김이었다. 철종의 목숨은 경각에 달려 있어 이번 기회를 놓치면 영원히 절호의 기회가 돌아오지 않으리라는 생각에 왕대비 조씨는 이하응을 똑바로 응시했다.

"왕대비마마, 먼저 소신을 믿으셔야 하실 것으로 아옵니다."

이하응은 왕대비 조씨가 실망한 것을 눈치채기라도 한 듯이 말했다.

"대감, 대감을 믿지 않으면 내가 여기까지 무엇 때문에 행차했 겠소?"

"그럼 말씀 올리겠습니다."

"어서 말하오."

왕대비 조씨가 재촉했다. 어디선가 불공을 드리는지 목탁 치는 소리와 비구니의 독경 소리가 청아하게 들려왔다. 뒤 숲에서는 마른 나뭇잎을 지나가는 삭풍 소리가 들려왔다.

"먼저 주상 전하께서 승하하시면 대보부터 손에 넣으십시오."

"옥새 말씀이오?"

"그러하옵니다. 대보는 안동 김문의 사주를 받고 있는 중전마마께서도 손에 넣으려고 하실 것입니다. 대비마마께서는 왕실의 어른이시니 대비마마께서 간수한다 하십시오."

"음."

왕대비 조씨가 무겁게 신음을 토했다.

"다음은 언문교지를 내려 흥선의 제2자 재황을 익종의 사왕으로 삼는다 하시고, 영돈녕 대감 정원용으로 원상을 삼는다 하십시오."

"가만 익종의 사왕이라고 하셨소? 그러면 승통이 어찌 되는 것이오?"

왕대비 조씨는 어리둥절하여 이하응을 쳐다보았다. 철종이 승하하면 사왕은 철종의 대를 잇는 것이 관례요, 법도였다. 그런데 익종의 승통을 잇는다니 이 무슨 해괴한 일인가.

"왕대비마마. 헌종대왕께오서는 순조대왕의 대를 이었삽고 금상께오서도 순조대왕의 대를 이었습니다. 두 분 선대왕들께서도 한 분의 대를 이으셨습니다. 이제 신왕이 금상의 대를 잇지 않고 익종대왕의 대를 잇는다 하여도 허물이 되지 않습니다. 오히려 왕

실의 가장 어른인 왕대비마마께서 저의 미천한 아들놈을 양자로
삼아 익종대왕의 대를 잇는 것이 당연지사라고 생각합니다."

"하면 대감의 아들 재황이 나의 양자가 되는 것이오?"

"그러하옵니다. 왕대비마마!"

"과연 묘책이오!"

왕대비 조씨가 무릎을 탁 쳤다. 그녀는 왕세자였던 익종이 보
위에 오르지도 못하고 유명을 달리하자 왕비의 자리에 앉아보지
도 못하고 대비가 된 불우한 여인이었다.

"왕대비마마, 성하로 하여금 대전의 일거일동에 눈을 떼지 못
하게 하십시오. 흥선이 죽고 사는 것은 오로지 왕대비마마께 달려
있습니다."

"그렇게 하리다. 내가 어찌 안동 김문에 두 번씩이나 수모를 당
하겠소?"

신정왕후 조씨가 입술을 깨물었다.

***

이하응은 아들 이재황이 잠든 얼굴을 물끄러미 내려다보았다.
아들은 이제 열두 살이다. 어리고 앳된 얼굴로 세상 근심 모르고
잠들어 있었다. 그의 계획대로 된다면 장차 조선의 국왕이 될 아
이였다. 큰아들 재면도 있었으나 사왕은 혼례를 올리지 않은 아들

가운데서 결정된다.

한밤이 되었는데도 밖에는 북풍이 그치지 않고 있었다. 오늘따라 날씨가 좋지 않다. 바람은 차고 기온은 살을 엘 듯이 매서웠다.

"순아가 전갈을 보냈습니다. 금상께서 경각에 달려 있다고 합니다."

초저녁에 조성하가 달려와서 이하응에게 고했다. 이하응은 조성하의 말을 듣자 오랫동안 절치부심하던 일이 결말을 향해 숨 가쁘게 달려가고 있음을 느낄 수 있었다.

"왕대비마마께서도 알고 계시는가?"

이하응이 조심스럽게 조성하를 살폈다. 혹시라도 조성하가 배신을 하지 않았는지 의심하는 매의 눈이었다.

"예. 소인이 전했습니다."

조성하는 눈빛이 떨리지 않고 있었다.

"왕대비마마께서 마음이 약해질지도 모른다. 곁에서 잘 지켜드리도록 하라."

왕대비 신정왕후도 흔들릴 가능성이 있었다. 장순규의 동생 장순아를 신정왕후 옆에 둔 것은 그런 일을 방지하기 위해서였다.

'순아야, 내 운명이 너에게 달렸구나.'

이하응은 장순아에게 글을 가르치고 궁중 암투에 대해서도 가르쳤다. 위기에 어떻게 대응하는지 가르치고 결단을 내릴 때를 가르쳤다. 장순아는 대범하고 당찬 여인이어서 이하응이 무엇을 원하는지 잘 알았다.

"예."

"김좌근이 왕대비마마를 독대하려고 할 것이다. 일단 왕대비마마께서 김좌근의 뜻을 따르는 것처럼 하라고 아뢰라."

이하응은 조성하를 사랑으로 불러들여 은밀하게 지시했다.

안동 김문은 임금의 병세가 경각에 달리자 흥인군 이최응의 아들 이재긍을 사왕으로 옹립하기로 결정했다. 이하응은 무겁게 한숨을 내쉬었다. 친형인 이최응과 조선의 국왕 자리를 놓고 다투어야 한다고 생각하자 쓸쓸했다. 이최응은 성품이 우유부단해서 아들이 보위에 오른다고 해도 안동 김씨의 손에 놀아날 것이다.

"승후관, 조금만 더 고생하게."

조성하에게 단단히 일렀다.

"아닙니다. 저는 이제 가보겠습니다."

조성하는 긴장하여 대궐로 돌아갔다.

'오늘 밤이 참으로 길겠구나.'

이하응은 조성하를 배웅하고 하늘을 쳐다보았다. 하늘에는 별이 빼곡하게 들어차 있었으나 별들도 추위에 떨면서 웅성거리고 있었다.

***

바람 소리가 허공을 달리면서 울부짖었다. 신정왕후 조씨는 전신이 팽팽하게 긴장되어 가슴이 터질 것 같았다. 젊은 왕의 목숨이 경각에 달려 대궐에 비상이 걸려 있었다. 조정 대신들이 퇴궐하지 않고 종친들이 대궐에 들어와 젊은 왕의 임종을 기다렸다.

'이 일이 제대로 이루어질까?'

신정왕후는 너무나 커다란 짐이 자신에게 지워져 있다고 생각했다. 그러나 한 번은 부딪쳐야 할 일이었다.

"마마, 영상대감께서 드셨사옵니다."

신정왕후는 가슴이 철렁했다.

"마마, 심기를 단단히 하십시오."

조성하가 데리고 온 상궁 장순아가 뒤에서 낮게 말했다. 조성하를 통해 김좌근에게 대처할 방법을 연락받기는 했다. 그러나 이하응의 계책이 너무나 저열하여 손에서 땀이 배어나는 것 같았다.

"모셔라."

신정왕후가 짧게 내뱉었다. 김좌근은 철종 시대에 조정의 요직을 모두 거치고 일인지하만인지상인 영의정이 되어 있었다. 대소 신료들이 임금보다 더 무서워하는 인물이 김좌근이었다.

"드십시오."

궁녀들이 문을 열자 김좌근이 긴장한 모습으로 들어왔다. 신정왕후는 목이 타는 듯한 갈증을 느꼈다.

"왕대비마마, 신 영의정 김좌근……."

"앉으시오."

신정왕후는 김좌근이 절을 올리려고 하자 재빨리 막았다. 그러나 김좌근은 개의치 않고 절을 올렸다.

"종사가 경각에 달려 있어서 긴 말씀을 아뢸 수가 없습니다."

김좌근이 단정하게 앉아서 굵은 목소리로 아뢰었다.

"망극한 일이 닥쳤는데 무슨 말을 하겠소?"

신정왕후가 김좌근을 가만히 쏘아보았다. 김좌근은 검은 수염이 가슴까지 내려와 있었다. 눈은 작고 길게 찢어져 있었다.

'이럴 때 도승지가 있었으면…….'

신정왕후는 철종이 의식을 잃기 전에 도승지에 민치상을 임명하게 했다. 민치상은 이하응이 천거한 인물로 성균관 대사성과 홍문관 제학을 역임한 인물이었다.

"사왕은 결정하셨습니까?"

김좌근이 신정왕후를 쏘아보면서 물었다. 신정왕후는 김좌근의 날카로운 안광이 비수처럼 가슴을 찌르는 것 같았다. 뒤에서 장순아가 낮게 기침을 했다.

"금상이 있는데 어찌 사왕을 결정하겠소."

신정왕후가 떨리는 목소리로 말했다.

"하오나 금상이 회복 불가능하니 종사의 대계를 정하지 않을 수 없습니다."

김좌근이 신정왕후를 다그쳤다.

"대궐에 사는 늙은이가 무얼 알겠소? 영상은 의중에 둔 사람이 있소?"

"사왕은 대궐의 가장 어른이 결정합니다."

"영상의 의중을 말해보오."

김좌근은 신정왕후의 의중을 알 수 없어서 선뜻 대답하지 않았다.

"흥인군이 가까운 종친이 아니오?"

김좌근이 대답을 하지 않자 신정왕후가 먼저 의중을 드러냈다. 김좌근은 자신의 의중을 꿰뚫어보는 신정왕후의 말에 가슴이 철렁했다.

"그러하옵니다. 대신들도 흥인군의 독자 이재긍을 꼽고 있습니다."

이최응은 아들이 하나밖에 없었다.

"여러 대신들이 그렇다면 뜻을 따라야지요. 영상께서 내 두 조카 조성하와 조영하를 잘 돌봐주시오."

신정왕후는 뜻밖에 흥인군 이최응의 아들 이재긍을 사왕으로 결정하겠다고 말했다. 김좌근은 비로소 안도의 한숨을 내쉬었다.

'왕대비마마는 조성하와 조영하 형제를 나에게 부탁했다.'

김좌근은 신정왕후를 의심하지 않았다.

***

윙윙대는 바람 소리가 나뭇가지 끝에서 목을 매고 있었다. 한겨울 삭풍이 부는 소리였다. 자영은 깜박이는 불빛 아래서 책을 읽다가 고개를 들었다. 이상하게 가슴이 뛰고 서늘한 기분이 느껴졌다. 낮에 흥선군 이하응의 집에 들러 부인 민씨에게 인사를 올렸다. 이하응의 집은 무엇 때문인지 알 수 없었으나 팽팽한 긴장감이 흐르고 있었다.

'대체 무슨 일이 일어나고 있는 거지?'

자영은 이하응의 집에 흐르는 긴장감을 이해할 수 없었다. 해질 녘이 되자 민승호를 따라 집으로 돌아왔다.

"오라버니, 흥선군 댁에 무슨 일이 있습니까?"

민승호와 나란히 길을 걸으면서 물었다. 날씨가 추운 탓에 거리를 거니는 사람들이 종종거리면서 걸음을 떼어놓고 있었다.

"너는 알 필요가 없는 일이다."

민승호는 대궐 쪽을 살피면서 조용히 대답했다.

"대궐의 일입니까?"

자영은 대궐에 대한 호기심을 놓지 않고 있었다. 민승호가 자영을 가만히 쏘아보았다.

"시중에 국상이 난다는 소문이 파다합니다."

"벌써 오래전부터 그런 소문이 나돌지 않았느냐?"

민승호가 묵묵히 걸음을 떼어놓았다. 해가 지면서 질퍽대던 길이 얼기 시작하여 발밑에서 바스락거리는 소리가 들렸다. 한밤이 되면 날씨는 더욱 추워질 것이다. 자영은 저녁을 먹고 책을 읽기 시작했다. 그러나 이상하게 글자가 눈에 들어오지 않았다. 이 생각 저 생각을 하면서 잠을 이루지 못하다가 아버지 민치록이 죽었을 때 찾아왔던 이하응과 그의 둘째 재황의 모습이 떠올랐다. 이하응은 아들 재황에게 아버지의 위패에 술을 따르고 절을 올리게 했다.

"연이 닿을지 모르겠구나."

이하응은 자영이 소복을 입고 절을 올리자 알 듯 모를 듯한 말을 했다. 자영은 그날 이후 재황의 집을 자주 찾아갔다. 대부분 민승호를 따라가고는 했으나 재황과 어울려 노는 일이 많았다. 재황은 자영을 '감고당 아줌마'라고 부르면서 잘 따랐다. 재황은 눈빛이 유순하고 입술이 도톰했다.

'운현궁에 무슨 일이 있는 거야.'

자영은 문을 열고 밖으로 나왔다. 인정이 지난 지 여러 시간이 지나 있었다. 방문을 나서자 바람이 차가웠다. 자영은 뜰에서 어두운 하늘을 쳐다보았다. 하늘에서 길게 꼬리를 물고 별이 떨어지는 것이 보였다. 그때 요란하게 대문을 두드리는 소리가 들렸다.

'무슨 일이지?'

자영은 중문에서 대문께를 살폈다. 문간방에서 자고 있던 청지기 박 서방이 대문을 열자 이하응의 심복 천희연이 들어서며 다급하게 말했다.

"우리 대감께서 나리를 속히 오시라고 하오."

"알겠소."

박 서방이 후닥닥 사랑으로 달려갔다.

"무슨 일이냐?"

민승호가 의관을 갖추고 달려 나왔다.

"나리, 국상이 났다고 합니다. 속히 모셔 오라는 분부이십니다."

천희연이 민승호에게 머리를 조아렸다.

"알았다. 앞장서라."

민승호가 천희연을 앞세우고 대문을 나섰다.

'국상이 났다고……?'

자영은 임금이 죽은 것이라고 생각했다. 북쪽 하늘에서 밝은 별이 떨어진 것도 임금이 죽은 것을 의미하는 것이다.

***

안동 김문과 흥선군 이하응이 촉각을 곤두세우고 있는 가운데 철종대왕은 1863년 12월 8일 승하했다. 재위 14년, 슬하엔 영혜옹주 외에 후사가 없었다. 이 소식은 장순아를 통해 조성하에게 보고되었고 조성하는 황망히 왕대비전으로 달려가 보고했다. 대궐이 순식간에 긴장감에 휩싸였다.

"왕대비마마, 주상 전하께서 승하하셨습니다. 속히 거동하소서."

"뭣이?"

신정왕후는 가슴이 철렁했다. 임금의 목숨이 경각에 달려 있다는 것은 알고 있었으나 이렇게 빨리 세상을 떠날 줄은 몰랐다. 그녀는 가슴이 방망이질을 하듯이 뛰었다.

"왕대비마마, 촌음을 아끼지 말고 대보를 차지하여 원임대신 정원용으로 원상을 삼고, 흥선군의 둘째 아들 재황을 사왕으로 정하여 익종대왕의 승통을 잇는다고 밝히소서."

조성하가 떨리는 목소리로 재촉했다. 조성하도 이하응으로부터 철종 승하 이후의 대책을 누누이 지시받았었다.

"아, 알았느니라."

신정왕후가 자리에서 일어나고 장순아가 부축했다.

"또한 금위대장 이장렴에게 영을 내려 궁중 경비를 삼엄하게 한 뒤에 출입자를 단속하소서. 특히 대호군 김병주가 역심을 품고 망동을 하지 않도록 경계하소서."

"알았느니라. 속히 금위대장 이장렴에게 수하 장졸들을 거느리고 들라 하라."

신정왕후가 떨리는 목소리로 명을 내렸다. 내관들이 왕대비전의 영을 받들고 금위영으로 달려갔다.

'전하께서 승하하셨구나.'

이장렴은 신정왕후의 명령이 떨어지자 대기하고 있던 병력을 동원하여 대궐을 삼엄하게 둘러싸는 한편 대전과 왕대비전에도 금군을 배치했다. 국왕의 호위병들인 대호군이 있었으나 금위영 군사들의 살벌한 기세에 밀려 뒤로 물러섰다.

금군이 배치되자 신정왕후는 이장렴의 호위를 받으며 황황히 철종의 침전인 대조전으로 달려갔다. 머뭇거릴 시간이 없었다. 다리가 후들후들 떨리고 눈앞이 캄캄했다. 철종의 침전 앞에서는 이미 궁녀들과 내관이 꿇어 엎드려 구슬프게 곡을 하고 있었다. 빈청에서 대기하던 대소 신료들도 비보를 듣고 달려와 월대와 뜰아래 꿇어 엎드려 곡을 하고 있었다. 대소 신료뿐이 아니었다. 궁중의 비빈들까지 급보를 듣고 달려와 곡을 하느라고 대조전이 온통 울음바다였다.

"대보는 어디 있소?"

신정왕후는 철종의 머리맡으로 가서 죽음을 확인한 뒤 떨리는 목소리로 왕비에게 물었다.

"왕대비마마, 어찌하여 대보를 찾으십니까?"

왕비 김씨가 반문했다. 곡소리가 일시에 그치는 것을 보면 대조전 밖에서 곡을 하고 있는 안동 김문의 권신들도 대보에 촉각을 곤두세우고 있는 것이 분명했다.

"주상 전하의 승하는 망극하기 이를 데 없는 일이오. 그러나 망극한 일이라고 해서 나라의 대보를 소홀히 할 수 없는 법, 내가 대보를 간직하겠소."

신정왕후가 싸늘하게 내뱉었다.

"대비마마 아니 되옵니다."

왕비 김씨가 놀라서 신정왕후를 쏘아보았다.

"중전! 내가 궁중의 주장(主張)이오! 여염집이라도 주장에게 복종하는 것이 법도이거늘 하물며 궁중에서 이 무슨 해괴한 짓이오? 중전은 국상을 당한 죄인이니 근신하시오!"

신정왕후의 추상같은 한마디는 왕비 김씨의 온몸을 부르르 떨리게 했다. 국상을 당한 죄인이라는 말에는 항거할 명분이 없었다. 왕비 김씨는 재빨리 무릎을 꿇었다.

"왕대비마마."

"대보를 내놓으시오!"

신정왕후가 다시 호통을 쳤다. 왕비 김씨는 그때서야 치마폭에 감추었던 대보를 떨리는 손으로 꺼냈다. 눈치 빠른 대비전의 노상궁이 재빨리 대보를 받아서 신정왕후에게 바쳤다. 순식간의 일이었다. 대조전 밖에 꿇어 엎드려 곡을 하던 영의정 김좌근, 지중추부사 김병학, 공조판서 김병국, 호조판서 김병기는 눈을 부릅뜨고 신정왕후를 쏘아보았다.

대전은 뜻밖에 금위영 군사들에 의해 삼엄하게 둘러싸여 있었다. 신정왕후 측에서 선수를 쳐 국왕의 처소인 대조전을 장악한 것이다. 여차하면 역적으로 몰려 금위영 군사들에게 끌려 나갈 수도 있었다. 대조전에서 떨어지지 말라고 대호군에 임명한 김병주는 그림자도 보이지 않았다.

김좌근은 신정왕후의 거동에 의혹이 일어났다. 신정왕후가 대보를 차지할 필요가 없는데 기이한 거동을 하고 있었다.

'왕대비 조씨가 이상하다.'

김좌근은 고개를 갸우뚱했다. 신정왕후는 노상궁에게서 어보를 받아 무릎 위에 놓고 가만히 쓰다듬고 있었다.

"대신들을 중희당으로 모이게 하라."

신정왕후가 대전 내시를 불러 영을 내렸다.

"대신들은 중희당으로 모이라는 왕대비마마의 전교입니다."

대전 내시가 카랑카랑한 목소리로 말했다. 대신들이 웅성거리면서 중희당으로 걸음을 떼어놓았다.

"영상대감, 왕대비가 다른 일을 꾸미는 것이 아닙니까?"

지충추부사 김흥근이 불안한 표정으로 김좌근에게 물었다.

"왕대비가 배신할 까닭이 없소."

김좌근은 자신에게 다짐을 하듯이 퉁명스럽게 말했다.

"대신들은 들으시오."

그때 신정왕후가 카랑카랑한 목소리로 입을 열었다. 대신들이 흠칫하여 고개를 떨어뜨렸다.

"영중추부사 정원용 대감은 선왕 순조, 헌종, 익종대왕께서 승하하셨을 때도 원상의 중임을 맡아 수고하였으니 이번에도 원상의 중책을 맡아 처리하게 할 것이다!"

신정왕후의 지시는 나지막하면서도 또렷했다.

"황공하옵니다."

원임대신 정원용이 깊숙이 머리를 조아렸다. 그것은 신정왕후의 명을 받들겠다는 뜻이었다.

"주상 전하의 시신 앞에서 승통을 논하는 것은 망극하기 이를 데 없는 일이나 나라에는 한시도 임금이 없어서는 아니 되겠기에 흥선군의 둘째아들 재황을 익성군에 봉하여 절사된 익종대왕의 승통을 잇도록 하겠소."

어보를 가지고 있는 신정왕후의 분부였다. 대신들은 숨이 막히는 듯한 기분이었다. 그러나 신정왕후는 숨 쉴 틈도 주지 않고 대신들을 몰아세웠다.

"사왕의 보령은 이제 열둘, 아직 궁중법도도 모를 것이 분명한즉 이 노파가 당분간 섭정을 맡아보겠소. 이제 사왕이 결정되었으니 영상과 도승지는 속히 봉영 차비를 차리시오!"

신정왕후의 명은 외우고 있었던 듯이 일사천리로 내려졌다. 대신들은 미처 반박할 여지도 없었다. 영의정 김좌근이 머뭇거리는 사이에 김문의 다른 대신들이 반박을 해야 했으나 신정왕후의 지시가 숨 쉴 틈도 주지 않고 내려졌기에 식은땀만 흘리고 있었다.

"황공하옵니다."

원상에 임명된 정원용이 명을 받들겠다는 뜻으로 머리를 조아렸다.

"신 도승지 민치상 삼가 왕대비마마의 지엄한 분부를 받들겠습니다."

도승지 민치상도 복명하겠다고 머리를 조아렸다.

6

천하를 손에 넣다

김좌근은 벼락을 맞은 듯한 기분이었다. 신정왕후의 입에서 흥선군 이하응의 둘째 아들을 사왕으로 결정한다는 말이 떨어졌을 때 자신이 잘못 들은 것이 아닌가 하고 생각했다. 신정왕후를 독대한 자리에서 분명히 흥인군 이최응의 아들을 사왕으로 정하겠다고 했던 것이다.

'일개 부녀자의 위계에 내가 당하다니……'

김좌근은 눈에 핏발을 세우고 김병기를 쏘아보았다. 대호군 김병주에게 대궐을 장악하라고 김병기를 시켜 지시했는데 그는 얼굴도 보이지 않고 금위대장 이장렴이 금위군을 동원하여 대궐을 에워싸고 있었다.

'대궐이 금위군에 둘러싸여 있으니 무슨 일을 한다는 말인

가?'

김좌근은 안동 김문의 세상이 끝났다고 생각했다.

영의정 김좌근은 눈을 질끈 감았고, 철종의 왕비는 곡하는 것도 잊고 신정왕후를 쳐다보고 있었다.

김좌근은 도승지 민치상과 함께 신왕을 맞이하기 위해 대궐을 나섰다.

12월 8일은 날씨가 살을 엘 듯이 추웠다. 그러나 국상이 났다는 소문과 새 임금으로 흥선군 이하응의 둘째 아들 재황이 결정되었다는 소문이 삽시간에 장안에 퍼졌다. 아직 임금의 죽음을 알리는 천아성은 울리지 않고 있었다. 그러나 새 임금을 모시는 행렬인 봉영 행렬이 대궐을 떠났다는 소문을 들은 백성들은 구름처럼 거리로 몰려나와 웅성거렸다. 그들은 철종의 죽음에 망극함에 앞서 신왕의 봉영 행렬에 더 호기심이 많았다.

"허…… 똑똑하기로 소문난 도정 이하전 대감 같은 이는 역모에 휘말려 죽고, 상갓집 개라는 소문이 파다한 흥선 대감의 아들은 신왕이 되었으니 세상 참 공평치 못하네."

백성들은 입을 모아 수군거렸다.

"흥인군도 아들이 있는데 왜 신왕을 흥선군의 아들로 정했지?"

김좌근은 백성들이 수군거리는 소리를 들으며 착잡한 마음을 억누를 길이 없었다. 창덕궁에서 공덕리의 구름재까지는 지척지간이었다. 사왕을 봉영하러 가는 길이기에 영의정 김좌근은 일인

216

지하만인지상의 몸이지만 가마를 탈 수 없었다. 70객의 노구였다. 그러나 걸어서 사왕을 맞이하러 가는 불편함보다는 홍선군 이하 응의 얼굴을 머릿속에 떠올리자 씁쓸하기만 했다.

'내가 용을 미꾸라지로 보았음이 아닌가?'

김좌근은 홍선군 이하응을 잘못 평가한 것이라는 생각이 불현 듯 뇌리를 스쳤다. 가난하고 낙척하여 궁도령이라고 얼마나 비웃 었던가. 종친 중에서도 가장 보잘것없었던 소족(疏族), 그가 바야 흐로 정치의 전면에 나서게 된 것이다.

김좌근은 속으로 몇 번이나 탄식을 했다.

'무서운 인물이야.'

김좌근은 대권이 이하응의 둘째 아들에게 넘어간 뒤에야 그 사 실을 깨달은 것이 후회스러웠다.

'우리와 같이 공존하려고 한다면 몰라도 김씨 일문을 핍박하려 한다면 홍선군의 둘째 아들도 순순히 대통을 잇지는 못할 것이다.'

김좌근은 입술을 지그시 깨물었다. 필요하면 반정을 일으킬 수 도 있는 것이다. 그것은 안동 김씨의 멸문지화를 각오해야 하는 일이지만 홍선군에게 제거당할 위치에 놓인다면 어쩔 수 없이 선 택해야 하는 길이다.

'나에게는 병기가 있어.'

김병기는 호조판서의 직위에 머물러 있지만 실제로는 안동 김 씨의 신진세대를 이끌고 있는 인물로 자타가 공인하고 있었다. 일찍이 이하응조차도 "아들을 낳으려면 사영 김병기처럼 웅특(雄特)한 아들을 낳던가, 홍원식 형제와 같이 단수묘아(端秀妙雅)해야 한다" 하고 김병기를 칭찬한 일이 있었다.

홍원식 형제는 과거에 나란히 급제하여 명성이 높았는데 인물 또한 출중했다. 홍 대비의 일족이었다.

"합하, 흥선군저에 다 왔습니다."

도승지 민치상이 김좌근의 어두운 상념을 흔들어 깨웠다. 김좌근은 묵묵히 이하응의 집을 바라보았다. 솟을대문이 우뚝 솟아 있기는 했으나 이하응의 집은 담장이 무너지고 기와가 퇴락해 금방이라도 무너질 것 같았다. 자하동에 있는 아흔아홉 칸의 그의 거대한 장원에 비교하면 행랑채나 다름없이 초라했다.

"합하!"

도승지 민치상이 김좌근을 재촉했다.

"승전 내관은 무엇을 하는가?"

김좌근이 그때서야 낮게 호통을 쳤다. 벌써 이하응의 집 남녀 하인들이 우르르 몰려나와 허리를 숙이고 있었다.

"흥선군은 속히 나와서 왕대비전의 전교를 받으시오!"

승전 내관이 쩌렁쩌렁 울리는 목소리로 안을 향해 소리를 질렀다. 이미 하인들을 통해 봉영 행렬이 도착했다는 소식을 들었을 터였다. 그런데도 안에서는 아무 기척이 없었다.

"흥선군은 속히 나와 왕대비전의 전교를 받으시오."

흥선군 이하응은 승전 내관이 두 번째로 소리를 질렀을 때에야 아들 재황을 데리고 황황히 나타났다.

"오늘 왕대비마마의 국명으로 대감의 제2자 재황을 익성군으로 봉군(封君)을 하고 익종대왕의 승통을 이으라 하시어 봉영하러 나왔소. 어서 대비마마의 교지를 받들어 입궐할 차비를 하시오."

김좌근의 말이었다. 이하응은 눈을 지그시 감았다. 감회가 깊은 듯 어깨가 파르르 떨렸다. 신정왕후가 실수 없이 일을 처리한 것이다.

"영상대감, 어서 안으로 드십시오."

이하응이 김좌근 일행을 안으로 청했다. 김좌근과 민치상, 기사관 박해철이 영락한 이하응의 집 안으로 조심스럽게 걸음을 옮겼다. 이하응의 둘째 아들 재황은 대청 위에 서 있었다. 익성군의 임명장은 이미 좌승지 서당보가 가지고 온 탓에 조선의 국왕에 옹립되리라는 사실을 알고 있었다. 그러나 재황은 잔뜩 긴장한 기색이 역력했다.

"익성군은 왕대비마마의 전교를 받드시오!"

도승지 민치상의 말에 재황이 황급히 몸을 굽히고 남쪽을 향해 섰다. 흥선군 이하응의 식솔들도 황황히 뜰에서 고개를 숙였다.

"익성군의 성명이 어찌 되오?"

민치상이 재황에게 이름을 물었다. 재황의 신분 확인을 하고 있는 셈이었다. 재황이 이하응을 힐끗 쳐다보았다. 이하응이 재빨리 고개를 끄덕거려 대답하라는 신호를 보냈다.

"초명은 명복이고 지금은 재황으로 쓰고 있습니다."

재황이 떨리는 목소리로 대답했다. 재황은 몸까지 부들부들 떨고 있었다.

"나이는 어찌 되십니까?"

"임자생입니다."

임자생이면 열두 살이다. 이로써 재황의 신분 확인이 끝나고 왕대비의 전교를 받는 예절이 넓은 마당에서 행해졌다. 먼저 마당에 돗자리가 깔리고 돗자리 위에 교지를 얹어놓는 상이 놓이고, 민치상이 왕대비 조씨의 교지를 상 위에 올려놓았다. 재황이 돗자리 위에 올라가 상 앞에 무릎을 꿇자 민치상이 교지를 펴서 읽기 시작했다.

"……죽지 못해 사는 이 늙은이가 차마 당하지 못할 기막힌 변을 당하고 보니 그저 원통한 생각뿐이다. 그러나 임금의 자리는 촌각도 비워둘 수 없는 법이니 무엇을 더 망설이겠는가? 이에 흥선군의 제2자 명복으로 하여금 익성군에 봉하여 사상의 승통을 계승하게 한다. 익성군은 촌음도 지체하지 말고 입궐하여 대정을 담당하라!"

지엄한 왕대비의 교지였다. 재황은 교지 앞에서 네 번 절하고 무릎을 꿇었다. 도승지 민치상이 그때서야 무릎을 꿇고 왕대비의 교지를 전해 올렸다.

홍선군 이하응의 둘째 아들 재황이 조선의 제26대 국왕이 되는 순간이었다.

***

하늘은 암울한 잿빛이었다. 소년 왕 재황이 탄 보련이 공덕리 구름재로 올라섰다. 백성들은 인산인해를 이루고 연도에 몰려들었다.

행렬은 삼엄했다.

선두에는 호위군사인 대호군과 선전관이 행렬을 인도했고, 창검으로 무장한 근장군사 2백여 명이 보련의 앞뒤에서 엄중하게 호위를 하고 있었다. 근장군사는 왕실 경비병으로 왕의 행차에만 수행을 했다. 영의정 김좌근과 홍선군 이하응은 보련의 바로 뒤에서 초헌을 타고 행렬을 따라가고 있었다.

'재황이 보위에 오르는구나.'

연도의 백성들 중엔 아녀자들도 있었다. 그들 중에 노랑 저고리에 호박색 무명치마를 입은 13세의 한 소녀가 보련 위에 의젓하게 앉아 있는 재황을 바라보며 나직하게 한숨을 내쉬고 있었다.

소녀의 이름은 민자영. 이하응의 아들이 신왕에 옹립되어 대궐로 들어간다는 말을 듣고 감고당에서 한달음에 달려 나온 것이다.

'홍선군의 아들이 하루아침에 왕이 되다니……'

자영은 보련이 가까이 오자 긴장했다.

'저기 서 있는 사람은 감고당 아줌마로군.'

재황은 연도에 늘어선 백성들을 살피다가 자영을 발견하고 흥건히 미소를 떠올렸다.

'내가 왕이 되었으니까 대궐로 놀러 오라고 해야지.'

재황은 그런 생각을 했다. 연도에 나와 있는 수많은 사람들, 근장군사의 삼엄한 호위, 생전 처음 타본 보련 때문에 기분이 이상했으나 우쭐대고 싶은 생각도 들었다.

재황은 자영을 좋아했다. 자영은 재황보다 한 살이 더 많았으나 나이보다 훨씬 조숙했다. 그때 자영이 재황을 향해 잔잔한 미소를 보내왔다.

'아⋯⋯.'

재황은 갑자기 가슴이 뛰면서 얼굴이 화끈거리는 것을 느꼈다. 이상한 일이었다. 재황은 재빨리 자영에게서 시선을 돌렸다. 그때 보련이 자영의 옆으로 지나갔다.

'민치록의 딸이군.'

흥선군 이하응도 초헌에 앉아서 자영을 보았다. 그러나 그는 일별도 던지지 않고 근엄한 표정으로 앞만 응시했다. 연도엔 그가 아는 인물들도 적지 않았다. 시정잡배들과 어울려 다닌 탓에 행세깨나 하는 권신들보다 시정잡배들 쪽에 더 안면이 많았다.

"오입쟁이 대감 아니신가?"

"상갓집 개라는 흥선군이 어쩐 일로 초헌에 타고 계시지?"

"궁대감이 궁궐에서 벼슬을 얻은 것은 아니겠지"

신왕이 이하응의 아들이라는 것을 모르는 백성들이 그렇게 수군거리는 것 같았다.

"천아성이 울렸소?"

"아니. 천아성이 울리는 소리를 듣지 못했소."

연도 한쪽에서는 삿갓을 쓰고 지팡이를 짚은 승려와 선비 차림의 사내가 낮은 목소리로 이야기를 주고받고 있었다. 그들은 소년 왕의 행렬을 근심에 잠긴 표정으로 바라보고 있었다. 삿갓을 쓴 사내는 부산에서 올라온 이동인, 선비 차림의 사내는 역관 오경석이었다. 그들 뒤에는 자영과 비슷한 또래의 소년이 일행인 듯 미소를 지으면서 그들의 이야기를 듣고 있었다.

"신왕의 연치가 불과 12세라니 신정왕후가 섭정을 하겠군."

오경석이 정국 상황을 잘 아는 듯 그렇게 말했다. 오경석은 중인 출신의 역관이었으나 당상관의 품계에 올라 있었기에 선비 차림을 하고 있었다. 1853년 청나라에 가서 1년 동안 머문 그는 《해국도지》《영환지략》《박물신편》 등의 책을 가지고 와 조선의 개화를 연구하고 있었다.

"흥선군은 어찌 되겠소?"

이동인이 멀어지는 소년 왕의 행렬에서 눈을 떼지 않고 물었다.

"국왕의 생친이니 막강한 권세를 누리지 않겠소?"

"그러면 안동 김문이 몰락을 하겠군."

"아니 그러지는 않을 것이오. 흥선군이 정사에 관여하려면 살얼음 위를 걷듯이 해야 할 게요. 안동 김문이 요직이란 요직은 모두 장악하고 있으니 섣불리 건드렸다가는 오히려 반격을 당하게 될 거요. 그러나 흥선군은 그렇게 녹록한 인물이 아니오. 벌써 지중추부사 김병학의 따님과 정혼을 언약했다지 않소?"

오경석의 말을 두서너 걸음 떨어진 곳에서 듣고 있던 자영은 가슴이 싸하게 저려오는 듯한 기분을 느꼈다. 무엇 때문인지 알 수 없었다. 재황이 김병학의 딸과 정혼의 언약을 했다는데 자신도 모르게 가슴속으로 찬비가 내리는 것처럼 쓸쓸했다.

"그럼 정략결혼을 한다는 얘기요?"

"국상이 끝나면 국혼이 선포될 게요."

"그럼 3년 후가 되겠군. 3년 후에는 안동 김문이 다시 세도를 잡는다 이 말 아니오?"

"현재의 정세로 보면 그리되는 것이 당연할 거요."

오경석이 낮게 중얼거렸다. 소년 왕의 봉영 행렬은 벌써 창덕궁을 향해 멀어져가고 있었다.

"스승님, 스승님은 어찌 그렇게 앞일을 훤히 알고 계십니까?"

오경석과 이동인의 말을 듣고 있던 소년이 물었다.

"나는 아직 제대로 아는 것이 아무것도 없다. 청나라를 오가면서 보고 들은 것이 조금 있을 뿐이지."

오경석이 소년을 힐끗 돌아보고 낮게 대답했다.

"우리는 경운동으로 갈 터인데 어디로 가려느냐?"

오경석이 소년에게 물었다.

"저는 수표교로 가겠습니다."

"백의정승에게 가는가? 우리도 저녁때에 갈 터이니 그곳에서 보자."

오경석과 이동인이 고개를 끄덕거린 뒤에 경운궁 쪽으로 걸음을 떼어놓았다. 백의정승이란 기인 유대치를 일컫는 말이었다. 유대치는《연암문집》과《열하일기》등을 남긴 박지원의 후손인 박규수와 역관을 지낸 오경석과 함께 일찍이 개화사상에 눈을 뜬 인물이었다. 대치는 호고 본명은 홍기인데 사람들은 그의 박식함을 일컬어 백의정승이라는 별호로 부르고 있었다. 자영은 민승호의 사랑을 출입하는 사람들을 통해 유대치에 대해 들은 일이 있었다.

"선비님."

소년이 그들과 헤어져 몇 걸음 떼어놓았을 때 여자의 조심스러운 목소리가 등 뒤에서 들렸다. 김옥균이 걸음을 멈추고 고개를 돌리자 13~14세쯤 되어 보이는 자영이 몇 걸음 떨어져 그를 가만히 응시하고 있었다.

김옥균은 의아한 얼굴로 자영을 바라보았다. 자영은 노랑 저고리에 호박색 무명치마를 입고 있었다. 머리에서부터 허리까지 장의를 쓰고 있었으나 용모가 단아했다. 비록 몸종도 없는 단신이었으나 범접할 수 없는 기상이 엿보였다.

"규수께서 나를 부르셨소?"

김옥균은 선연하게 맑은 자영의 눈을 응시했다.

"선비님의 발걸음을 멈추게 하는 것이 외람된 일인 줄은 아옵니다만 궁금한 일이 있어 여쭙고자 하오니 허물치 마십시오."

"궁금한 일이 무엇이오?"

"조금 전에 백의정승이라는 말씀을 하셨는데 그분을 뵈올 수 있사옵니까?"

"우리 말을 엿들었소?"

"엿듣고자 한 일은 아니었습니다."

김옥균은 입을 다물었다. 자영의 행동은 당돌하기 짝이 없는 짓이었다. 양반가의 규수라면 길거리에서 외간남자와 얼굴을 마주치는 것조차 금지하고 있었다. 그런데 자영은 말까지 건네고 있는 것이다.

"낭자의 부친 존함이 어떻게 되오?"

김옥균은 예사로운 규수가 아니라고 생각했다.

"소녀의 선친은 극진할 치(致) 자에 복 록(祿) 자를 쓰십니다. 본관은 여흥입니다."

자영의 목소리는 낭랑했다.

"낭자의 성명을 물어도 되겠소?"

김옥균이 다시 물었다.

"자주 자(紫) 자에 꽃부리 영(英) 자를 쓰고 있습니다."

역시 주저함이 없었다.

"나는 구슬 옥(玉) 자에 고를 균(均) 자를 쓰고 있소. 본관은 안동이오."

"장안에 명성이 자자하신 소년 재사시군요."

자영의 얼굴에 화사한 미소가 피어올랐다.

"홍원식 형제에게 비길 수야 있겠소?"

김옥균이 머쓱하여 입가에 미소를 떠올렸다. 자영이 자신의 이름을 알고 있었다는 사실이 싫지 않았다.

"무슨 연유로 백의정승을 보려 하는지 모르오만 내 일러드리리다."

김옥균이 앞에 서서 수표교를 향해 걸음을 떼어놓기 시작했다. 자영은 고개를 다소곳이 숙여 예를 표한 뒤 서너 걸음 뒤처져 김옥균의 뒤를 따르기 시작했다.

***

이하응은 신정왕후 조씨에게 절을 올렸다. 탑골승방에서 만난 뒤에 처음이었다. 신정왕후의 뒤에는 장순규의 여동생 장순아가 다소곳이 고개를 숙이고 있었다.

"왕대비마마, 그동안 얼마나 고초가 많으셨습니까?"

이하응이 머리를 깊숙이 조아리고 아뢰었다. 국상 중이라 신정왕후와 이하응은 소복을 입고 있었다.

"대궐에 있는 노파가 무슨 고생이 많겠소? 그대가 온갖 고생을 했다는 말을 들었소."

신정왕후는 큰일을 치르고 난 뒤라 탈진한 표정이었다.

"당치 않습니다. 이제는 마음을 편히 하셔도 됩니다."

"아직 할 일이 태산같이 많지 않소? 안동 김씨들이 이대로 있을 것 같소?"

"소인이 차례로 진정시킬 테니 안심하십시오."

이하응이 만면에 미소를 지으면서 말했다.

"대호군이 움직이지 않은 것은 어떻게 된 일이오?"

대호군이 대궐에 들어왔다면 이장렴의 금위군만으로는 상대하기 어려웠을 것이다.

"소인이 산삼주를 보냈습니다."

"산삼주요? 그럼 대호군 김병주가 산삼주를 마시고 술에 취했다는 말이오?"

"산삼주에 미혼약을 넣었습니다. 김병주는 술을 너무 좋아하는 사람이라 그 술을 마시고 깨어나지 못한 것입니다."

"호호. 산삼주가 대사를 그르치게 하였구려."

신정왕후가 유쾌하게 웃음을 터트렸다.

"그럼 신은 물러가겠습니다."

이하응은 절을 하고 왕대비전에서 물러 나왔다. 대궐은 국상이라 궁녀와 내시들이 분주하게 움직이고 국상을 준비하는 대신들도 조복 자락을 펄럭이면서 바쁘게 오가고 있었다. 이하응은 인정전 쪽으로 천천히 걸음을 옮겼다. 마침내 그의 둘째 아들 재황이 조선의 국왕이 된 것이다. 얼마나 노심초사하면서 만들어낸 작품인가. 거의 20년을 한결같이 왕권을 장악하는 일에만 매달려왔다. 처음에는 큰아들 재면을 왕으로 밀어 올리려고 했고 그 일이 안되자 둘째 아들 재황을 왕으로 만든 것이다. 이제 그 일이 이루어졌으나 아직도 할 일이 많았다.

인정전은 덩그러니 비어 있었다. 국가적인 행사가 있을 때만 사용하기 때문에 동반과 서반의 품계석이 길게 늘어서 있는 정전 뜰이 조용했다. 이하응은 품계석 사이에 서서 인정전을 응시했다.

'이제 내가 조선을 다스릴 것이다.'

이하응은 인정전을 응시하면서 심호흡을 했다. 그는 인정전을 오랫동안 응시하다가 선정전으로 걸어갔다. 선정전 옆에는 선전관청이 있어서 내금위 호위무사들이 임금을 경호하고 있었다. 금위대장 이장렴이 근정전 앞에 근엄한 자세로 서 있었다.

"대감."

이장렴이 이하응을 향해 머리를 조아렸다.

"이 공, 즉위가 무사히 이루어지도록 도와주시오."

이하응은 이장렴에게 당부했다.

"소인의 소임을 다하겠습니다."

이장렴이 굵은 목소리로 대답했다. 이하응은 고개를 끄덕거리고 선정전으로 들어갔다. 내시와 궁녀들이 황급히 물러나고 곤룡포를 입은 재황이 자리에서 일어났다.

"아버님."

"앉으십시오. 이제는 일어나지 않으셔도 됩니다."

이하응은 잔잔하게 미소를 지었다. 재황이 조심스럽게 자리에 앉았다. 이하응도 재황의 앞에 앉았다. 열두 살의 어린 아들이 조선의 왕이 되었다. 이제는 조선 천하가 그의 수중에 들어왔다고 생각했다.

"우리 아드님이 조선의 주인이 되셨습니다. 이제 아드님과 내가 조선을 다스릴 것입니다."

"아버님께서 다스리십시오."

재황이 자신은 모르는 일이라는 듯이 말했다. 하기야 열두 살의 어린 아들이 무엇을 알겠는가. 이하응은 재황의 얼굴을 지그시 살피다가 호탕하게 웃음을 터트렸다.

***

부우웅.

천아성이 대궐의 성벽에서 구슬프게 울려 퍼지기 시작했다. 국상이었다. 문무백관들은 흰 상복을 입고 입궐을 하고 선비들은 대궐 앞으로 몰려와 임금의 죽음을 슬퍼했다. 그러나 나라의 녹을 받는 백관은 금위영 군사들의 기찰을 받은 뒤에야 입궐할 수 있었다.

부우웅.

소라고둥의 음조는 비감했다. 아침부터 낮고 찌뿌듯하던 하늘에서 그예 흰 눈발이 어지럽게 날리기 시작했다. 하늘도 슬퍼함인가. 백성들은 잿빛 하늘에서 날리는 눈발을 바라보며 철종대왕의 승하를 슬퍼했다. 국사 한 번 변변히 보지 못한 채 33세의 나이로 세상을 하직한 무지렁이 국왕, 슬하의 혈육이라고는 영혜옹주뿐이었다. 그러나 그의 죽음은 조선에 휘몰아칠 개국의 파란을 예고하는 것이기도 했다.

사영 김병기.

그는 교동의 집에서 대호군 김병주를 은밀히 만나고 있었다. 대호군 김병주는 임금의 호위와 궁성 호위를 담당한 총책임자였다. 3군영에서 선발한 2천여 명의 근장군사를 휘하에 두고 있었다.

"근장군사는 철저히 장악하고 있는가?"

"이르다뿐입니까? 근장군사는 모두 제 말 한마디에 목숨을 초개처럼 버릴 자들입니다."

"흥선군의 둘째 아들이 신왕이 되었어. 우리와 함께 공존하겠다면 몰라도 김문 일족을 제거하려 한다면 우리도 앉아서 죽임을 당할 수는 없는 일이네."

"당연한 일입니다."

김병주가 덥수룩한 수염을 쓰다듬으며 대답했다. 눈이 부리부리하고 몸이 우람한 사내였다.

"내 이러한 때가 올 것을 예상하고 자네를 대호군에 임명했네."

김병기가 김병주를 쏘아보며 말했다. 대호군이란 직책은 대장군에 해당하는 직책이었다.

"그런데도 명색이 근장군사 대호군이면서 꼼짝을 못했어. 금위영의 대장 이장렴에게……."

김병기가 김병주를 힐책했다. 철종이 승하했을 때 근장군사들은 이장렴의 군사들에게 완전히 제압당해 있었다. 이장렴의 군사들이 대궐을 에워싸고 있는 바람에 안동 김문은 대보를 빼앗기고 사왕이 흥선군의 아들로 결정될 때도 입을 다물어야 했다. 생각만 해도 치가 떨리고 분통이 터지는 일이었다.

"송구하옵니다."

김병주가 멋쩍은 표정으로 고개를 떨어뜨렸다. 이장렴은 앞뒤 가리지 않는 강직한 무장이었다. 애초부터 김병주가 상대하기에는 무리였다.

"이미 끝난 일이야."

김병기가 나직하게 한숨을 내쉬었다. 이미 끝난 일을 탓할 수는 없었다.

"영상 합하께서는 무어라 말씀하셨습니까?"

"아직은 사태의 추이를 지켜보아야 한다고 하셨네. 12일에 신왕이 관례를 올리고 13일엔 신왕이 등극을 하네. 그다음에 조각을 하게 되겠지."

관례는 신왕이 등극하기 전에 성인이 되는 절차를 밟는 의식이었다. 신왕이 등극을 한 뒤에는 전례대로 새로운 조각을 하는 것이다.

"그럼 그때 우리 안동 김문이 죽느냐 사느냐 하는 문제가 결정되겠군요."

"물론이지."

"흥선군에 대한 예우는 어떻게 하기로 결정되었습니까?"

"왕대비께서 수렴청정을 하신다는 것만 결정되었네."

김병기가 미간을 깊게 찌푸렸다. 이하응에 대한 예우가 안동 김문으로서는 가장 골치 아픈 문제였다. 이하응은 임금의 생친이다. 그에게 실권을 줄 수도 없고 실권을 주지 않기도 어려운 일이었다.

"지중추부사인 영초 김병학 대감 댁과 신왕의 혼담이 오갔다고 하는데 그 일은 어찌 되겠습니까?"

"실은 그 문제에 우리 김문의 사활이 걸려 있네. 영초의 따님이 중전으로 간택되면 흥선군도 우리 김문을 박해하지는 않을 테니까……."

"홍선군과 한번 그 문제를 담판 지어 보시지요."

"글쎄……."

김병기가 고개를 가로저었다. 신왕이 김병학의 딸과 국혼을 하면 김문에서만 네 번째 왕비가 탄생하는 것이다. 그러나 이하응이 김문에게 그러한 혜택을 줄지 미심쩍었다.

"홍선군이 영초 대감의 따님과 혼약을 파하면 그때는 근장군사를 동원하여 거사를 도모하는 방법밖에 달리 도리가 없지 않습니까?"

"반정을 일으키자는 겐가?"

"작금의 이 나라 형편을 보면 어디 이씨의 왕조라고 할 수 있습니까? 사실상 이 나라 조선 팔도는 김문의 것이나 다름없습니다. 역성혁명도 가능한 실정입니다."

김병주는 자신의 실수를 만회하기 위해 허풍을 치고 있었다. 김병기가 눈을 질끈 감고 낮게 신음을 내뱉었다. 김병주는 무관이었다. 오랫동안 군사들과 함께 생활한 탓에 생각이 단순하고 조급했다. 역성혁명이 무엇인가. 민심을 잃은 왕조의 성을 바꾸어 천명을 새로이 하겠다는 뜻이 아닌가. 반정조차 입에 담기 어려운 말인데 하물며 역성을 입에 담는 것은 무모하기 짝이 없는 짓이었다. 이러한 말이 누설되면 안동 김문은 남녀노소를 가리지 않고 도륙을 당할 것이다. 조선왕조를 개국할 때 왕씨 일족이 얼마나 많은 죽임을 당했는가. 왕씨가 전씨로 성을 바꾸고 지금까지 벼슬에 오르지 못하는 이유도 역성혁명을 성공시킨 이씨 일가로 인한 것이다. 물론 실패할 때는 그 이상의 참혹한 멸문지화를 당하게 될 것이다.

"어허, 큰일 날 소리! 말이 지나치네!"

김병기가 언성을 높여 김병주를 꾸짖었다.

"하나 우리 김문의 생사가 달린 일이 아니옵니까?"

"신왕이 등극하여 조각을 할 때까지 기다려보세."

"그럼 그때까지 제 휘하에 있는 근장군사들을 철저히 무장시켜놓겠습니다."

"근장군사는 겨우 2천여 명이야."

"삼군영 군사도 있지 않습니까?"

"안 되네. 지방의 관군들이 토벌하러 오면 간단히 제압되네."

"하면 어찌하실 계획이십니까?"

"이제 더 말씀을 말게. 말씀이 지나치면 화가 되는 것이니 나에게 맡기고 자중하게."

김병기는 낮으나 단호한 말로 김병주를 타일렀다. 반정이나 역성혁명을 모의하는 것은 죽음을 같이할 수 있는 동지를 규합해야 하는 일이다. 단지 본관이 같은 안동 김씨라는 연대감만으로 이런 엄청난 거사를 모의하는 것은 죽음을 자초하는 일이다. 게다가 지방 관군이 반군을 토벌하러 한성으로 짓쳐들어오면 꼼짝없이 당할 수밖에 없다.

다행히 그의 휘하에는 갑산 도호부 부사 이석과 함경 감사 이유원이 있었다. 갑산은 나라의 주전을 제조하는 곳이고, 함경 감영은 변방을 지키는 곳이다. 예로부터 함경도는 기질이 사납고 용맹하여 명장들이 많이 배출되었고 군사들이 날랬다. 거기서 찍는 돈과 군사까지 동원되어야 비로소 역성혁명이 성공할 수 있는 것이다.

'어쨌든 조각이 끝나기를 기다려보아야 해.'

김병기는 대호군 김병주가 돌아간 뒤에도 오랫동안 혼자 앉아서 깊은 상념에 잠겼다.

***

이하응은 구름재의 사랑채에서 천하장안에게 비밀 지시를 하고 있었다. 사태는 긴박했다. 안동 김문이 신왕 옹립에 불만을 품고 군사를 일으킨다든지 역성혁명을 일으키면 피바람이 부는 것은 당연한 일이었다. 모든 것이 공염불로 돌아가기 전에 안동 김문을 무력하게 만들어야 했다.

"알겠느냐? 안동 김문의 움직임을 낱낱이 파악해서 보고해야 하느니라! 한 치의 틀림이 있더라도 너희들과 나는 멸문지화를 당할 것이다!"

이하응은 천하장안에게 단단히 지시를 했다.

"명심하겠습니다, 대감마님."

천하장안이 긴장한 표정으로 허리를 숙였다.

"어서 가거라! 내가 잘되어야 너희들도 영화를 누릴 수 있다는 사실을 명심하여라."

"예!"

천하장안이 사랑채에서 총총히 물러가자 이하응은 대청을 서성거리며 장고에 들어갔다. 마침내 아들이 신왕에 옹립되었다. 표면적으로는 이하응 자신에게 실권이 넘어왔다고 볼 수 있었다. 그러나 안동 김문이 조정의 요직을 장악하고 있는 이상 허울뿐인 실권이었다.

다행히 신정왕후와의 연합에 성공하여 조두순, 조성하, 정원용 같은 이들을 포섭할 수 있었다. 신관호, 이경하, 신명순 같은 무신들도 이하응의 편으로 돌아서 있었다. 짧은 시간 내에 안동 김문 대 이하응의 양대 세력이 형성되어 팽팽한 대립을 하게 된 것이다.

이제는 안동 김문을 와해시키는 공작을 해야 했다. 이하응은 하인 이연식을 불렀다.

"영초 대감 댁에 간다. 속히 행차 차비를 해라!"

"영초 대감 댁이라 말씀하셨습니까?"

"그렇다. 조용히 행차할 것이니 소문을 내어서는 아니 된다."

"예."

이연식이 허리를 숙이고 물러갔다. 이하응은 안채로 물러가는 이연식의 뒷모습을 물끄러미 응시하다가 고개를 절레절레 흔들었다. 이연식은 서교도였다. 이하응은 서교도에 대해서 이렇다 할 반감이 없었으나 신정왕후는 서교도를 끔찍이 싫어했다.

이하응이 김병학의 집에 도착한 것은 자시가 가까운 시각이었다.

"대감, 밤이 야심한데 어인 행차십니까?"

김병학은 황망히 이하응을 사랑채로 맞아들였다.

"내가 영초를 방문하는 것이 예를 차려야 할 일은 아니라고 생각되어 밤중에 들렸소."

이하응이 호탕하게 웃어젖혔다. 예를 차려야 할 일이 아니라는 것은 그만큼 우리 사이가 가까운 사이가 아니냐는 뜻으로 김병학에게 들렸다.

'설마 파혼을 하자고 온 것은 아니겠지.'

김병학은 이하응의 느닷없는 방문에 바짝 긴장했다.

"신세 진 일도 많고 하여 인사라도 나누려고 들렸소."

"대감께서 누옥을 찾아주시니 영광입니다. 제가 먼저 찾아뵙고 인사를 올려야 하는데…… 아무튼 감축드립니다. 큰 경사가 나셨습니다."

"허허…… 국상 중이라 그런 말씀 듣기가 민망합니다만 나만의 광영은 아닌 줄로 압니다."

김병학이 의아한 얼굴로 이하응의 낯빛을 살폈다. 이제는 어제의 이하응이 아니었다. 말투가 벌써 달라져 있었다.

한동안 침묵이 흘렀다.

이하응은 계속해서 술만 거푸 마셨다. 김병학도 입을 다물고 계속해서 이하응의 잔에 술을 쳤다.

"영초도 한잔 드시오."

이하응이 불쑥 김병학에게 술잔을 건넸다.

"예."

김병학이 두 손으로 술잔을 받았다. 이하응이 아직까지도 본심을 털어놓지 않아 궁금했다. 이하응은 이제 임금의 생친이었다. 밤늦게 자신을 찾아온 데는 반드시 곡절이 있으리라고 생각했다.

"영초, 영초 대감께서 내일은 확실하게 나를 도와주어야 하겠소."

이윽고 이하응이 낯빛을 단정히 하고 김병학을 쏘아보았다.

"무슨 말씀이신지……?"

"내일 왕대비마마의 하교가 있을 것이나 내가 서정에 참여하는 것을 반대하지 말아주었으면 고맙겠소."

"서정에 참여하신다고요?"

김병학이 놀라서 이하응을 쳐다보았다. 이하응이 서정에 참여하겠다는 것은 신정왕후를 대신하여 국정을 보겠다는 뜻이다. 그것은 안동 김씨들로서는 결사적으로 반대를 해야 할 일이었다.

"물론 왕대비마마께서 섭정을 하시되 나는 그 밑에서 국사를 보고자 하오."

"그, 그것은 전례가 없는 일 아닙니까?"

김병학이 떨리는 목소리로 물었다. 마침내 임금의 생친인 이하응과 안동 김문이 생사를 걸고 한판 승부를 벌여야 할 일이 닥친 것이다. 이하응이 국사를 본다면 그의 성격상 신정왕후는 허수아비가 될 것이고 안동 김씨들은 전멸을 당할 것이 불을 보듯 뻔한 일이었다. 그러나 그는 안동 김씨의 편에 서야 할지 이하응의 편에 서야 할지 확신이 서지 않았다.

"관례란 만들면 되는 것, 그다지 어려운 일이 아니라고 생각하오. 이미 원상과 좌의정께서도 다른 말씀이 없었소."

"대감, 하면 하옥 대감과 사영은 어찌하시렵니까?"

김병학은 한참 후에야 안동 김문을 어떻게 할 것이냐고 물었다. 이하응의 눈빛이 타는 듯이 강렬했다.

"하옥 대감은 연로하셨으니 물러나야 할 것이오. 사영은 아직도 할 일이 많은 사람이오."

"중히 쓰신다는 말씀입니까?"

"중히 써야 하지요. 사영 같은 인물을 내치면 누가 있어서 이 나라를 경영합니까?"

김병학이 고개를 끄덕거렸다. 그 정도라면 안동 김문으로서는 이하응을 경계하지 않아도 될 것 같았다. 자신의 딸이 신왕의 왕비로 간택되어 자신은 부원군이 되고, 김문 일족이 이하응에게 보복을 당하지 않는다면 굳이 칼자루를 쥔 이하응과 대립할 필요가 없다. 김좌근이 물러나야 하는 것은 시대의 흐름이다. 그 흐름에 역행할 수는 없는 일이라고 생각했다.

김병학은 이하응이 돌아간 뒤에도 혼자서 이런저런 생각을 골똘히 했다. 고약한 일이었다.

신왕은 12월 12일 중희당에서 성인이 되는 관례를 올리고 13일 인정전에서 즉위식까지 올렸다. 내일부터는 희정당에서 왕대비가 발을 치고 섭정을 하게 될 것이다. 그중에서 가장 시급하게 논의해야 할 문제가 이하응과 대비들의 처우에 관한 것이다. 왕대비는 대왕대비에, 홍 대비는 왕대비에, 왕비는 대비에 봉해질 것이다. 그것은 의전적인 절차에 지나지 않지만 홍선군 이하응이 서정에 참여하겠다고 하면 파란이 일어날 것이다.

'그러나 칼자루는 이미 홍선군이 쥐고 있지 않은가.'

이하응이 서정에 참여하는 것을 반대하는 데는 한계가 있다. 이하응은 이미 권력을 장악하고 있다. 섣불리 대립을 하는 것보다 가만히 있으면 부원군 자리를 보장받게 된다. 그것이 오히려 안동 김문을 위해서도 더욱 바람직한 일일지 모른다. 아니 능동적으로 이하응을 두둔하면 신정왕후와 이하응에게 신임을 받게 될 것이다.

김병학은 그렇게 결정을 하고서야 겨우 잠을 잤다.

이튿날 창덕궁 선정전에서 첫 조회가 열렸다. 조 대비는 먼저 홍선군 이하응을 홍선대원군으로, 신왕의 생모인 민씨를 부대부인으로 봉하고, 홍선군이 살고 있던 구름재 사저에 운현궁이라는 호를 내렸다. 또 이하응은 임금에게 허리를 굽히지 않아도 되게 하고 지위를 삼공(三公, 3정승)의 위에 두었다.

거기까지는 안동 김문에서도 아무런 반대를 하지 않았다. 임금의 생친으로서 그것은 당연히 누릴 수 있는 권리였다.

"이제 대원군의 서정 참여에 대해서 논할까 하오."

신정왕후가 발 건너편에서 대신들에게 한마디 던지자 좌중은 물을 끼얹은 듯이 조용해졌다. 대원군의 서정 참여, 그것은 꿈도 꾸지 못한 일이었다.

"신 영의정 김좌근 아뢰옵니다."

김좌근이 신정왕후의 말이 끝나기도 전에 먼저 입을 열었다. 안동 김문의 좌장인 김좌근으로서는 대원군의 서정 참여만은 결사적으로 막고 싶었다.

"영상은 먼저 내 말을 들으시오!"

신정왕후의 목소리는 낮고 찌르듯이 날카로웠다.

"주상 전하의 보령이 어린지라 아무것도 모르는 이 노파가 섭정의 대임을 맡았소. 국사다난한 이때에 나 같은 노파가 섭정을 맡아 국사를 어지럽힐까 심히 염려되는바, 대원군으로 하여금 이 노파를 보필해 국사를 협찬케 하겠소."

그것은 일방적인 명령이었다. 김좌근은 얼굴이 파랗게 질렸다.

호조판서 김병기는 몸을 부르르 떨었고, 지중추부사 김병학은 속으로 역시…… 하는 생각을 했다. 모든 것이 이하응의 계획대로 추진되고 있는 것이 분명했다.

"신 영의정……."

김좌근이 다시 입을 열었다. 당황한 기색이 역력했다.

"영상이 말하고자 하는 것을 이 늙은이가 왜 모르겠소? 한 나라에 두 임금이 있을 수 없고 주상 전하가 익종대왕의 승통을 이었으니 대원군과 부자지간의 연이 끊어진 것은 당연한 일이오. 그러나 임금의 생친이라는 엄연한 현실을 명분에 얽매여 외면할 수는 없소."

"신 김홍근 아뢰옵니다."

원임대신 김홍근이 신정왕후의 말을 가로막고 나섰다. 김홍근은 직간을 서슴지 않는 사람으로 안동 김문의 좌장격인 김좌근이 신정왕후의 말에 변변하게 대꾸하지 못하자 스스로 나선 것이다.

"나라에 두 임금이 있을 수 없다 하신 대왕대비마마의 하교는 지당하신 분부라 여겨지옵니다. 하오나 섭정으로 취임하신 대왕대비마마를 보필한다는 명분으로 대원군을 국사에 협찬케 하는 것은 천부당만부당한 일이오니 분부를 거두어주십소서. 대원군은 임금의 사친으로 임금도 아니요, 신하도 아니옵니다. 그런 까닭으로 대원군을 운현궁에 모시고 홍마목을 세워 사친으로서 극진히 대접하여야 마땅한 일입니다."

"그러하옵니다. 한 나라에 어찌 두 섭정이 있을 수 있습니까? 대원군이 대정을 보면 정사가 어지러울 것입니다."

호조판서 김병기도 분연히 반대했다. 조정 대신들이 일제히 웅성거렸다.

"신 좌의정 조두순 아뢰옵니다."

그때 조두순이 근엄한 목소리로 말했다.

"말씀하십시오."

"대원군이 대정에 참여하는 것은 당연지사라 여겨지옵니다. 황공하온 일이오나 주상 전하는 대원군의 훈도를 받았사오니 아비 되는 이로서 막중한 국사를 보필하고, 성군의 재목으로 주상 전하를 인도하는 것이 당연하다 여겨지옵니다."

신정왕후가 고개를 끄덕거렸다. 조두순은 안동 김문의 세도 아래서도 굽히지 않고 자기주장을 펴온 인물이었다. 그의 한마디는 천금과도 같았다. 대원군 이하응이 일찍부터 포섭해둔 사람이었다.

"원상의 의견은 어떻소?"

"신은 대비마마의 하교를 받들 뿐입니다. 신하가 대비마마의 하교에 다른 의견을 내는 것은 불충입니다."

원상 정원용의 대답이었다. 순조 때부터 4대째 국상을 치른 인물, 팔순이 가까운 나이였으나 나라의 원로로서 김문도 손을 댈 수 없었던 인물이다. 이미 신정왕후 및 대원군 이하응과 사전에 조율이 되어 있는 듯한 대답이었다.

안동 김문으로서는 더 이상 항거할 수가 없어 입을 다물고 말았다. 원상 정원용이 불충이라고까지 못을 박은 것은 더 이상 언급하지 말라는 강력한 경고였다.

결국 이하응의 계획대로 신왕은 용상에 앉고, 신정왕후는 발을 친 문 뒤에 앉고, 이하응은 신왕의 바로 옆에서 대신들을 굽어보는 것으로 결정되었다.

흥선대원군 이하응.

그는 집권을 하자 영의정 김좌근을 사직케 하고 그 자리에 좌의정 조두순을 앉혔다. 좌의정에는 함경도 관찰사 이유원, 우의정에는 이경재를 임명했다가 홍문관 제학 임백경을 임명했다. 이조판서에는 김병학, 호조판서는 김병국, 병조판서에는 원상 정원용의 아들 정기세, 선혜청당상에 이승보를 임명했다. 또 좌포도대장 이경하, 우포도대장 신명순, 금위대장 이장렴, 어영대장 이경우, 총융사 이방현을 임명하여 군사를 거느린 무관장상들을 자신의 세력으로 바꾸었다. 승후관으로 이하응과 신정왕후를 연결한 조성하는 동부승지로 발탁하여 당상관이 되게 하고 조영하는 규장각 대교로 발탁했다.

안동 김문을 이끌고 있는 김병기는 광주(廣州) 유수로 내보냈다. 유수는 정2품, 또는 종2품의 지방관으로 판서의 품계에 해당되었다.

'나를 지방으로 내치는군.'

김병기는 그렇게 생각하자 쓸쓸한 마음을 금할 길이 없었다. 한때 안동 김문의 가장 촉망받는 신진 사대부로 떵떵거리던 위치에서 외직으로 밀려난 것이다. 그리고 그것은 안동 김문에 대한 노골적인 적대 행위라고 볼 수 있었다. 그러나 광주에는 남한산성과 총융청이 있다. 총융사 이방현이 흥선대원군에 의해 임명된 인물이라고는 하지만 김병기와도 막역한 사이였다. 그를 이용하면 총융청 군사를 동원하여 반정이나 역성혁명까지 가능한 것이다. 김병기는 그렇게 생각하자 조금은 위안이 되었다. 그러나 다음 날 여주 목사에 경평군 이세보가 임명되자 김병기는 흉기로 뒤통수를 한 대 얻어맞은 듯한 기분이 들었다.

'흥선이 이토록 노련한 인물일 줄이야.'

김병기는 탄식했다.

이세보는 이하전 역모 사건에 휘말려 귀양살이를 하고 있던 사람이었다. 이세보를 방면하여 여주 목사에 임명한 것은 김병기를 감시하기 위한 이하응의 계책이라고밖에 볼 수 없었다.

'이제 우리 시대는 끝났어. 후대에 추함이나 남기지 말아야 해.'

김병기는 몇 번씩이나 깊게 탄식을 하면서 스스로에게 다짐했다.

'그러나 나는 지켜볼 것이다. 흥선대원군이 어떤 정치를 할 것인지……'

김병기는 광주 유수로 부임하자 한성 쪽을 바라보고 눈을 부릅떴다.

7
도끼와 작두로 다스리라

재황이 옹립된 후 첫 번째 정사는 국왕의 편전인 선정전에서 열렸다. 육조판서를 비롯한 시임대신들, 영돈녕, 영중추부사 등 원임대신 같은 중신들과 학문이 뛰어난 규장각 각신(閣臣)들이 돌아가며 소년 왕에게 한마디씩 아뢰었다. 일종의 경연 겸 정사였다.

소년 왕의 뒤로 발이 쳐져 있고 그 뒤에 신정왕후가 동쪽을 향해 앉아 있었다.

"……임금은 오로지 하늘을 두려워하고 백성을 덕으로 다스려야 한다고 하였습니다. 그러기 위해서는 군왕이라 할지라도 끊임없이 학문을 게을리하지 않고 검소한 생활을 해야 할 것입니다. 다행히 우리 전하께서는 덕이 빛나고 총명이 일월을 가리니 백성의 홍복입니다."

먼저 영중추부사인 원상 정원용이 판에 박은 말을 아뢰었나.

소년 왕은 선하고 맑은 눈으로 정원용을 내려다보며 말했다.

"경의 말은 구구절절 이치에 맞고 충성심에서 우러나온 말이오. 명심하여 공부에 진력하겠소."

판중추부사 김흥근도 한마디 했다.

"전하를 우러러뵈옵고 몇 말씀을 들으니 대체로 기상이 영특하고 자질도 명민하기 때문에 성군의 재목이 뚜렷한지라 노신들은 기쁘기 한량없습니다. 효성스럽고 어질고 검박한 것이 성군이 되는 기본이니 오로지 공부함으로써 수양하시길 바라옵니다."

"경의 말씀은 나를 부끄럽게 하는구려. 성현을 본받아 더 열심히 공부하겠소."

신정왕후는 시원임대신들이 돌아가며 한마디씩 소년 왕에게 덕담을 올리기를 기다렸다가 미리 적어 온 것을 또박또박 읽기 시작하였다.

"세상을 떠난 우리 대왕은 천하를 보살피는 하늘을 본받고 물이 흘러내리듯이 옳은 것을 따라갔으며 정사에 해로운 것은 한 번도 생각한 적이 없고 백성들에게 이로운 것을 한 가지도 망설인 일이 없었다. 그 덕에 귀신들도 감동하여 해마다 풍년이 들었다."

신정왕후의 언문교지는 선왕인 철종을 칭송하는 서두로 시작되었다.

"그런데 어찌하여 나라의 재정이 고갈되고 백성들이 도탄에 빠져 수습할 수 없을 정도로 질서가 갈수록 문란해지고 풍속이 나날이 악화되는가. 근심과 원한을 참지 못하여 윤리를 무너트리는 무리가 나오고 고혈을 짜내는 것을 견디다 못해 명분과 등급을 침범하는 사건까지 나오고 있다. 슬프다. 슬프다. 차마 무슨 말을 더 하겠는가. 감사나 병사와 수사, 그 외의 관리들이 나라를 위해서 애를 쓴 일은 무엇이며 국왕을 위해서 충성을 한 일은 무엇인가. 국왕이 아무리 열심히 정사를 돌본들 조정 대신들과 지방 수령 방백들이 제 소임을 다하지 않는다면 무슨 소용이 있겠는가. 엄정하게 지켜야 할 법규를 빈 문서장으로 여기고, 관리들이 뇌물을 가볍게 받아먹는데도 사헌부나 사간원에서는 강직하게 간쟁하는 말이 들리지 않고 관리를 임명하는 일이 공정하게 처리되는 일이 없다. 그래서 풍기가 날로 그릇되고 세상이 날로 저속해지면서 백성들의 비참한 생활과 나라의 애통한 형편은 더 말할 나위조차 없다."

신정왕후는 격앙된 목소리로 언문교지를 읽어 내려갔다. 대신들의 얼굴은 점점 흙빛이 되어갔다.

"나라의 법은 서슬처럼 퍼렇게 살아 있어야 하는 것이므로, 도끼와 작두를 가지고 다스릴 방도가 없는 것은 아니다. 그러나 새 임금이 등극하였으니 모두 함께 과거를 버리고 쇄신하자는 뜻에서 문무 대신들과 흉금을 털어놓고 말하는 것이다. 백관들은 정신을 똑바로 차려 맡은 임무가 있는 자는 임무를 다해야 할 것이며

바른 말을 할 책임이 있는 자는 그 책임을 다해야 할 것이다. 끝내 정신을 차리지 못하여 다른 날 죄를 뉘우쳐야 할 때를 당하더라도 임금이 진작 타이르지 않았다고 원망하지 마라."

전에 없이 강경한 언문교지였다. 대신들은 목을 움츠리고 식은 땀을 흘리면서 발 안을 쳐다보았다. 신정왕후는 발 안에 오연하게 앉아 있었다.

'이하응이 대왕대비의 입을 빌려 조정을 대대적으로 개혁하겠다고 선포한 것이구나.'

신정왕후의 하교는 한문으로 고쳐져서 승정원을 통해 중앙과 지방으로 반포되었다.

이하응은 김병기가 지켜보는 것을 의식이라도 하듯이 차츰차츰 서정을 혁신해나갔다. 60년 척족정치를 타파하고, 영의정에 근엄하고 청렴한 재상으로 이름이 알려진 조두순을, 우의정에 이경재, 임백경을 거쳐 남인 출신의 유후조를 임명하여 세상을 깜짝 놀라게 했다. 유후조는 이조참판에 기용했다가 우의정으로 발탁한 것인데 그것은 파격적인 인사였다. 사색당쟁의 여파로 남인과 북인은 벼슬길에 나갈 수 없어 몰락할 대로 몰락해 있었다.

이하응은 지방색까지 타파하여 서북인과 송도인까지 등용했고, 평민과 아전배까지 재주가 비상한 사람이면 반드시 귀하게 썼다.

정치는 조두순과 김병학 같은 당대의 거물들을 상대로 했고,

군사와 치안은 이경하, 신명순 같은 무인들과 의논하고, 민정을 살필 때는 천하장안 같은 인물들을 활용했으므로 백성들의 민심까지 속속들이 알 수 있었다.

그의 인사정책은 파격적이면서도 공정했고, 사색당파와 지방색까지 멀리했으므로 참신하기까지 했다. 그런 까닭으로 철종 말년에 전국을 휩쓸던 민란까지 가라앉았다.

'흥선대원군을 내가 잘못 보았어. 흥선대원군이야말로 우리 시대의 가장 뛰어난 정치가야.'

김병기는 이하응의 혁신정치를 지켜보면서 진심으로 탄복했다. 그러나 김병기를 더욱 놀라게 하는 일이 터졌는데 그것은 이하응의 서원 철폐 정책이었다.

유림은 이하응의 서원 철폐 정책에 반대하는 운동을 맹렬하게 전개했다. 그리하여 유통(儒通)이라는 격문을 써서 전국에 돌렸다. 아울러 복합상소도 빗발쳤다. 복합상소는 나라에 큰일이 있을 때 조신이나 유생들이 대궐문 밖에서 상소를 올리는 것을 말하는데 골자는 다음과 같은 것이었다.

······서원은 성현을 숭사(崇祀)하고 사림을 배양하는 곳인데 어찌 철폐하여 중정(衆情)을 들끓게 하는가. 청컨대 서원을 그대로 보존케 하소서······

유림의 반대는 극렬했다. 대신들은 유림의 반대가 날로 거세어지자 서원 철폐를 중지하자고 이하응에게 품의하기에 이르렀다.

"진실로 백성을 토색하는 폐단이 비일비재한데 어찌 서원을 존속시킬 수 있겠는가. 서원은 명현의 제사를 지낸다는 핑계로 도둑의 소굴이 되었으니, 이것이 비록 공자에게서 나온 제도라고 하여도 용서할 수 없다!"

대원군은 불같이 노하여 서원 철폐를 강행했다. 대원군은 포도청에 명하여 대궐 안에서 시위를 하는 유생들을 강제로 해산시키는 한편 한강 건너로 축출해버렸다. 또한 지방 고을의 수령들에게 명하여 서원을 철폐케 하고, 수령들이 유림의 위세에 눌려 서원을 철폐하지 못하면 관직에서 내쫓고 엄벌에 처하였다. 이리하여 오랫동안 백성들 위에 군림하여 온갖 악행을 일삼던 서원은 모조리 철폐되어 47개소만 남게 되었다.

'대원군은 동방의 진시황이야.'

김병기는 대원군의 서원 철폐에 놀라움을 금할 수 없었다. 대원군은 역대 어느 왕도 하지 못한 서원 철폐를 단행하여 백성들에게는 칭송을 받고 약화된 왕권을 회복하여 절대 권력을 휘어잡고 있었다.

***

　이하응은 다소곳이 앉아 있는 장순아를 지그시 응시했다. 장순아는 여인의 자태가 완연하여 은은하게 육향까지 풍기고 있었다.

　"받거라."

　이하응은 패물 상자를 장순아 앞으로 밀어놓았다. 장순아가 놀란 눈으로 패물 상자와 이하응을 번갈아 살폈다.

　"그동안 대궐 소식을 나에게 알려준 공이다."

　"합하, 소인은 합하의 영을 따랐을 뿐입니다. 합하의 노비니 당연한 일입니다."

　"네 오라비에게는 집도 주고 논밭도 주었다. 평생을 먹고사는데 지장이 없을 것이다."

　"합하, 소인에게 과분합니다."

　"아직도 할 일이 남았다."

　장순아가 의아한 듯이 이하응을 쳐다보았다. 이하응의 날카로운 눈이 장순아의 몸을 더듬었다. 이하응은 장순아가 여자로서 물이 오르고 있다고 생각했다. 가슴은 풍만하고 엉덩이가 펑퍼짐했다.

　"이제 대전의 소식을 나에게 알려주어야 한다."

　"합하, 대전이라면 어디를 말씀하시는 것입니까?"

　"대전이 어디겠느냐? 금상 전하가 계신 곳이지. 네가 외거노비로 있으면서 돌보지 않았느냐?"

장순아는 임금인 재황이 어릴 때 업어서 키웠다. 장순아를 아들 옆에 있게 하면 소식도 알 수 있고 목숨을 걸고 보호할 것이다.

"소인이 전하를 모신다면 그보다 더한 영광이 어디 있겠습니까. 오직 감읍할 따름입니다."

장순아가 얼굴을 붉히면서 대답했다.

"임금을 옆에서 모시면 좋은 일도 있을 것이다."

장순아가 이하응의 말을 알아들었을까. 이하응의 말은 임금의 후궁이 될 수도 있다는 뜻이었다.

"안에 마님이 음식을 차렸을 것이다. 먹고 대궐로 들어가거라."

이하응이 가만히 고개를 끄덕거렸다.

"소인 물러가겠습니다."

장순아가 이하응에게 절을 하고 물러갔다. 장순아가 돌아가고 얼마 되지 않아 박유봉이 찾아왔다. 박유봉은 사랑으로 들어오자 절부터 했다. 밖에는 면담을 기다리는 선비들이 줄을 서서 기다리고 있었다.

"핫핫! 일목거사가 아닌가?"

이하응은 박유봉을 반갑게 맞이했다.

"대원위 합하, 옛날의 약조를 지키시겠습니까?"

박유봉이 담담한 눈빛으로 이하응을 응시했다.

"그렇지. 그대와 약조한 일이 있었지. 남양 부사를 원했던가?"

이하응은 얼굴에 웃음기를 담고 박유봉을 살폈다. 주초가 파자라는 것을 알려준 기이한 인물이었다.

"수사도 나쁘지 않다고 했습니다."

"남양 부사부터 하시게."

이하응은 조성하를 동부승지에서 이조참의로 옮겨주고 박유봉을 남양 부사에 임명하게 했다. 이조참의는 지방 수령을 임명할 수 있는 막강한 자리였다.

이하응은 정권이 안정되자 경복궁을 중건하고 육조 관청을 새로 지어 왕실의 위엄을 높이는 일에 몰두하기 시작했다. 경복궁은 임진왜란 때 불에 타서 흔적만 남아 있었다.

'조선에 굶어 죽는 사람들이 많다. 경복궁을 중건하려면 많은 인력이 필요하니 노임을 지불하여 굶주리지 않게 할 것이다.'

이하응은 대대적인 토목공사를 일으켜 굶어 죽어가는 사람들에게 양식을 공급해주었다.

하루는 안성의 사당패가 찾아왔다. 이하응은 그들에게 공연을 하게 하고 후하게 상을 내려주었다.

"내가 경복궁을 중건하고 있다. 장정들이 힘들게 일을 하는데 사당패 공연으로 그들을 위로해주게."

이하응은 사당패를 경복궁 중건 현장에 보냈다.

***

재황은 서간을 쓰고 있는 지밀나인 이 상궁을 곁눈으로 살피면서 미소를 지었다. 이 상궁이 졸린지 하품을 하고 있었다. 밤이 깊어 있었다. 대궐 어느 숲에서 접동새 우는 소리가 들렸다. 대궐에 들어와 왕 노릇을 한 지도 어느 사이에 일 년이 가까워지고 있었다. 대궐에서의 하루하루는 지루하기 짝이 없었다. 아침에 일어나서 세수를 하고, 책을 읽고, 대신들과 정사를 논하고, 점심을 먹은 뒤에 주강(晝講)이라는 경연에 참석하고, 해 질 녘에 다시 석강(夕講)을 했다.

경연에서는 늙고 근엄한 대신들이 공자의 말씀이 어쩌고저쩌고 떠들었다. 《소학》과 같은 책을 읽은 뒤에는 그에 대해 해석을 해야 했기에 정신을 바짝 차리지 않을 수 없었다. 공부에 나태하면 아버지 이하응이 불같이 역정을 냈다.

'왕은 좋은 것이 아니다.'

재황은 하루하루가 지겨웠다.

"너는 이름이 무엇이냐?"

재황이 서간을 쓰고 있는 이 상궁에게 물었다.

"소인 연화라고 합니다."

"연화? 연꽃이란 말이냐?"

"그러하옵니다."

"그러면 연못에 피어야지 왜 대궐에 피었느냐?"

이 상궁은 대답을 하지 않았다.

"너는 웃으라고 하는 내 말에 왜 웃지 않느냐? 나를 무시하는 것이냐?"

"망극하옵니다."

이 상궁이 깜짝 놀라 납작 엎드렸다.

"누가 무릎을 꿇으라고 했느냐? 편지나 계속 써라."

"예."

이 상궁이 머리를 조아리고 다시 서간을 쓰기 시작했다. 이 상궁은 편지를 쓰는 궁녀다. 그는 어머니인 부대부인 민씨에게 보내는 문안편지를 이 상궁에게 쓰게 하고 있었다. 그러나 한 번도 서간을 보낸 일은 없었다. 이 상궁에게 서간을 쓰게 하는 것은 그녀를 골리려는 일에 지나지 않았다.

"아, 어깨가 아프다."

재황이 금침에 비스듬히 누워 있다가 이 상궁의 눈치를 살폈다.

"전하, 안올(安扤, 안마)을 하옵니까?"

"그래라."

재황이 눈을 감고 금침 위에 누웠다. 이 상궁이 치맛자락을 끌고 재황의 옆에 다가와서 앉았다. 그녀에게서 희미하게 지분 냄새가 풍겼다. 이 상궁이 재황의 어깨를 조심스럽게 주무르기 시작했다. 부드럽고 나긋나긋한 손이다. 재황은 자신도 알 수 없는 어떤 기운이 하체로 밀려오는 것을 느꼈다. 어떤 떨림 때문에 가슴이 뛰고 얼굴이 화끈거렸다. 재황은 실눈을 뜨고 이 상궁을 살폈다. 이 상궁은 재황이 쳐다보는 것도 모르고 허공을 응시하고 있었다. 재황이 그녀의 가슴으로 슬그머니 손을 뻗었다.

"전하……."

이 상궁이 깜짝 놀라서 재황을 내려다보았다.

"소리 내지 마라. 다른 사람이 알게 하면 용서하지 않을 것이다."

재황의 손이 이 상궁의 가슴을 움켜쥐었다.

"저, 전하……."

이 상궁이 몸을 떨었다.

"잠자코 있으라고 했다. 소리 내면 죽이라고 할 것이다."

재황이 이 상궁을 위협했다. 대궐 어느 숲에서 또 접동새가 울고 있었다.

***

1865년 봄.

집 바깥에서 앙상한 나뭇가지를 흔들며 삭풍이 불어왔다. 그 음산한 바람에 문풍지가 울고 등잔불이 가물거렸다. 허공을 가르며 달려오는 바람 소리가 진종일 귓전을 어지럽게 하더니 밤이 되어도 그치지를 않고 있었다.

자영은 진저리를 치듯 몸을 부르르 떨었다. 바람 소리가 음산했다. 정 2월, 얼었던 샛강이 녹고 양지바른 곳에서는 봄풀이 파릇파릇 돋아나고 있는데도 요 며칠 세찬 광풍이 불어 동지섣달 칼바람을 무색케 하였다.

자영은 읽고 있던 《좌씨춘추전》에서 시선을 거두고 낮게 한숨을 내쉬었다. 간난이가 삭정이를 모아서 군불을 지핀 덕분에 방바닥으로 따뜻한 온기가 돌았다. 그러나 방바닥에 온기가 도는데도 가슴속이 가을비가 추적대는 황량한 들판처럼 스산하기만 했다.

광풍처럼 미쳐 날뛰는 바람 소리 탓일 것이다. 그렇지 않으면 《좌씨춘추전》의 오자서 때문일 것이다.

《좌씨춘추전》은 이미 수없이 읽은 책이다. 그 책에 나오는 영웅호걸의 흥망성쇠로 인해 가슴을 졸인 적도 한두 번이 아니다. 분명한 것은 오자서 같은 대영웅도 끝내는 한 줌 흙으로 돌아간다는 사실이었다. 특히 오왕 부차의 배신으로 오자서가 자결을 하는 대목에 이르면 자신도 모르게 저절로 깊은 한숨이 흘러나오곤 하였다.

'오자서 같은 영웅도 결국 그렇게 죽으니…….'

자영은 가물거리는 등잔불의 심지를 돋우고 허공을 우두커니 쳐다보았다. 이제는 잠을 자야 했다. 밤이 얼마나 되었는지 알 수 없었으나 간난은 벽에 기대어 꾸벅꾸벅 졸고 있었다. 그러나 자영은 쉬이 잠이 올 것 같지 않았다.

《사기》는 여덟 살에 읽었다. 그다음부터는 스스로 한학을 공부했다. 어려운 글자가 있을 때만 아버지 민치록의 도움을 청했으나 거의 대부분 혼자서 공부했다. 최근에는 《좌씨춘추전》만 집중적으로 탐독했다. 《좌씨춘추전》에는 영웅호걸이 수없이 등장했다. 크고 작은 국가의 흥망성쇠, 왕조의 장엄한 몰락, 영웅의 탄생, 지략과 음모가 소용돌이치곤 했다.

자영은 《좌씨춘추전》을 읽을 때마다 가슴 깊이 느끼는 감회가 있었다. 그것은 자신이 사내대장부로 태어나 광활한 중원을 통일한 뒤에 그 땅을 지배해보았으면 하는 욕망이었다.

"이 아이가 사내아이로 태어났으면 천하를 경영했을 텐데……."

아버지 민치록은 생전에 그런 탄식을 자주 했다. 자영의 총명을 아쉬워하는 탄식이었다.

민치록은 자영이 서책만 가까이하는 것도 우려를 했다. 특히 자영이 《사기》를 즐겨 읽는 것을 걱정했다.

"《사기》는 그만 읽고 이제 이 책을 읽도록 해라."

민치록은 숨을 거두기 전 자영에게 《인현왕후전》이라는 책을 한 권 주었다. 자영이 《좌씨춘추전》이나 《사기》와 같은 책을 탐독하는 것이 바람직하지 않다고 생각한 모양이었다. 특별히 유언을 남기지 않은 것은 인현왕후를 본받아 부덕을 쌓으라는 뜻이라고 자영은 생각했다. 인현왕후는 숙종대왕의 계비로 요녀 장희빈의 간계에 빠져 폐서인이 되었다가 복위된 비운의 왕비였다. 자영이 살고 있는 감고당이 인현왕후가 폐서인 시절에 살던 집이었다. 그러나 한미하기 짝이 없었다.

민치록이 죽기 바로 전에 민승호가 양자로 들어왔으나 감고당은 빠르게 몰락의 길을 걸었다. 아버지가 과천 현감을 거쳐 장악원의 첨정 벼슬에 있을 때만 해도 감고당은 모든 것이 풍족했다. 그러나 자영이 여덟 살 때 아버지가 병으로 죽자 가세가 일시에 기울었다.

민승호는 이하응을 따라다니면서 재산을 탕진했다.

"어째서 흥선군을 따라다니면서 네 돈을 쓰는 것이냐?"

어머니는 재물을 탕진하는 민승호 때문에 걱정을 많이 했다.

"어머니, 흥선군이 대업을 이루면 재물이 바리바리 들어올 것이니 걱정하지 마십시오."

민승호는 어머니의 근심을 한 귀로 흘려버렸다.

'내가 남자였어도 오라버니처럼 할 것이다.'

자영은 민승호가 이하응과 손을 잡는 것은 잘하는 일이라고 생각했다. 남자라면 큰일을 해야 하는 것이다.

아버지 민치록은 그녀가 태어나자 몹시 실망했다고 하였다. 가문을 일으킬 아들을 바랐는데 모진 산고 끝에 남아 대신 그녀가 태어난 탓이다. 자영은 그것이 늘 어두운 그림자로 가슴속에 남아 있었다. 아버지는 비록 죽었지만 아버지의 뜻을 받들지 못했다는 죄책감을 버릴 수 없었다. 조선에서는 아무리 여자가 총명하고 영특해도 벼슬길에 나설 수도 없으려니와 족보에 이름 석 자도 올리지 못하는 것이다.

'나에게 기회가 주어지면 반드시 이런 모순을 혁파할 거야.'

자영은 입술을 지그시 사리물었다. 밖에는 바람이 더욱 세차게 불고 있었다. 바람 소리가 집이 떠나갈 듯이 요란했다.

"간난아."

자영은 벽에 기대어 졸고 있는 몸종 간난을 불렀다.

"예!"

간난이 화들짝 놀라서 잠에서 깨어났다. 간난은 홍선대원군의 부인 민씨가 자영에게 보내준 계집종이었다. 허우대가 남정네처럼 크기만 했지 도무지 속이 없는 처녀였다.

"이부자리를 펴라."

자영이 나직하게 일렀다.

"예."

간난이 입을 쩍 벌리고 하품을 한 뒤에 주섬주섬 이부자리를 폈다. 자영은 집에서 입는 광목 치마저고리를 벗어 윗목에 조신하게 개어놓았다. 등잔불 그림자가 일렁거리는 벽에서 여린 흙냄새가 풍겼다.

"눕자."

자영은 속치마 차림으로 이불 속에 들어가 누웠다. 간난이 등잔불을 끄고 자영의 옆에 와 누웠다. 안방은 아버지 민치록이 생전에 양자로 들인 민승호 내외가 사용하고 건넌방은 자영의 생모 이씨가 사용하고 있었다. 방은 행랑채까지 여러 칸이 있었으나 방마다 불을 지필 수 없어 자영은 몸종 간난이와 방을 같이 사용했다.

'그래도 내가 태어난 여주 섬락리에 자색 서기가 뻗쳤다고 했는데……'

예로부터 큰 인물이 태어날 때는 하늘이 그 징조를 알린다고 하였다. 《한중록》을 남긴 혜경궁 홍씨나 인현왕후가 태어날 때도 집 주위에 오색 서기가 뻗쳤다는 기록이 남아 있었다. 그런데 자영이 태어날 때도 섬락리 일대가 찬란하도록 자색 서기가 뻗쳤다는 것이다.

'설마 내가 왕비가 된다는 하늘의 계시는 아니겠지?'

자영은 자신의 헛된 망상을 비웃기라도 하듯이 어둠 속에서 쓸쓸한 미소를 떠올렸다.

'재황이 왕이 될 줄은 몰랐어.'

자영은 몸을 뒤채며 낮게 한숨을 내쉬었다. 좀처럼 잠이 오지 않았다. 이따금 선머슴 같던 재황의 얼굴이 아련히 떠오르면 가슴에 꽃물이 드는 것처럼 얼굴이 화끈거렸다.

이해할 수 없는 일이었다.

자영은 이제 15세였다. 초경은 14세 때 치렀고 가슴이 조금씩 조금씩 커지는 것을 스스로도 느낄 수 있었다. 문득문득 가슴이 땅기듯이 아파서 손을 가슴으로 가져가 만져보면 가슴이 풋사과처럼 봉긋하게 부풀고 있는 것을 느낄 수 있었다.

재황은 이제 14세였다. 아직 중전이나 후궁을 거느리고 있지 않았다.

'나이도 나하고 비슷해.'

자영은 또다시 낮게 한숨을 내쉬었다. 바람 소리가 음산했다. 벌판을 달려오는 바람 소리가 집이 떠나갈 듯이 요란했다.

'내일은 운현궁에 가야 할 텐데……'

자영은 이불 속에서 그렇게 생각했다. 내일 운현궁에 다녀가라는 부대부인 민씨의 전갈이 와 있었다. 무엇 때문인지는 알 수 없는 노릇이었다. 그러나 부대부인 민씨가 그녀를 각별히 총애하는 것은 자영도 피부로 느낄 수 있었다. 최근엔 딸처럼 자영을 귀여워해주고 있었다.

'날 며느리로 삼으려는 것일까?'

자영은 그런 생각을 해본 일도 있었다. 아직 남자에 대해서는 잘 알지 못하였다. 부대부인 민씨의 며느리가 되는 것은 재황의 부인이 되는 것이고, 재황의 부인이 되는 것은 조선 국왕의 왕비가 되는 것이다.

재황도 이제는 훤훤장부가 되었을 것이다. 지존이므로 곁에는 항상 항아처럼 예쁜 궁녀들이 시중을 들고 있을 것이다. 그러나 옛날부터 임금의 간택은 대비가 결정한다. 재황에게는 흥선대원군 부부가 부모가 되므로 그들이 결정권을 갖고 있을 수도 있다.

흥선대원군은 조선에서 가장 뛰어난 지략가의 한 사람이었다. 왕실의 가장 어른인 신정왕후도 결코 만만한 사람이 아니었다.

흥선대원군의 혁신정치는 이미 외척정치로 누대에 걸쳐 부패한 조정의 기강을 바로잡고 백성들에게 새바람을 불러일으켜, 민란을 가라앉히고 민심을 안정시키고 있었다.

바야흐로 대원군의 시대였다.

재황의 아내, 임금의 왕비가 되려면 먼저 흥선대원군의 눈에 들어야 했다. 그러나 호상(虎相)인 흥선대원군의 눈에 드는 것은 여간 지난한 일이 아니었다.

자영은 한숨을 내쉬며 몸을 뒤챘다.

집 밖에서는 여전히 사나운 바람이 허공을 가르며 달려오고, 앙상한 나뭇가지들이 몸부림을 치듯 비명을 질러댔다.

***

이튿날은 날씨가 화창했다. 새벽녘까지 미쳐 날뛰던 바람은 언제 그런 일이 있었느냐는 듯이 자고, 봄볕이 깃털처럼 나부끼고 있었다. 그러나 여기저기 부러진 나뭇가지와 판자 쪽이 뒹굴어 어수선했다. 조반이 끝나자 자영은 안방에 들어가 민승호와 독대했다.

"운현궁에서 오라고 하였다고?"

민승호는 자영이 운현궁에 다녀오겠다고 하자 관복을 입다 말고 자영에게 앉으라고 하였다.

"예."

"무슨 까닭으로 누님이 들르라고 하는지 연유를 알겠느냐?"

"소녀는 모르겠습니다."

"하긴 모르는 것이 당연하지."

"오라버님께서는 무슨 연유인지 알고 계십니까?"

"나도 아직 확언할 수는 없는 일이다. 하지만 우리 감고당에 서광이 비칠 일임은 분명하다."

"소녀가 알면 아니 되는 일입니까?"

"아직은 모르는 편이 더 낫다."

민승호가 만면에 미소를 띠며 고개를 저었다. 자영은 잠시 생각에 잠겼다.

"자영아."

"예."

"수표교에 있는 백의정승 집에 자주 가느냐?"

"예."

자영은 백의정승 유대치에게 청나라와 서양에 대해 배우고 있었다.

"규수가 바깥나들이를 하면 안 된다."

"예."

"밖은 봄이다."

"봄은 아직 이르옵니다."

"그러나 봄을 맞이할 준비는 해야지."

민승호가 보일 듯 말 듯 미소를 지었다. 자영은 민승호의 얼굴을 물끄러미 응시했다. 민승호의 말이 무엇을 의도하는지 짐작할 수 없었다. 민승호는 총명한 사람이었다. 1830년에 출생했으니 올해 나이 서른다섯 살이다. 일곱 살에 천자문을 떼고 열여섯 살에 사서삼경을 줄줄이 암송했다. 그러나 벼슬길에 나선 것은 늦어서 작년에야 증광시에 급제하여 사간원 정언의 벼슬에 출사해 있었다. 정6품의 청직이었다. 민승호가 벼슬길이 늦은 것은 아무래도 안동 김문의 전횡 때문일 것이다.

"무슨 뜻입니까? 오라버님의 말씀을 듣고 있자니 선문답을 하고 있는 듯하옵니다."

자영은 생긋이 웃었다. 민승호와 얘기를 하는 것은 즐거운 일이었다.

"아직은 입을 열어 말할 단계가 아니다."

"저에게도 좋은 일입니까?"

"좋은 일이다뿐인가."

"오라버니와도 관계된 일이고요?"

"암."

민승호가 빙그레 웃으면서 고개를 끄덕거렸다.

"우리 뜻대로 되는 일입니까?"

"안되면 되도록 만들어야지."

민승호의 얼굴에 전에 없이 자신만만한 미소가 번졌다.

"되도록이오?"

"사람의 운명이란 저 하기 나름이야. 운현궁의 둘째 도령이 대통을 이은 것도 우리 자형이 만들어낸 작품이야. 저절로 국왕이 된 것이 아니야."

운현궁의 둘째 도령은 임금을 말하는 것이다. 이하응은 중요한 일이 있을 때마다 민승호를 앞세웠다.

"그분이야 뛰어난 지략가가 아닙니까?"

"자영아, 네 오라비는 그만한 지략이 없어 보이느냐?"

민승호가 야릇한 미소를 입 언저리에 떠올렸다.

"어찌 오라버님에게 그만한 지략이 없겠습니까? 소녀는 믿고 있습니다."

"네가 믿으면 되었다. 어서 가보아라."

"그럼 다녀오겠습니다."

"그래. 운현궁 어른들을 뵈올 때는 몸가짐을 항상 단정히 해라. 여흥 민씨는 지체 높은 양반이요, 인현왕후를 배출한 집안이다."

"명심하겠습니다."

자영이 깊이 허리를 숙이면서 대답했다.

자영은 건넌방에 들어가 병석에 누운 어머니 이씨에게 문안을 드린 후 제 방으로 돌아와 나들이 준비를 서둘렀다. 집에서 입던 치마저고리를 벗어 단정하게 개어놓고 옷장에서 노랑 저고리와 다홍치마를 찾아 입었다. 어머니가 시집올 때 입고 온 옷이다. 옷이 약간 큰 듯했으나 그것이 오히려 자영의 몸을 조숙해 보이게 했다. 마지막으로 자영은 가르마를 타고 댕기를 맸다. 머리엔 동백기름을 살짝 묻히고 얼굴엔 창백해 보이지 않도록 분을 발랐다.

"간난아, 나 옷 입은 데가 허술한 곳이 없는지 살펴보아라."

자영은 나들이 준비가 끝나자 간난에게 옷매무새를 보아달라고 하였다.

"네."

간난이 함박웃음을 지으며 대답했다.

"허술한 곳은 없느냐?"

"없습니다."

간난이 자영의 몸을 한 바퀴 돌면서 살핀 뒤에 대답했다. 자영이 옷을 입은 맵시는 단정했다. 옷고름 매는 법이며 버선코가 보일 듯 말 듯 치마를 올려 입는 것까지 양반가의 규수로서 손색이 없었다.

'이 아가씨는 결코 범상한 분이 아니야.'

간난은 그런 생각을 하였다. 그녀가 모시고 있는 상전 민자영은 깊이를 알 수 없는 존재였다. 눈빛은 서늘하고 목소리는 옥을 굴리듯이 맑았다. 아미는 반듯했다. 눈썹은 짙고 살빛은 투명했다. 빙기옥골(氷肌玉骨)의 몸이었다. 그러나 그런 모든 것보다 자영에게서 풍기는 기품은 형언할 수 없이 신비로운 것이었다.

"자, 이제 네가 앞장서거라."

나들이 준비가 다 끝나자 자영이 쓰개치마를 뒤집어쓰고 간난을 채근했다.

"네."

간난이 고개를 숙여 대답했다. 감고당을 나서자 볕이 따뜻했다. 공덕리의 운현궁 가는 길은 여기저기 사람들이 몰려나와 양지쪽에 웅크리고 앉아서 해바라기를 하고 있었다. 모두 궁색한 차림이었다. 춘궁기였다. 그렇잖아도 식량이 부족한 때인데 탐관오리의 토색질이 심해 굶어 죽는 백성이 허다했다.

봄이 오히려 백성들에게는 더욱 춥고 배고픈 계절이었다.

자영은 걸음을 서둘렀다. 백성들은 제대로 먹지 못해 피골이 상접해 있었다. 눈은 움푹 들어가고 얼굴은 누렇게 부황이 들어 보기에 흉측했다.

"감고당 아가씨께서 오셨어요."

간난이 운현궁에 이르러 대문을 지키는 포졸들에게 말했다. 포졸들이 청지기에게 연락을 하고, 청지기가 안채로 기별을 한 뒤에야 들어오라는 부대부인 민씨의 전갈이 전해졌다. 재황이 왕이 되기 전과는 사뭇 달랐다.

자영은 안채의 작은방으로 안내되었다. 부대부인 민씨는 안방에서 무엇을 하는지 좀처럼 자영을 보러 나오지 않았다. 자영은 초조하게 부대부인 민씨를 기다렸다.

점심때가 되었다. 부대부인 민씨는 그때까지도 안방에서 나오지 않고 있었다. 간난이 안채로 들어가 동정을 살피더니 얼마 전에 좌의정으로 승차한 김병학의 부인이 와 있다고 귀띔을 해주었다. 무슨 일인지 알 수 없으나 좌의정의 부인은 열예닐곱 살쯤 되는 딸까지 데리고 왔다는 것이다.

'좌의정의 딸이면 재황과 혼담이 오가는 규수인데……'

자영은 가슴이 타는 것 같았다. 좌의정 김병학의 딸이 천하절색이라는 소문이 장안에 파다했다. 그런 규수에게 재황을 뺏길지도 모른다고 생각하자 자영은 질투로 눈에서 파랗게 불꽃이 일어나는 것 같았다. 머리끝이 곤추서고 몸이 부르르 떨렸다.

'아니야, 그럴 수는 없어!'

자영은 입술을 깨물었다. 국모의 자리를 뺏길 수는 없는 일이었다. 의도적이든 아니든 좌의정 김병학의 부인이 딸까지 데리고와서 부대부인을 만나고 있는 것은 경계하지 않으면 안 되었다.

'무엇인가 대책을 세워야 해.'

자영은 골똘히 생각했다.

점심때가 조금 지났을 때 상이 들어왔다. 간난이 안채의 부엌

을 돌아다니며 챙긴 탓인지 찬이 정갈하고 가짓수가 많았다. 그러
나 자영은 점심상을 조금만 뜨고 말았다.

"오래 기다렸지?"

부대부인 민씨는 해가 기울 무렵이 되어서야 지친 표정으로 나
타났다. 이제는 임금의 생모가 된 그녀에게도 정승 판서 부인들의
행차가 잦았다.

"아니옵니다."

자영은 민씨에게 큰절을 올렸다.

"그래 요즈음은 어떻게 지내느냐?"

"부대부인께서 늘 자애롭게 돌봐주시는 덕분에 가내가 두루 평
안하옵니다."

"내가 돌봐준 게 뭐가 있어…… 너 《좌씨춘추전》을 즐겨 읽는
다며?"

"요즈음은 《인현왕후전》을 읽고 있습니다."

"《인현왕후전》은 나도 규수 때에 읽었지."

민씨가 내심에 있는 말을 꺼내지 않고 고개를 끄덕거렸다.

"너 서학이란 말 들어보았니?"

"서학이요?"

자영이 놀라서 민씨 부인을 쳐다보았다. 서학은 서교라고도 하
고 천주교라고도 했다. 나라에서는 사학(邪學)이라고 하여 엄격하
게 금지하고 있었다.

"내가 그 교의 가르침을 가만히 들어보니 그른 데가 하나도 없더구나. 실은 나도 그 교에 입교했다. 아직 영세를 받지 않아 정식 교인이라고 할 수는 없어도 신부님까지 만나뵈었다. 너 이양인에 대한 소문은 들었겠지?"

"예."

자영은 어리둥절했으나 속내를 감추고 조용히 대답했다. 이양인(異壤人)은 서양인을 말하는 것으로 양이(洋夷)라고도 불렀다. 서양 오랑캐라는 뜻이다.

"너는 이양인에 대해서 어떻게 생각하니?"

"아직 이양인을 한 번도 만난 일이 없습니다."

자영은 백의정승 유대치에게 서양에 대해서 들은 일이 있었다. 서양에는 조선이 종주국으로 받드는 청나라보다 큰 나라가 많다고 했다.

"이양인을 만나볼 생각은 없고?"

"내외가 유별한데 어찌 이양인을 만나겠습니까? 또 나라에서도 서학을 금지하고 있지 않습니까?"

"주상께서도 성교(聖教)에 관심이 많으시다."

"상감마마께서요?"

"그래, 주상의 유모 박씨가 오래전부터 서학을 하고 있어서 말씀을 드리니까 주상께서도 봉교하시겠다고 하더구나."

자영은 민씨 부인이 왜 그런 얘기를 자신에게 하는지 알 수 없

었다. 주상이란 재황을 말하는 것이고 봉교(奉敎)란 천주교를 받든
다는 뜻이다. 그렇다면 나라에서 포교의 자유를 허락하는 것일까?
그런데 민씨 부인은 무엇 때문에 이런 얘기를 하는 것일까? 자영
은 빠르게 염두를 굴렸다.

"어떠냐? 너도 성교를 받들지 않으련?"

민씨 부인이 한 무릎 더 다가앉으며 자영에게 물었다.

"이양인에게 배워야 하나요?"

"아니다. 승지를 지낸 남종삼 어른께 배우면 된다."

"그분이 서학을 하고 있습니까?"

"그래. 출가한 큰애와 함께 배우면 된다."

출가한 큰애는 흥선대원군의 딸을 말하는 것이다. 그녀는 조경
호라는 인물에게 시집을 갔다.

"지금 당장 결정을 하지 않아도 된다. 돌아가서 잘 생각해보아
라."

자영이 망설이는 기색을 눈치챘는지 민씨 부인이 웃으며 그렇
게 말했다.

자영이 운현궁을 나온 것은 저녁 땅거미가 어스름하게 깔리고
있을 때였다. 해가 기울면서 바람이 일기 시작하는지 몸이 으슬으
슬 떨렸다. 자영은 서대문 안으로 들어서자 일부러 서소문 네거리
를 돌아서 종로 쪽으로 걸음을 떼어놓았다. 민씨 부인이 자신에게
서학을 권유하는 이유를 알 수 없었다. 그러나 더욱 궁금한 것은

좌의정 김병학의 부인과 그 딸의 행차였다. 그들이 운현궁을 찾아온 까닭이 무엇인지는 뻔한 일이었다.

"서학을 받들라고 했다고?"

저녁에 자영의 이야기를 들은 민승호는 얼굴을 잔뜩 찌푸렸다.

"예."

"안 된다. 누님이 서학에 몰두해 있는 것은 전부터 알고 있었지만 나라에서 사학이라고 금지하고 있어."

"오라버님, 혹시 조정에서 포교의 자유를 허락하는 것이 아닐까요?"

"어림도 없어! 이 나라는 유림이 지배하고 있어."

"하면 저는 어찌해야 합니까?"

"누님의 뜻을 따르는 척해라. 누님의 뜻을 거스르면 내가 추진하는 일이 성사되지 않아."

민승호가 얼굴을 찌푸리고 있다가 낮게 말했다.

"오라버님, 그 일이 어떤 일인지 저에게도 알려주세요."

"그렇게도 알고 싶으냐?"

민승호가 빙그레 웃었다.

"예."

민승호가 골똘히 생각하는 표정을 지었다.

"오라버님!"

자영이 어리광을 부리듯 재촉을 했다.

"그래."

민승호가 마지못해 고개를 끄덕거렸다.

"너에게도 알려주는 것이 좋겠지. 자영아."

"예?"

"실은 내가 너를 국모의 자리에 앉히려 한다."

"국모요?"

자영이 화들짝 놀라서 민승호를 쳐다보았다. 이심전심이던가. 그동안 민승호가 은밀하게 추진해온 일이 그것이었던가 하고 생각하자 얼굴이 화끈거렸다.

"물론 재황이 김병학의 딸과 정혼을 한 것은 사실이다. 그러나 재황은 국왕이야. 흥선대원군은 재황을 국왕의 자리에 앉히고 안동 김문의 박해를 피하기 위해 정략적으로 김병학의 딸과 재황을 정혼하게 한 거야. 하나 이제는 그럴 필요가 없어졌어. 흥선대원군이 명실상부하게 정권을 장악하면 파혼을 하게 될 거다. 왜 그런지 알겠니?"

"약간은 짐작이 갑니다."

"그래. 너도 총명한 아이니까 짐작하고 있겠지만 흥선대원군은 두 번 다시 외척이 발호하지 못하게 할 것이 뻔하다. 김병학의 딸과 국혼을 맺어 안동 김문이 또다시 척족정치를 하게 하지 않을 거야. 너에게 한번 물어보자. 재황의 색시가 되고 싶으냐?"

"오라버님!"

자영은 재빨리 고개를 떨어트렸다. 가슴이 뛰고 얼굴이 뜨거웠다.

"그럼 다시 묻자. 일인지하만인지상인 국모가 되고 싶으냐?"

"오라버니, 저처럼 미천한 계집이 어찌 그런 자리를 탐내겠습니까?"

"허허…… 여중장부인 네가 부끄러워할 때가 다 있구나!"

민승호가 무릎을 치며 너털대고 웃어댔다. 자영은 민승호에게 얼굴을 붉히고 눈을 흘겼다.

"일이 이 지경에 이르렀는데 무엇을 부끄러워한단 말이냐? 내가 너의 오라비이니 부끄러워할 필요 없다. 명문가의 규수라면 누구나 국모의 자리에 마음이 있을 것이다. 결코 흠이 아니야. 이 일은 내가 추진할 터이니 조금도 걱정하지 마라. 나와 누님은 합의를 보았다만 매형이 문제야. 그 양반의 머릿속에 무엇이 들었는지 알 수 없거든."

민승호의 말이었다.

이튿날은 비가 왔다.

자영은 방문을 열어놓고 봄비가 내리는 바깥을 오랫동안 내다보았다. 비가 내리는 담장 저 너머로 안개에 싸인 듯한 궁궐의 담장이 잿빛으로 보였다.

궁궐과 감고당은 지척지간이다. 자영은 안개처럼 내리는 봄비 사이로 재황의 얼굴을 아련히 떠올렸다. 재황이 사무치게 보고 싶었다. 이상한 일이었다. 이제 그가 손이 닿지 않을 국왕이 되었기 때문일까. 도대체 국왕이란 얼마나 높은 신분일까.

앙상한 나뭇가지를 적시며 봄비가 오고 있기 때문인지 그녀의 마음도 연둣빛으로 물이 오르는 기분이었다.

'이제는 완연히 봄이야.'

자영은 낮게 한숨을 내쉬었다. 봄이 오고 있다는 사실이, 문고리가 얼어붙고 언 하늘이 쩡쩡 갈라지는 겨울이 갔다는 사실이 자영의 가슴에 알 수 없는 그림자를 던지고 있었다.

8

경복궁에 이는 풍운

장대비가 세차게 퍼붓고 있었다.

1865년 8월.

홍선대원군 이하응은 입궐도 하지 않고 사랑채 대청마루에서 세찬 소낙비가 장대질을 해대는 하늘을 우두커니 쳐다보았다. 어둠침침한 하늘이었다. 이틀째 장마가 계속되어 도성이 온통 물걸레처럼 질펀하게 젖어 있었다. 장대비가 그치고 나면 또 괴질이 돌 것이다.

'난제야, 난제……'

이하응은 뒷짐을 지고 이마에 내 천(川) 자를 옆으로 그었다. 그가 장고를 하는 것은 해마다 찾아오는 괴질 때문이 아니라 재황 때문이었다. 재황이 벌써 여자를 가까이하고 있었다. 재황의 나이 이제 불과 열넷, 그 나이에 여자를 가까이한다는 사실이 이하응은 얼핏 믿어지지 않았다. 그러나 엄연한 현실이었다.

'궁녀가 꼬리를 친 것인가?'

재황은 나이가 어리기도 하지만 심약한 성격이었다. 스스로 궁녀를 침전으로 불러들였을 리 만무했다. 재황이 아무리 만인지상의 자리에 있는 국왕이라고 해도 낮에는 내관들이, 밤에는 노상궁들이 침전까지 수발을 들었다. 일개 궁녀가 지밀인 임금의 침전까지 몰래 드나드는 것은 불가능한 일이었다. 그 궁녀는 누군가의 비호를 받고 있음이 틀림없었다.

'이 일을 어쩐다?'

이하응은 난감했다. 그렇잖아도 왕비 간택 문제가 초미의 관심사로 떠오르고 있었다. 아직은 철종의 국상 중이어서 그 문제가 물밑에서 은밀히 거론되고 있을 뿐이지 국상이 끝나면 활발하게 논의될 것이 분명했다.

이미 안동 김문과 대왕대비 조씨는 이하응에게 은밀하게 압력을 넣고 있었다. 신정왕후는 영의정 조두순의 손녀딸을 밀고 있었고 안동 김문은 좌의정으로 승차한 김병학의 딸을 밀고 있었다. 김병학은 자신의 딸이 국모로 간택되었다고 믿고 그 사실을 기정사실화하려고 애쓰고 있었다. 사사롭게는 며느리고 공적으로는 국모다. 누구의 딸이 간택되느냐에 따라 조정의 권력 분포가 새롭게 편성되는 것이다. 좌의정 김병학의 딸은 인물이 출중하고 학문이 높은 규수다. 그리고 이미 김병학과는 정혼을 약속한 사이다. 그러나 철종의 국상이 끝나가고 임금의 국혼을 생각해야 할 시기에 이르자 새로운 생각이 떠오르기 시작했다.

김병학은 학문이나 경륜에 있어서 나무랄 데 없는 인물이다. 그 딸 역시 서시에 버금간다는 소문이 나돌 정도로 아름다운 규수다. 그것은 대원군 자신도 친히 보아서 아는 사실이다. 그러나 안동 김문의 일족이라는 것이 그를 주저하게 하고 있었다. 안동 김문의 일족이 국모가 되면 또다시 안동 김씨 세도가 기승을 부려 삼정이 문란해질 것은 불을 보듯 뻔한 이치였다.

'아까운 규수인데……'

그것은 영의정 조두순의 손녀딸도 마찬가지였다. 신정왕후가 섭정을 하고 조두순이 영의정으로 있는 동안 조재응이 경기 감사에, 조영하가 대교(待敎)에, 조성하가 대사성에, 조헌영이 형조판서에 임명되는 등 조씨 일문의 조정 진출이 두드러지고 있었다. 우려할 만한 일이 아닐 수 없었다. 물론 조두순은 풍양 조씨는 아니다. 그러나 신정왕후와 친밀한 사이다. 여기에 중전까지 영의정 조두순의 손녀딸로 간택되면 날개를 달아주는 꼴이나 마찬가지다. 현재는 조정의 권력 분포가 이하응과 영의정 조두순, 좌의정 김병학이 삼분(三分)하고 있는 가운데 이하응이 약간 우위를 차지하고 있는 형상이다. 겉으로 보기에는 국왕의 생부인 이하응이 절대적인 우위를 차지하고 있는 것 같으나 실제 내막은 그렇지 않았다.

'집안이 조촐해야 돼.'

이하응은 샛강 쪽을 묵연히 응시했다.

민승호도 민치록의 딸을 국왕의 왕비로 들이기 위해 은밀하게 일을 추진하고 있었다. 민승호는 이하응의 처남이다. 재황이 등극할 때는 이하응의 오른팔 노릇을 하면서 정계의 수많은 인사들을 포섭했다. 민승호가 아니었으면 그의 아들이 국왕이 되는 일이 쉽지 않았을 것이다. 게다가 임금에게는 외숙이 되므로 외척의 우려도 별로 없었다. 다만 민치록이 일찍 죽은 탓에 중전의 단자를 낼 수가 없었다. 그것은 국법에 어긋나는 일이었다. 삼사(三司)의 반대가 격렬할 것이 불을 보듯 뻔한 일이었다.

"대감마님, 감고당 아가씨께서 문안드리러 오셨습니다."

그때 안방 침모인 유씨가 들어와 허리를 숙였다.

"누구라고?"

이하응은 눈을 번쩍 뜨고 유씨를 쏘아보았다.

"감고당 아가씨께서 오셨습니다."

"감고당?"

"예."

"민치록의 딸 말이냐?"

이하응은 알고 있으면서도 물었다. 자신이 며느릿감에 대한 생각을 골똘히 하고 있는데 찾아온 것이 기이해서였다.

"예. 내당마님께서 만나실 것인지 여쭈어보라 하셨습니다."

"만나겠다고 여쭈어라."

이하응은 뒷짐을 풀고 유씨에게 일렀다. 민치록의 딸이 부인과 민승호에 의해 며느릿감으로 거론되고 있는 것이 신기했다. 민치록의 딸은 이하응 자신도 잘 알고 있었다. 인물도 가려한 편이고 학문도 규수로서는 드물게 출중했다.

'인현왕후의 혈통이니 오죽할까.'

이하응은 대청에 책상물림을 하고 앉았다. 며칠 전 장순규의 동생 장순아로부터 임금이 궁녀 이씨를 총애한다는 보고를 받고 부인에게 지나가는 말처럼 주상이 성혼할 나이가 되었나 보오, 하고 말했었다. 그러자 민씨 부인이 대뜸 "마땅한 규수를 물색하리이까?" 하고 바짝 달려드는 것이었다.

"어디 그런 규수가 있소?"

이하응은 어리둥절해서 반문했다.

"그보다 좌의정 대감 댁과는 어찌하시렵니까?"

"글쎄……."

"설마 안동 김문을 또 국구로 삼지는 않겠지요?"

"영초와는 정혼을 한 사이가 아니오?"

"주상이 되기 전의 일이에요."

"그래, 부인은 어떻게 했으면 좋겠소?"

"당연히 파혼을 해야지요."

"부인, 인륜지대사를 어찌 그리 가볍게 여기오?"

"안동 김문은 60년이나 세도정치를 했습니다. 명색이 이 나라의 상감인데 왕빗감이 안동 김문밖에 없습니까?"

민씨의 차가운 말이었다. 이하응은 더 이상 그 문제를 말하지 않았으나 속으로 짚이는 데가 있었다.

최근에 서학에 빠져든 민씨가 김병학이 천주교를 반대한다고 믿기 때문에 그 딸을 거부하고 있는 것이다. 그러나 천주교 탄압을 주장하고 있는 것은 김병학뿐이 아니었다. 수렴청정을 하고 있는 신정왕후를 비롯하여 영중추부사 정원용, 영의정 조두순, 좌의정 김병학과 육조의 판서들 대부분이 천주교 탄압을 강경하게 주장하고 있었다.

이내 민치록의 딸이 사랑채에 모습을 드러냈다. 뒤에는 부대부인 민씨도 따라오고 있었다.

"대감마님, 그동안 별고 없으셨는지요?"

민치록의 딸이 대례를 올리고 나서 다소곳이 물었다.

"그래, 너도 별일 없었느냐?"

민씨가 그의 옆에 와서 앉았다. 이하응은 낮게 헛기침을 했다.

"부대부인 마님의 자애로운 보살핌을 받아 잘 지내고 있습니다."

목소리가 물기에 젖어 있는 듯했다. 이하응은 민치록의 딸 민자영을 실눈으로 지그시 살펴보았다. 눈매가 곱고 얼굴이 갸름했다. 살빛은 뽀얗게 흰 편이었다. 광대뼈가 튀어나오지 않고, 하관이 길거나 뾰족하지 않아 귀인의 풍모가 은연중에 풍겼다.

"게 좀 앉거라."

이하응은 장죽을 입에 물었다. 민자영의 미모가 김병학의 딸과 견주어도 손색이 없을 것 같았다.

"예."

민자영이 조심스럽게 대청마루의 한편에 앉았다.

"자당께서는 환후가 어떠시냐?"

자당이란 민자영의 어머니 이씨를 두고 하는 말이었다.

"요즈음은 많이 좋아지셨습니다."

"오라비는?"

이하응의 처남 민승호를 두고 하는 말이었다. 민승호는 오히려 이하응의 사랑에서 지내는 일이 더 많았다. 그런데도 새삼스럽게 안부를 묻는 것은 그녀의 말을 들어보기 위해서였다.

"무고하옵니다."

이하응이 부싯돌을 쳐서 장죽에 불을 붙인 뒤 연기를 길게 내뿜었다. 규수 티가 완연한 자영의 자태가 이하응의 한눈에 들어왔다.

"금년에 몇 살이냐?"

"열다섯입니다."

"과년했구나!"

이하응의 입에서 쇳소리가 흘러나왔다. 그 말은 혼기에 이르렀다는 뜻도 되지만 혼기를 놓쳤다는 뜻도 되었다. 자영은 등줄기로 식은땀이 흐르는 것 같은 기분을 느꼈다. 이하응의 안광이 자신의 온몸을 매섭게 훑어보고 있었다. 자영은 자신도 모르게 몸이 움츠러들었다.

"대감, 기민교혜(機敏巧慧)한 아이입니다."

민씨가 옆에 앉아 있다가 참견을 했다.

"일찍 선친을 여의어서 적막하게 자랐지요."

이하응은 입을 꾹 다물고 눈을 지그시 감았다. 민치록은 여양부원군 민유중의 후손이다. 인현왕후처럼 뛰어난 부덕을 갖춘 왕비를 배출했으니 여흥 민씨는 당대의 명문이다. 이하응의 부인 민씨 또한 여흥 민씨고 민치록의 딸과는 12촌 자매지간이다. 가문은 더 이상 흠잡을 것이 없다.

"학문도 빠지지 않는다고 합니다."

민씨가 또 참견을 하고 나섰다. 아무래도 민치록의 딸을 이미 며느릿감으로 점지하고 있는 눈치였다.

"규수가 학문이 높아서 무얼 해? 그렇지 않느냐?"

이하응이 자영에게 퉁명스럽게 내쏘았다. 자영은 선불리 대답을 할 수 없어 마른침만 꿀꺽 삼켰다.

"재황을 어떻게 생각하느냐?"

"성군의 재목으로 아옵니다."

"어째서?"

"아버님 되시는 대원위 대감께오서 학문을 인도하시고 어머님 되시는 부대부인께서 내훈에 따라 훈도하셨으니 어찌 성군이 아니 되시겠습니까?"

자영의 목소리는 낭랑하기까지 했다. 옥음이란 저런 목소리를 두고 하는 말이 아닐까. 이하응은 속으로 이렇게 생각했다.

"그럼 내가 정하는 혼처로 시집을 가겠느냐?"

박유붕은 민치록의 딸이 왕비의 재목이라고 했다. 그의 예언이니 틀림없을 것이다. 그런데 민치록의 딸을 본 순간 망설여지는 것은 무슨 까닭인가.

"믿고 따르겠습니다."

"곰배팔이에게 시집을 가라 해도?"

"소녀를 떠보시는 말씀인 줄은 아옵니다만 합하의 뜻이라면 따르겠습니다."

"정녕 그러하겠느냐?"

"분부 받자올 뿐입니다."

"우리 재황이에게 보낸다면?"

"따르겠습니다."

거침이 없는 대답이었다. 어린 규수가 이토록 담대할 수 있을까.

"재황이가 누구냐?"

"사사로이는 13촌 조카님이 되옵고 공적으로는 조선 팔도의 지존이십니다."

이하응이 또다시 고개를 끄덕거렸다. 민치록의 딸 자영의 대답
은 흡족한 것이었다. 가슴속이 후련하도록 대답이 시원시원했다.

'민치록의 딸을 중전으로 간택해야겠어.'

이하응은 마음속으로 그렇게 결심했다. 그러나 이하응은 다른
말을 입에서 뱉었다. 자영을 떠보기 위해서였다.

"하나 재황은 좌의정 댁 따님과 정혼이 되어 있다."

이하응은 말을 뱉어놓고 민자영의 얼굴을 곁눈으로 살폈다. 민
씨가 무엇인가 말참견을 하려는 것을 이하응은 재빨리 눈짓을 보
내 제지했다.

민자영은 아무 대꾸가 없었다. 얼굴이 창백해진 채 고개만 떨
어뜨리고 있었다.

"너의 혼처는 내가 달리 알아보도록 할 테니 심려하지 마라."

이하응은 한마디 더 내뱉었다. 민치록의 딸에게는 잔인하기 짝
이 없는 말이었다.

"김병문에게 장성한 자식이 하나 있다더구나. 그만 돌아가거
라."

이하응은 헛기침을 했다.

"예."

자영이 떨리는 목소리로 대답하고 일어나서 뒷걸음으로 물러
갔다.

"대감, 어찌하시려고요?"

부대부인 민씨가 새침한 얼굴로 물었다.

"부인은 모른 체하고 있소."

"저 아이가 마음에 들지 않으십니까?"

"부인이 관여할 일이 아니오. 그만 내당으로 건너가 천주학 책이나 보구려."

민씨가 어처구니없다는 표정으로 이하응을 쳐다보고는 몸을 일으켜 찬바람을 일으키며 대청을 나갔다.

이하응은 대청에 혼자 남아 장죽을 빨면서 골똘히 생각에 잠겼다. 빗발이 여전히 장대질을 하고 있었다. 장하게 오는 비였다. 벌써 경상, 전라 두 지방에는 폭우로 인한 인명피해가 270여 명, 민가 유실이 2044호, 선박 파손 875척, 염전 훼손이 71개 처나 된다는 장계가 올라와 있었다. 농지 유실이 얼마나 될지는 짐작도 할 수 없는 일이었다.

'비도 난리고 주상의 혼례도 난리로군.'

김병학과 파혼을 해야 하는 일이 난제 중의 난제였다. 폭우야 하늘이 내리는 재앙이니 어쩔 수 없는 일이었다. 그러나 김병학에게 파혼을 선언하는 것은 반드시 그 대가를 치르게 될 터였다.

***

　바람에 일렁거리던 등잔불이 휙 꺼졌다. 자영은 호롱에 다시 불을 붙이려다가 그만두고 밖을 내다보았다. 시간이 얼마나 되었을까. 사방이 칠흑처럼 캄캄한 가운데 여전히 굵은 빗줄기가 장대질을 하듯이 세차게 쏟아지고 있었다.

　'흥선대원군 이하응, 그는 정말 무서운 인물이야.'

　자영은 어둠 속에서 이하응의 얼굴을 머릿속에 떠올렸다. 정자관을 쓰고 장죽을 빨던 그의 작은 얼굴을 머릿속에 떠올리자 암울한 기분이 들었다.

　그가 집정하여 개혁한 일들이 하나씩 머리에 떠올라왔다.

　이하응은 집정하자 왕조 중흥에 최대의 역점을 두었다. 그는 근대적인 독재자로서의 면모를 유감없이 발휘하여 척족정치를 과감히 청산하고 인사 혁신을 단행했다. 또한 서원을 철폐하고 경복궁을 중수하기 시작해 임진왜란으로 수도다운 위엄을 상실한 한성을 웅장한 모습으로 되살리려 했다.

　조정 대신들의 넓은 갓과 도포 소매를 짧게 하여 신풍을 일으켰다. 세제를 개혁하여 양반들에게까지 세금을 물려 국가재정을 튼튼히 하고 나쁜 풍습을 뜯어고쳤다. 당시에는 경향 각지의 양반과 토호들이 백성들을 마구잡이로 수탈하고 부녀자까지 겁탈하는 일이 빈번했다. 이하응은 이를 엄격히 금지하는 한편 양반들에게도 검소한 생활을 하도록 독려했다. 내정개혁을 이끈 이하응은 도탄에 빠진 백성들에게는 구세주나 다름없었다.

그러나 한쪽에서는 조선의 국시나 다름없는 유교에 배치되는 신흥 종교들이 등장하기 시작했다. 신흥 종교와 함께 출처를 알 수 없는 도참설도 끊임없이 나돌았다.

……이씨(李氏)는 망하고 정씨(鄭氏)는 흥하되 그 도읍은 공주 계룡산이 되리라.

자영은 이런 풍문을 낱낱이 듣고 있었다. 이하응은 조선을 개혁하고 있었으나 흉년은 어쩔 수 없었다. 올해도 흉년이었다. 봄에는 가뭄 때문에 논밭이 갈라지더니 여름엔 늦장마까지 들어 큰 수해가 나고 가을엔 바람이 세게 불어 농작물을 쓰러트린 것이다.

***

수렴 뒤에는 신정왕후가 앉아 있고 오른쪽에는 아버지 이하응이 앉아 있었다. 그 앞에는 대신들이 양쪽으로 나뉘어 앉아 있었다. 오늘도 임금을 모시고 경전을 강의하는 권강이 지루하게 이어지고 있었다. 대궐에 행사가 없는 날에는 하루도 빠지지 않고 열리는 경연이었다. 재황은 《대학연의》를 펼쳐놓고 권강이 끝나기만을 기다렸다.

'이 상궁이 기다릴 텐데……'

재황은 대전의 이 상궁을 생각하자 눈앞이 몽롱해지는 기분이었다. 그녀의 따뜻하고 부드러운 몸을 생각하자 얼굴이 붉어지고 얼굴이 화끈거렸다. 지난여름부터 가까이하고 있는 궁녀였다.

마침내 지루한 경연이 끝났다. 재황은 이하응의 눈치를 살피면서 허리를 폈다.

"대왕대비마마, 제주 목사 양헌수의 장계가 올라왔습니다."

좌승지 윤정선이 기다렸다는 듯이 아뢰었다.

"읽어보라."

재황의 옆에 앉아 있던 이하응이 영을 내렸다.

"신 제주 목사 양헌수 아뢰옵니다. 7월 21일에 갑자기 동남풍이 크게 일면서 비까지 퍼붓는 바람에 기왓장이 날아가고 돌이 구르고 나무가 부러지고 집이 뽑혔습니다. 좀 오래된 관아 건물은 기울어져 무너지고 낡은 민가들은 떠내려갔으며, 곡식도 온통 결딴이 나서 온 섬이 그만 허허벌판이 되어버렸습니다. 동리에는 호곡 소리가 서로 이어지고 들판에는 참혹한 기색만 떠돌아 구제하는 일을 내년 봄까지 기다릴 수 없는 형편입니다. 신이 이곳 수령으로 있으면서 이런 혹심한 재해를 당하여 수십만의 인구가 굶어 죽어 시체가 구렁을 메우는 탄식을 면치 못할 듯하기에 황공하여 대죄합니다."

윤정선이 양헌수의 장계를 읽자 이하응이 무겁게 탄식했다.

"영남과 호남을 강타한 폭풍우 경보는 이미 듣기에도 놀라운데 지금 제주 목사의 장계를 보니 그 참담한 정상에 대해서 실로 어떻게 조처해야 좋을지 모르겠다. 하루 낮밤을 폭풍이 사납게 불어대고 큰비가 쏟아진 끝에 갯가의 논이 물에 잠기고 언덕의 밭이 엉망이 된 것은 의당 그러할 형편일 것이다. 제주는 조그마한 섬인 데다 토질이 척박하여 설사 풍년이 들었다 해도 식량이 부족함을 걱정하는데 더구나 전에 없던 재해를 당하였으니, 가엾은 우리 백성들이 장차 어떻게 살아가겠는가?"

이하응이 재황을 힐끗 살핀 뒤에 말했다.

"지금 어린 주상이 위에 계신데 걱정스런 일들이 넘쳐나므로 덕이 없는 나로서는 전전긍긍 두려워하여 밤낮으로 애태우면서 백성의 일만을 걱정하고 있다. 지금 그곳 백성들이 울부짖으며 굶주리고 추위에 떠는 정상을 직접 듣지 않았어도 들은 것과 같고 직접 보지 않았어도 본 것과 같다. 그리하여 특별히 내탕금 2천 냥을 하사하니, 이것은 백성과 고락을 함께하려는 뜻인 것이다. 궁핍한 백성들을 구제하는 데는 많지 못한 게 걱정이 아니라 골고루 먹지 못하는 것이 더 걱정이니, 은덕을 베푸는 뜻을 두루 선포하고 사람마다 위안하여 백성들로 하여금 안정된 생업을 즐길 수 있게 하여 남쪽 지방에 대한 조정의 염려를 조금이나마 놓게 하라. 해당 목사는 만기가 되기를 기다려 다시 1년 더 유임시켜 백성들

을 어루만지고 보살펴서 그 효과를 이룰 수 있게 하도록 조정에서
조처하라. 이는 대왕대비 전하의 말씀이다."

신정왕후가 발 뒤에서 영을 내렸다.

"삼가 봉행하겠습니다."

대신과 승지들이 일제히 아뢰었다. 재황은 눈살을 찌푸렸다.
여름 내내 장마가 계속되어 삼남 지방이 큰 난리가 났었다. 그러
나 지금은 9월이다. 대궐 곳곳에 나뭇잎에 단풍이 들어 울긋불긋
했다.

"주상 전하, 제주가 입은 혹심한 재해는 호남과 영남의 재해에
는 비교도 되지 않습니다. 이에 대왕대비마마의 전교가 정중하고
도 슬펐을 뿐만 아니라 내탕금을 내어 구제하게 하신 것은 따스한
봄기운과 같은 은덕을 베푼 것이니 온 섬의 백성들이 누군들 감격
의 눈물을 흘리지 않겠습니까? 그런데 척박한 곳에 사는 백성의
숫자가 10만이 넘으니 구황(救荒)의 어려움이 육지의 고을보다 더
욱 어려운 점이 있습니다. 불 속이나 물에 빠진 사람을 구하듯이
구제를 조금도 미루어서는 안 될 것이니, 어떤 곡식이건 관계하지
말고 1000석(石)을 한정하여 구획하여 들여보내라는 뜻을 호남 도
신(道臣)에게 통지하는 것이 어떻겠습니까?"

이하응이 고개를 끄덕이고 있다가 아뢰었다. 내탕금만으로는
부족할 것이라고 생각한 것이다.

"그리하오."

신정왕후가 이하응의 청을 윤허했다. 경연이나 대신들과의 소대에서도 재황은 한마디도 할 수 없었다. 모든 일이 이하응과 신정왕후의 뜻에 따라 움직이고 있었다.

"주상, 삼남에 이와 같은 흉년이 들었으니 더욱 몸가짐을 삼가고 공부에 전념하세요."

양헌수의 장계에 대한 처리가 끝나자 이하응이 말했다.

"아버님의 말씀을 명심하여 가슴에 새기도록 하겠습니다."

재황은 판에 박힌 듯한 대답을 했다. 그는 오로지 이 상궁의 희고 뽀얀 알몸을 품을 생각만 머릿속에 가득했다.

***

겨울이 왔다. 날이 살을 엘 듯이 추웠으나 자영의 머릿속은 오직 임금에 대한 생각으로 가득 차 있었다. 이하응이 재황이 이미 김병학의 딸과 정혼이 되어 있고 자영의 혼처는 따로 알아보겠노라고 했을 때, 자영은 천 길 벼랑으로 굴러떨어지는 기분이었다. 눈앞이 캄캄했다. 운현궁의 사랑채 대청에서 일어나 월동문을 나설 때는 눈물이 주르륵 쏟아졌다.

간난이와 함께 장대비를 고스란히 맞고 집으로 돌아온 자영은 이불을 뒤집어쓰고 서럽게 울었다. 아버지 민치록이 죽었을 때보다 더욱 슬펐다.

"몹시 상심했나 보구나."

부대부인 민씨가 감고당으로 자영을 찾아온 것은 그날 저녁의 일이었다. 자영은 퉁퉁 부은 눈으로 민씨를 맞이했다.

"대감마님께서 너를 중전의 재목으로 점지하고 계신다. 대감마님께서 너에게 그런 말씀을 하신 것은 그저 네 마음을 떠보기 위한 것이었다고 하더라."

"마님!"

자영은 민씨 부인의 품으로 쓰러지며 울음을 터뜨렸다.

"그러나 헛되이 소문을 내어서는 아니 된다. 나나 승호가 너를 중전의 자리에 앉히려는 계획이 수포로 돌아가게 해선 안 돼."

"네."

자영은 민씨에게 깊이 감사했다. 마치 죽었다가 소생한 기분이었다.

"사사로이는 며느리고 공적으로는 국모의 자리다. 그런 광영된 자리에 다른 문중의 규수를 앉히고 싶지는 않다. 여흥 민씨가 어떤 집안이냐? 인현왕후를 배출한 명문세가 아니냐? 우리 대에 이르러 영락하긴 했지만 안동 김문에 떨어질 가문이 아니다. 자영아, 너는 어질고 자애로운 왕비가 되어야 한다."

"명심하겠습니다."

자영은 거듭 다짐을 했다.

이내 민승호가 퇴청했다. 민씨는 민승호를 안방에서 따로 만나

무엇인가 오랫동안 얘기한 뒤에 돌아갔다.

　비는 밤에도 계속해서 퍼부었다. 억수같이 쏟아지는 비였다. 자영은 빗소리를 들으며 《인현왕후전》을 읽었다. 입언저리에는 보일 듯 말 듯 미소가 그려졌다. 글자가 눈에 들어오지 않았다.

　'이제 나는 이 나라의 국모가 될 것이다!'

　이하응은 조정의 개혁을 단행하여 비변사를 폐지하고 삼군부를 설치하여 현재의 장상들에게 겸직하도록 했다. 북변(北邊)에는 무주, 후주, 강계, 자성 등의 4군(郡)을 다시 설치해 내지민(內地民)들을 옮겨 개척케 했다. 그러나 자영의 관심사는 오로지 중전 간택뿐이었다. 그런 자영이 우려하는 것이 한 가지 있었다. 그것은 아버지 민치록이 일찍 죽은 것이다. 국법에는 과부가 단자를 내는 것을 엄격하게 금지하고 있었다. 편모슬하에서 자란 규수가 국모의 재목이 될 수 없다고 본 것이다.

　'대원군만 용인하면 아무 문제가 되지 않을 텐데.'

　자영은 그렇게 생각했다. 그러나 이하응은 이미 그 사실까지 파악하고 있었다. 그는 임금의 국혼을 계기로 신정왕후의 수렴청정을 거두게 할 계획을 치밀하게 세우고 있었다.

　"대감, 이제 상기(喪期)가 끝나가고 있으니 주상의 국혼을 준비해야겠지요?"

　이하응이 희정당에서 정사를 마치고 나올 때 신정왕후가 넌지시 이하응을 왕대비전으로 불러 한 말이었다. 상기란 철종의 국상

기간을 말하는 것이었다.

"그러하옵니다."

이하응은 허리를 숙여 조용히 대답했다. 이미 예상하고 있던 일이었다.

"내가 듣자니 주상께서 궁녀를 가까이하고 있다고 합니다. 대감은 알고 계시겠지요?"

"대왕대비마마, 신은 금시초문입니다."

이하응은 시침을 뚝 떼고 거짓말을 했다.

"아니 대감께서 모르신다는 말씀이오?"

"대왕대비마마, 지엄한 궁궐의 일이라 신이 알 까닭이 없습니다. 대체 어느 궁녀라 하옵니까?"

"내가 듣기에 지밀나인 이씨라 하더이다."

"나이는 몇이고요?"

"열일곱이라 하던가……."

"허허!"

이하응은 어처구니없다는 듯이 헛웃음을 터뜨렸다.

"대감."

"예."

"주상의 보령이 열넷이면 적다고만 할 수 없소. 이제라도 늦지 않았으니 국혼을 준비합시다."

"대왕대비마마, 대왕대비마마의 분부 지당하온 말씀이오나 주상 전하에게는 소신이 어릴 적에 정혼을 맺은 규수가 있습니다."

"아니 그게 누구요?"

"아뢰옵기 황송하오나 좌의정 김병학의 딸입니다."

"김병학의 딸이라고요? 대감! 대감은 또다시 안동 김문에 이 나라 왕실을 맡길 작정이오?"

신정왕후의 언성이 높아졌다. 이하응은 움찔했으나 속으로 미소를 지었다. 발 뒤에 잔뜩 화가 나 있을 신정왕후의 얼굴이 눈앞에 어른거리는 듯했다.

"신이 불우한 시절에 맺은 언약이라……."

이하응은 난처한 표정으로 말끝을 흐렸다.

"대감, 그 언약은 주상이 보위에 오르기 전의 사사로운 언약이오. 주상의 혼사는 이 나라의 국모를 간택하는 일이니 사사로운 언약은 의당 파기해야 하오!"

신정왕후의 목소리가 서릿발처럼 싸늘했다.

"황송하옵니다."

"좌의정 김병학에게도 간택에 참여할 기회는 주겠소. 하나 사사로이 맺은 언약은 파기하시오!"

"대왕대비마마, 삼가 분부 받자옵겠습니다."

이하응은 허리를 깊숙이 숙였다.

"대감."

신정왕후가 지나치게 이하응을 몰아세웠다고 생각했는지 갑자기 목소리를 낮췄다.

"예."

"국혼에 관한 일은 대감에게 위임하겠소."

"황송하옵니다."

"대감께서도 의중이 있으시오?"

"신 아뢰옵기 황송하오나 이번 국혼에는 부친을 여읜 규수도 참여케 하는 것이 좋을 듯하옵니다."

"부친을 여읜 규수요?"

신정왕후가 어리둥절한 표정을 짓는 것이 발 너머로 보였다.

"대감, 어찌하여 부친이 없는 규수를 간택에 참여케 하려는 것이오?"

"전례에 없는 일인 줄은 아오나……."

이하응은 잠시 뜸을 들였다.

"그러면 부원군이 없지를 않소? 국법에 어긋나는 일이오."

"대왕대비마마, 아뢰옵기 황송하오나 영상 댁에 출중한 규수가 있다는 풍문이 있기에……."

"영의정 조두순 대감 댁 말이오?"

"예. 영상 댁 손녀딸이 인물이 출중하고 학문이 높다는 소문이 있사온지라……."

"그렇지. 영상 댁에 그만한 규수가 하나 있지……."

신정왕후가 머리를 끄덕이는 시늉을 했다. 영의정 조두순과 신정왕후는 긴밀한 사이인 것이다.

"하나 국법에 어긋나는 일이 아니오?"

"대왕대비마마, 이 나라 지존인 금상의 혼례입니다. 대왕대비마마의 지엄한 분부라면 아무도 거역하지 못할 것으로 아옵니다."

"음."

신정왕후가 낮게 신음을 토했다. 영의정 조두순의 손녀딸을 국모로 책봉하면 풍양 조씨가 다시 권세를 잡게 되는 것이나 마찬가지였다. 그런 일은 상상조차 하지 못한 일이었다. 그러나 조두순의 손녀딸은 조실부모하여 할아버지의 손에서 자랐다. 그런 규수를 국모로 책봉하는 것은 전례가 없는 일이었다.

"대왕대비마마, 신의 좁은 소견으로는 영상 댁 규수를 간택 절차 없이 국모로 맞아들이고 싶습니다."

신정왕후가 망설이는 기색을 보이자 이하응은 한 술 더 떴다. 신정왕후는 입이 함지박만 하게 벌어졌다.

"간택 절차 없이?"

신정왕후의 눈이 휘둥그레졌다.

"그러하옵니다."

"대감께서는 영상 댁 규수가 그리도 마음에 드오?"

"아비를 보면 자식을 안다고 했습니다. 영상의 인품이며 학문이 출중하지 않습니까?"

"하기야 영상만 한 재목도 드물지."

신정왕후가 흡족한 표정으로 고개를 끄덕거렸다.

"하나 김병학의 딸 문제도 있고 하니 간택 절차를 밟아야 하오."

"황송하옵니다."

"국상이 끝나는 즉시 금혼령을 내리고 규수들의 단자를 받아들이도록 하시오."

"예."

"승정원에는 내가 조실부모한 규수의 단자도 받아들이라고 명을 내리겠소. 국혼의 대임은 대감께서 처리하시오."

"예."

이하응은 허리를 깊숙이 숙이고 신정왕후 앞을 물러 나왔다. 일은 순조롭게 진행되고 있었다. 신정왕후도 일개 여자에 지나지 않았다. 자신과 긴밀한 관계인 영의정 조두순의 손녀딸을 국모로 맞아들이고 싶다고 하자 조실부모한 규수의 단자까지 받아들이라고 하고 있지 않은가. 그러나 그것이 신정왕후의 수렴청정을 거두게 하려는 이하응의 계략인 줄은 꿈에도 모르고 있었다.

신정왕후는 이하응이 물러가자 영의정 조두순을 대비전으로 불러들였다.

"대감, 대감의 손녀딸이 재색이 뛰어나다고 하던데 정녕 그러하오?"

"황송하옵니다."

"선왕의 국상이 끝나면 주상의 금혼령을 선포할 작정이오. 대감께서도 단자를 내도록 하시오."

"대왕대비마마, 금혼령이 선포되어 사대부가의 규수들이 단자를 내는 것은 지당하온 일입니다. 하나 신의 손녀는 재색이 부족할 뿐 아니라 조실부모한지라 단자를 낼 수 없습니다."

조두순은 근엄한 표정으로 말했다. 백발의 노정승이었다. 수염이 은빛으로 희었다. 그의 말 한마디에는 천금 같은 무게가 실려 있었다.

"대감."

"대왕대비마마, 이 일은 법도나 다름이 없습니다. 《경국대전》에 따라 금혼령을 내리고 단자를 받아들여야 하옵니다."

"영상, 참 답답하오. 주상의 생친인 이하응이 대감의 손녀딸을 국모로 책봉하고 싶어 하오."

"하오나 《경국대전》에 없는 일이라……."

"대감, 대감의 손녀딸이 국모로 책봉되면 이 나라 조선 팔도가 양주 조씨의 것이 되오. 어찌 법도 하나를 들어 막중대사를 그르치려고 하오?"

"황송하옵니다."

"아무 말 말고 간택 단자를 내도록 하시오. 대감네 양주 조씨와 우리 풍양 조씨가 흥하고 망하는 것은 대감의 손에 달려 있소. 영상, 내 말을 알아듣겠소?"

"예."

조두순은 마지못해 대답을 했다. 양주 조씨와 풍양 조씨의 흥망이 자신에게 달려 있다고 하는 신정왕후의 말에 조두순으로서는 달리 할 말이 없었다.

- 2권에 계속 -